文学作品差异化探究

舒慧香 ◎ 著

吉林出版集团股份有限公司

图书在版编目（CIP）数据

文学作品差异化探究 / 舒慧香著． — 长春 ：吉林
出版集团股份有限公司，2022.9
ISBN 978-7-5731-2163-9

Ⅰ．①文… Ⅱ．①舒… Ⅲ．①世界文学—文学研究
Ⅳ．① I106

中国版本图书馆 CIP 数据核字（2022）第 172941 号

文学作品差异化探究

著　　者	舒慧香
责任编辑	王　平
封面设计	林　吉
开　　本	787mm×1092mm　　1/16
字　　数	220 千
印　　张	10.5
版　　次	2022 年 9 月第 1 版
印　　次	2022 年 9 月第 1 次印刷
出版发行	吉林出版集团股份有限公司
电　　话	总编办：010-63109269
	发行部：010-63109269
印　　刷	廊坊市广阳区九洲印刷厂

ISBN 978-7-5731-2163-9　　　　　　　　　　　　定价：68.00 元

前　言

　　文化是一个国家民族经过长期的生活实践之后所形成的。由于历史地理等因素的影响，导致不同国家民族的文化各有不同，而文学作品作为文化的一种体现，也有着千差万别。无论是从人物形象的塑造上还是对人文内涵的表达上，中西方文学作品都以其独特的魅力为世界文学增添了光辉，而研究这两者之间的具体差异不仅有利于读者今后的阅读，同时还对研究世界文化作品的异同具有深远的意义。

　　随着时代的不断变迁，文化也具有了本民族或国家的独特特征。文化正是对当前国家或民族中的社会现象的一种反应，因此不同的社会形态所伴生出的文化也不同，而根据社会发展的程度不同，因而文化上也存在着不同程度的先进落后的差异。而文学作品作为对社会文化的一种记录形式，往往也具有不同的特征，其中包含多元的人文价值内涵值得人们去深入探讨。

　　本书探究了中西方文学作品差异化，首先概述了文学的特点、表现手法、功能等，然后详细分析了中西方文学理论比较，最后重点探讨了中西方神话比较、中西方抒情诗比较、中西方戏剧比较以及中西方小说比较等相关内容。

　　本书在写作和修改过程中，查阅和引用了书籍以及期刊等相关资料，在此谨向本书所引用资料的作者表示诚挚的感谢。诚然，由于笔者学识有限、经验不足，书中难免存在疏漏，请广大学者和同行批评指正，提出宝贵的意见与建议，以便日后修订完善。

目 录

第一章　文学的概述

第一节　文学的特点

文学作为一种艺术形式，它来源于人们对生活的认识，是作家对社会生活富有感情色彩的理解和评论。优秀的文学作品往往寄寓着作家的社会理想与审美观念，通过艺术形式讴歌真善美，批判假丑恶，从而对人们的世界观、道德观、思想境界产生巨大影响。正因为这样，所以车尔尼雪夫斯基说，优秀的文学作品是"人的生活教科书"。

虽然文学作品的形式多样，但都包含作家的思想和情感。因此，欣赏文学，不但能够启发人的想象力，还能够陶冶人的道德情操，能够使人的理智与情感、精神生活与物质生活等得到和谐的发展。具体来说，文学的三大特点表现为：语言的艺术、形象的创造和美感的传达。

一、语言的艺术

文学是由语言写出来的，作家的创作、读者的欣赏，都不可避免的会与语言发生关系。因此，语言在文学中的地位举足轻重。对于作家来说，没有语言，就意味着没有文学；对于读者来说，不理解文学作品的语言，就不能对文学作品进行欣赏；对于文学理论研究者来说，最先也必须接触文学语言。正是由于语言的独特重要性，因此古今中外的学者都对语言的重要性进行了深入的阐述。如孔子曾说过："言以足志，文以足言。不言，准知其志？言之无文，行而不远。"（《左传》）其强调了运用生动的语言形式的重要性。

（一）语言的重要地位

语言是文学的物质材料，所以文学又被称为"语言艺术"，这是文学区别于其他艺术门类（如音乐、绘画、舞蹈、建筑等）的主要标志。文学之所以成为文学，就是因为文学是由语言文字写成的，语言构成文学的物质媒介，离开了语言，既不能进行创作，也不能进行欣赏。语言可以传达作家的思想，文学形象的塑造和作家审美意识的表达都要靠语言来完成。所以马克思说"语言是思想的直接现实"。(《马克思恩格斯全集》) 这说明，一方面，文学可以通过语言塑造艺术形象，以形象符号传情达意，使那些难以言说或不可言说的感受、情绪得到一种具象化的表现。另一方面，文学还可以利用语言直接展示人们思维活动的动态过程，传达那些只能用语言才能确切表达的思想情感。从这个角度来看，语言是一种文化形式，它不仅只是用来塑造艺术形象的材料，它还与人类的关系密不可分，与人类的思维关系密切，是人类思想和文化的载体。

(二) 语言艺术的特点

1. 灵活性

文学语言具有非常明显的优越性，这就使它比其他种类的艺术更能够细致深入地表达大千世界。语言与其他种类的艺术所使用的材料相比，最为自由和灵活，受限制最小，它几乎能直接表现出任何生活现象，世间的事物和想象中的东西，均可以用语言加以表达。因此，文学具有突破时空限制的广阔性和灵活性，适合表现广阔的社会生活。一部文学作品，能够突破客观时空，实现时间和空间的自由延伸，全方位、多角度地展示广阔而复杂的社会生活。例如，《三国演义》描写了从东汉末年到西晋初年近一百年里魏、蜀、吴三个国家的社会生活，这种超时空的无限广阔性，能够使作品具有巨大的容量和深刻的内涵。语言艺术对内心世界的刻画，不仅可以描摹广阔的社会现实生活和外部世界，还可以深入到人的内心深处，展现出人的丰富的内心世界；不仅可以通过描绘人物的音容笑貌、服饰风度、言行举止等来表现人物的内心世界，而且还可以通过直接抒情或叙述的方式深入展示人物细腻复杂的感情。而这恰恰是其他艺术种类受到限制的地方。

2. 形象性

文学是通过形象来反映生活、表达情感的，其创作的素材是形象的，作品的构思是形象的，读者的阅读欣赏也一样，看到的是文字，听到的是语言，但在大脑中显现的是形象。离开了形象就谈不上文学创作，也谈不上文学欣赏。这是文学区别于议论文、应用文等同样以语言为材料的文体的标志。

3. 间接性

所谓的间接性，是指文学是"想象的艺术"，文学形象以语言为中介，诉诸人的想象和联想，属于意中之象，不具有直观性特点，但具有明显的间接性特点。读者在阅读文学作品的时候，文学作品中的形象不能通过读者的感官直接把握，而只能通过语言这个中介，来激发读者的想象，产生如闻其声、如见其人、如临其境的艺术效果。这和其他种类的艺术形象相比，往往不够直观，例如绘画、雕塑、影视等，其艺术形象是直观的，人们在欣赏时可以直接领略到具体可感的艺术形象。但是，文学却并非如此，读者直接面对的只是一连串的文字符号，只能通过这些语言文字去还原艺术形象。这就为文学带来一定的局限性。如果不懂得语言，便无法独立欣赏文学作品；如果是文学素养不高、想象力贫乏的人也很难领会形象的生动美妙。文学语言的这种局限性有时却又能转化为其优点，因为语言文字能为读者最大限度地提供想象的空间，读者可以充分利用自己的生活经历展开联想，根据自己的生活经验和感受去丰富补充艺术形象，进行艺术再创造，能够获得更多的艺术韵味，因而能获得更大的精神享受。如宋玉《登徒子好色赋》中的描写，"增之一分则太长，减之一分则太短，著粉则太白，施朱则太赤。嫣然一笑，迷阳城，惑下蔡，一顾倾人城，再顾倾人国"，不同的人便会产生不同的艺术感受。当然，并不是所有的语言都适用于文学表达。文学语言与科学语言、日常语言大有不同。科学语言、日常语言主要是用于传达信息，它们往往要竭力避免感情成分的加入；而作家写作，运用文学语言则是用来表达情感，并借此唤起读者的情感。日常语言、科学语言在传达完信息之后，它们的使命也就完成了；而文学语言在传达完信息之后，它的使命才刚刚开始。正因为如此，出于表情达意的需要，文学语言在运用上有许多讲究，文学语言需要表现出许多审美性。文学语言的审美性是指文学作品通过文学语言来塑造出鲜明生动、极具感染力的艺术形象，给读者以强烈的审美感受。

　　4.情感性

　　文学语言与其他语言的不同，还表现在其情感色彩上。文学作品是作家主观情感的流露，文学作品的情感越浓烈，越能够感动读者，就越有魅力。《毛诗序》："诗者，志之所在也，在心为志，发言为诗。情动于中而行于言。"王国维在《人间词话》中指出："一切景语皆情语。"别林斯基也说："艺术并不容纳抽象的哲学思想，更不会容纳理性的思想，它只容纳诗的思想，而这诗的思想——不是三段论法，不是教条，不是格言，而是活的激情，是热情。"这些都指出文学语言是作家情感的载体，例如杜甫的《月夜忆舍弟》："露从今夜白，月是故乡明。"由于文学语言融进了诗人强烈的思乡情感，读者不由得联想到漂泊在外的感触，从而产生情感上的共鸣。作家们总是通过选择鲜明的艺术语言创造出鲜明的艺术形象，来表达出自己的认识、判断和思想，在一定程度上揭示生活的本质以及社会发展的历史规律。文学语言的这种特点可以从以下两个方面来理解。

首先，文学语言是一种情境化和个性化的语言。现代语言学认为，人类的语言现象有两种类型，即语言与言语。语言是具有支配意义的系统和总的模式，它在某一特定语言的使用群体中约定俗成了全部抽象规则，如语音、词汇、语法规则等等。言语是特定情境下人们在交流中所使用的语言，是一种具体的个人语言。语言与言语是相互依存的，语言是在言语的基础上形成的，言语要让人能够理解，进而实现它的效果，就必须遵循语言的规则。

其次，文学语言本身具有形式美的价值。文学语言的审美性突出表现在声音、绘画和建筑三个方面。闻一多先生说："诗的实力不独包括音乐的美（音节），绘画的美（辞藻），并且还有建筑的美（节的匀称和句的均齐）。"文学语言的声音美主要来自声音节奏的锤炼，如音节匀称、合辙押韵、双声叠韵的运用等。文学语言的绘画美主要靠意象的选择，各种色彩词的搭配，形象化词语的使用，形象的塑造，各种生活画面的描绘。文学语言的建筑美主要靠段落层次、篇章结构的安排，句式和句群的整齐和谐等。如李商隐《锦瑟》诗："锦瑟无端五十弦，一弦一柱思华年。庄生晓梦迷蝴蝶，望帝春心托杜鹃。沧海月明珠有泪，蓝田日暖玉生烟。此情可待成追忆，只是当时已惘然。"这首诗，从音节和谐、音韵响亮、节奏鲜明来说，具有音乐美；从形容描绘、色彩鲜明、诗情画意来说，具有绘画美；从对仗工整、句式整齐、结构谨严来说，具有建筑美；从统一表现的语言风格来说，具有朦胧多义、含蓄蕴藉之美。

文学语言的审美性对语言提出了准确、鲜明、生动、形象的要求。要求作品用最恰当、最确切、最精炼的语言描绘景物，叙说事件，抒发感情。为了特定的目的有时还必须运用比喻、排比、夸张、拟人等多种修辞手法，给读者留下深刻难忘的印象，使读者如闻其声、如见其人、如历其境、如经其事，从中获得丰富隽永的审美感受。因此，语言美构成了文学的特质美，具有重要的审美价值。文学创作者在选择一个字、一个词时，不光要考虑它的意思，还要考虑它的声音。文学用语言来表情达意，没有语言也就没有文学。因而，我们说，文学是语言的艺术，文学语言是一种特殊的语言形式。

总而言之，文学语言既要表达意义又要表达自身，并要将二者构成一个有机统一的文学世界，语言本身就是文学作品的构成因素之一。杜甫的"语不惊人死不休"，卢延让的"吟安一个字，捻断数茎须"，都说明文学是语言的艺术，因此，文学爱好者必须学习语言、熟悉语言、运用语言，只有这样才能把这门艺术发挥得更好。文学虽然依赖于语言，但文学不仅仅是语言，它虽然由语言构成，但最终必须超越语言，才能达到更高层面的审美。这就是语言第二层面——文学形象的创造。

二、形象的创造

文学作品和哲学以及其他社会科学有明显的不同，哲学等理论意识形态以抽象的概念化的语言来反映客观世界，而文学则借助于生动具体的文学形象或形象体系来传达审美信息。因此，文学形象是文学表达内容的特殊符号，是文学的重要特征。正如别林斯基所说："哲学家用三段论法说话，诗人则用形象和图画说话……政治经济学家被统计材料武装着，诉诸读者或听众的理智……诗人被生动而鲜明的现实描绘武装着，诉诸读者的想象……一个是证明，另一个是显示……一个用逻辑结论，另一个用图画而已。"

文学活动离不开具体的文学作品，作家创造出文学作品，目的是希望通过作品中具体的艺术形象来传达自己的思想感情以及对社会生活的认识。读者对文学的欣赏也必须通过文学作品来进行，只有通过具体的艺术形象，才能认识作家笔下广阔的社会生活，才能感受艺术形象中所包含的思想感情，最终获得美的享受。

一方面，文学作品是作家思维活动的产物，作家在创作时的思维活动离不开艺术形象，作家对生活的认识都蕴涵在艺术形象之中。另一方面，读者也必须通过作品的语言文字，围绕作家塑造的艺术形象来体味生活，并结合自己的生活经验再造艺术形象。

文学形象的诞生，必须包含创作主体和创作客体两个要素相互转化的过程。审美对象作为客体，只有经过作家的艺术创造，被主体意识所同化、所改造，才有可能上升为形象。文学形象与普通的生活形象的不同表现在，文学形象中不仅有经过作家加工过的客观事实，而且包含着他对加工对象的审美态度，寄寓着作家的审美个性。

什么是文学形象呢？凡是能够把主体从现实生活所获得的、内在的审美意识，通过语言的描绘，外化为可以使人在接受过程中产生一种真切、鲜明、具体而生动的审美感受的感情对象，就是文学形象。文学通过文学形象来反映社会生活，表达人的思想感情。在文学作品中，文学形象处于中心位置，直接关系到深层意蕴的传达，同时制约着文学的表层结构，它在文学活动中的地位至关重要。文学形象有着不同的类型，最成功的两类是"典型"和"意境"，前者是就叙事性文学作品而言，后者是就抒情性文学作品而言。

（一）文学典型

典型又被称为典型人物或典型性格，它来自西方文学理论，在希腊语中有模子的意思，可以看出典型突出的是形象的概括性和普遍性。优秀的叙事文学作品大部分是以典型来反映社会生活的。如果说形象性是文学的基本属性的话，那么典型性便是优秀文学的主要标志。在文学典型中，涵括了日常的、普遍的生活现象，能引起人们强烈的爱憎之情。能够被称为典型的，"每一个人都是一个整体，本身就是一个世界，每一个人都是一个完美的有生气的人，而不是某种孤立的性格特征的寓言式的抽象品"。因此，典型既根植于社会生活中，又以鲜明的个性活跃在文学天地里。

典型具有以下三个特征。

（1）典型人物具有"整体个性"的特点。也就是说，成功文学作品中的人物形象既有与众不同的个别性、特殊性，又具有丰满性，能够多侧面、多方向、多层次地体现个性特征。例如《水浒传》中的武松，金圣叹这样评述："武松，天人者，固具有鲁达之阔，林冲之毒，杨志之正，柴进之良，阮七之快，李逵之真，吴用之捷，花荣之雅，卢俊义之大，石秀之警者也。"（贯华堂第五才子书：《水浒传》，施耐庵著，金圣叹批，第二十八回批注）武松的性格既正直，又狠毒，既豁达，又机智，他的性格不是单一的，单薄的，而是多侧面的统一。鲁迅作品中的阿Q同样如此，他既愚昧，又圆滑；既自大，又自贱；既蛮横，又卑怯；既不满现状，又安于现状。在他身上，体现出了多样对立的丰富性。

（2）典型人物具有深刻的社会概括性。典型人物形象往往通过自己独特的个性命运，去显示整个人生和社会，反映许多人所具有的思想、性格、感情、理想、心理状态的共性特征，即通过"一定的单个的人"来显示出人的社会本性。在现实生活中，人们能够从典型人物的身上看到自己或者别人的影子，这就说明了典型人物具有深刻的社会概括性。

（3）典型人物具有独特的审美价值。典型之所以成为典型，就在于它是以审美的姿态显示了人生和人性的社会价值，是对人生和人性的一种发现，人们往往能够从中发现生活的奥秘。典型以对人生的发现来提升读者对人生和人性的感受和理解。它既让人感到陌生和新鲜，又使人觉得"似曾相识"，具有独特的审美价值和永恒丰富的艺术魅力。

（二）文学意境

再现性文学形象表现为文学典型，表现性文学形象则表现为文学意境。所谓"意境"，是指作家的主观情思与所描写的富有特征性的客观景物浑融契合而形成的艺术境界和氛围。意境是意象更高一级的表现形态。意境理论在我国古代文论中历史悠久，它们有一个共同的特点就是都强调情与景的结合，即主观之"意"与客观之"象"的结合。意象所表现的是思想、感情、心绪、意愿等精神性对象，因此，它具有意识的属性。同时，"象"对"意"的显现非常重要。作为语言的艺术，文学作品必须通过语言塑造出的审美意象来表现，从而使作者的主观情感与外界的客观景物结合在一起，情与景合，意与象通，就构成了意境。

意境具有以下三个审美特征。

（1）情景交融。意境使客观景物作为主观情思的寄托，达到一种情景交融、和谐统一的艺术境界。一方面，景物需要情感融注，以得其生命。另一方面，感情需要景物来附丽，以成其形象。朱光潜曾说："情景相生而且契合无间，情恰能称景，景也恰能传情，这便是诗的境界。"王夫之所说的"情景名为二，而实不可离"，王国维的"一切景语皆情语"都说明了情与景的交融境界。

（2）境生象外。意境是虚实结合的产物，"实"是作品中实际呈现出来的人、事、景等，"虚"是作品中留出的空白处，这些空白经过读者的想象，便能化虚为实，在脑海里形成具体的人、事、景等。也就是说，人们在欣赏文学作品时，能在有限的文字之外领略到一个充满张力的艺术空间，即在意象创造的基础上引发读者的想象，使其感受到一种境界。"境生象外"实际上就是"象外之象""景外之景"，它远远超出作品已表现的部分。一般而言，实境的塑造并不困难，难就难在实中见虚、境生象外。好的意境是实境与虚境相结合而形成的艺术境界。

（3）韵外之致。意境除了能够引导人们感受"境生象外"之外，还能进一步让人获知言外之意，通过对文学语言的回味，从语言之中品味言外之意，品味言外之意带来的韵味，从而使人进入一个更高的从"有"到"无"的无所依赖的自由境界，进入更高的与人生意蕴相关的思考与领悟领域中去。

总之，文学形象是一个复杂的统一体，既有客体的参与，也有主体的融入，既有外在的"形"，也有内在的"神"，是多种因素相互联系的结果。文学艺术正是通过具体可感的个性来显示带有普遍意义的生活本质，其共性存在于个性中，而个性又体现着共性。可以说，没有形象，就没有文学。

三、美感的传达

文学与其他人类活动的区别在于它是一种复杂而丰富的审美活动。人类活动分为物质活动和精神活动。物质活动创造物质财富，以满足人类基本的物质生存需要；精神活动则是在物质活动基础上产生的围绕着思想、情感、信仰等发生的精神意识活动。

文学是一种用艺术的方式表现人们对世界的看法的精神活动，它通过对人类世界中人的情感、世界情状的描写与刻画，在一个虚拟的世界中创造美，以满足人类对于美的需求。所以，文学艺术是一种精神享受，这种享受往往又是通过美感作用来实现的。所以传达美感是文学重要的社会作用之一。什么是美感呢？美感就是人们通过对文学作品中所描写的美的语言、美的事物、美的形象的欣赏，而产生的一种精神感受。文学艺术的根本目的，在于满足人们的审美需求，使人们在审美享受中提升审美、创美的能力。正是在这一意义上，审美性就成为了文学的本质特征。美感无处不在，无论是在文学创作过程中还是文学欣赏过程中都会产生美感，会产生强烈的情绪反应。例如，读了苏轼《题西林壁》："横看成岭侧成峰，远近高低各不同。不识庐山真面目，只缘身在此山中。"庐山的神奇秀美尽在不言中。读了李白《望庐山瀑布》："日照香炉生紫烟，遥看瀑布挂前川。飞流直下三千尺，疑是银河落九天。"便感觉庐山飞瀑如在眼前。这些文学作品，不但表现出了作家本人较高的审美取向，还带给了读者强烈的审美愉悦，使人生出对祖国河山的热爱之情。

文学作品塑造美、传达美感的方式方法多种多样，具体有以下几个方面。

（一）真实美

真实是文学的生命。真是美的基础，是文学作品有无价值、能否产生魅力的首要条件。真的不一定都是美的，但美离开了真，便异化为伪美。失真的、伪美的作品，首先会引起读者心理上产生失望乃至被愚弄的感觉。文学的真实美，是有特定意义的，是指经过作家对生活的审美把握、审美反映，从生活真实转化为艺术真实的美。

所谓生活真实是指社会生活中实际存在的人和事，它是文学的反映对象。简言之，生活的真实就是真实的生活。这里需注意两点：其一，我们所说的生活，包括现实的和历史的这两个方面；其二，我们所说的生活，包括人类的物质生活和精神生活两个方面。人类的物质生活是复杂的，人类的精神生活更是无限丰富的。而且正是因为后者，才真正把人同动物完全区分开。因此，肯定人的物质生活是实际存在，决不能忽视人的精神生活也是一种实际存在，是文学创作更重要的对象之一。

所谓艺术真实是以生活真实为基础，作家经过提炼、概括、想象、虚构创造出来的艺术形象的真实。它显示出社会生活某些本质规律，体现着作家的审美评价，是主客观相互作用的结晶。艺术真实是优秀文学的基本属性。

下面，我们具体分析一下两者的联系与区别，在比较中着重领会艺术真实的基本特征。

（1）文学真实离不开艺术提炼。文学是人学，文学离不开反映对象，更离不开艺术加工。高尔基认为，对生活现实的复制只是一般照相师的手艺。"例如，一个只带凄惨微笑的人的脸庞，为了照出这个脸庞带有嘲讽微笑或欢乐微笑的相片，他就得一次又一次地拍摄。所以这些相片或多或少都是真实，然而是一个人凄惨地，或者愤怒地，或者欢乐地生活着的那一分钟的'真实'。"因此，真实美要求作家对生活进行反复的筛选和加工，要努力写出作品中人物独具的个性，围绕人物性格展示矛盾冲突，再现社会现象与社会本质之间曲折微妙的联系。

（2）文学真实饱含情感。生活真实不包含作家的思想感情，而文学作品是灌注进作家心血和生命的艺术形象，具有作家审美评价的倾向性。艺术提炼只是文学创作的第一步，接下来艺术家必须进行创造。如何创造？那就是作品必须蕴涵着作家的思想和感情，灌注进作家的心血和生命，以点燃艺术创造的火焰。好比春蚕吐丝：吃的是桑叶——经过自己的鲜血和生命的加工——吐出精美的丝，创造出比生活真实更高、更美、更理想的艺术新天地——艺术真实。

人类社会每时每刻都在发展，作为审美对象的文学作品，其真实美也时时经受着历史潮流的洗礼。有的作品能经受住历史的检验，焕发出永恒的魅力；有的作品则被无情地淘汰。作家应当遵循文艺发展的规律多创作真实的文学精品。

（二）情趣美

古往今来，凡对读者具有吸引力、诱惑力的作品，总是或隐或显、程度不等地包含着令人赏心悦目的情趣美。这说明文学的审美性与趣味性是密不可分的。我国宋代严羽提出诗歌"趣味"说，明代李贽认为"天下文章当以趣为第一"，近代的梁启超说"文学的本质和作用最主要的就是趣味"，这些都强调了情趣美的重要性。

文学的情趣美要求作家写出的作品要有情趣，体现出一种超凡脱俗的风趣。追求情趣美是人的爱美天性的一种表露，文学创作应该满足人们的这一正常的审美需求。在这方面，文学史上不乏其例。一些民歌、情歌和小说（如《一千零一夜》《堂·吉诃德》《西游记》《聊斋》），或浪漫，或怪诞，充溢着独特的情趣美。从一些著名的人物形象，如《水浒传》中的鲁智深、《三国演义》中的张飞，也能领略到独特的审美情趣。活跃于民间的通俗文学如变文、民歌等由于带有民间风味，具有强烈的生活情趣，曾经引起无数文人的效仿，说明优秀的通俗文学无疑更能适应广大读者观赏性、趣味性的审美需求。应该注意的是，趣味有格调雅俗高下之分。文学创作要提倡健康、高尚的情趣，抵制不健康的、低下的情趣。

（三）独创美

艺术贵在独创和不可重复。如果说科学是发现，其结论可以重复验证，那么艺术则是创造，是不可以重复的。艺术作品从内容到形式都应独出机杼，发他人之未发，道他人之未道。艺术的独创性是艺术的生命。独创性是艺术的独有特征。例如，古代写"愁"的诗篇非常多，但李煜《虞美人》中的"问君能有几多愁，恰似一江春水向东流"却独树一帜，深受历代读者的喜爱。因为它没有沿袭一般现象描写的旧套，而是将愁物化为可见可感、形象具体的鲜明形象，让"愁"以新的独特性展现在读者面前，给人以新颖别致的审美感受。再如鲁迅的《呐喊》《彷徨》，这些作品对社会人生有着不同凡响的感受力、思辨力、透视力，既反映出作者对国民精神、民族命运的忧患意识，又表现出了作者对农民生活的关注和对开始觉醒的知识分子的期待。其作品风格冷峻，凝重，他的创作生命力是旺盛的，独特的。在五四新旧文学的对垒中，他的小说创作具有首开风气的深远意义。

审美感受和情感体验每个正常人都会有，可贵的是独创性的审美感受和情感体验。独特，就是与众不同，要做到"独特"两字，就要求作家对生活应有准确、缜密、深邃的发现，善于穿过生活的各种现象，向深处开掘，捕捉社会人生的底蕴和美的价值。所以，作家应该积极创新，创造出具有独创美的佳作，去满足不同层次和不同类型的读者的审美需求。

第二节　文学的表现手法

表现手法是指作家运用语言来塑造艺术形象，反映社会生活，表达思想感情所采用的具体手法。不同艺术门类都有自己不同的表现手法。比如绘画有色彩明暗、线条、块面、透视、比例等手法，音乐有音调、音色、节奏、和声、旋律、复调等手法，电影有蒙太奇、长镜头、画外音、特写等手法。文学是语言的艺术，它是运用与语言相关的艺术手法来塑造艺术形象。文学的表现手法是多种多样的。既可以从语言的修辞角度去把握，如比喻、象征、反讽、比拟、借代、摹状、夸张、反复、对偶、婉转等都是常见的修辞手法，也可以从语言的音律角度去把握，像节奏、格律、反复、押韵等也是常见的音律手法。笔者下面主要从文学作品表现的内容和方式角度出发，介绍几种基本的手法，即描写、叙述、抒情和议论等。

一、描写

描写是文学创作中一种最基本的艺术手法，它是作家以形象化的语言对人物、事件、环境进行描绘，以具体生动地呈现对象特征和状貌的一种手法。描写也可以从不同角度予以分类。从描写的对象说，可以分为人物描写、环境描写、细节描写、场面描写等；从描写的角度说，可以分为正面描写、侧面描写等；从描写的方法说，可以分为白描、细描、动态描写、静态描写、对比描写、对立描写、反衬描写、夸张描写、内心独白等。这里仅介绍几种最常见的描写方式。

（一）整体描写与细节描写

整体描写是从整体出发，对描写对象作整体的描绘和刻画，使欣赏者对描写对象有个总体的印象。这一整体描写，使欣赏者从一开始就对对象的相貌、性格特点等方面形成了一个初步的总体印象。比如，美国作家米切尔的小说《飘》一开始就对主人公郝斯嘉的相貌、性格特点作了整体的描绘和刻画：她是一个长得并不美可是极富魅力的形象，男人见了她往往就会着迷；从她的脸上既可看出母亲给她的温柔，又可以看出父亲给她的豪爽；她长着南方女人最喜爱的皮肤，穿着打扮非常得体、合身，但在这得体的穿着、安静温柔的外表下却掩饰不住她的真性情，她的眼睛总是骚动不宁、慧黠多端的，跟她的外表极不相称。原来她平日受母亲的训诲和严厉管教，才把这姿态勉强练成，而她的那双眼睛，是天生的，绝不是人工改造得了的。这一整体描写，使读者从一开始就对她的相貌、性格特点形成了一个初步的总体印象，也有助于读者在后面的阅读中进一步把握这一形象的性格特点。

细节描写是选取具有典型意义和艺术魅力的生活细节所作的生动刻画和精确描绘。细节描写有许多种类，如特征性细节描写、象征性细节描写、暗示性细节描写、重复性细节描写、夸张性细节描写等。特征性细节描写，是抓住对象的鲜明特征，是形象逼真、生动传神地表现对象的情态和风貌。像托尔斯泰的《复活》中玛丝洛娃在法庭上出场的肖像描写，就很好地运用了这一手法，"明明故意地让一两绺头发从头巾里面溜出来，披在额头"和"苍白的脸色"的特征性细节描写，很好地显示了玛丝洛娃作为妓女受到摧残的心灵和性格特征。象征性细节描写的特点是用具象表现抽象，用单纯鲜明的细节来表达人物的复杂感受和蕴含深刻的哲理。比如，鲁迅《药》中夏瑜坟上的"花环"和"哑"的一声大叫而直冲云天的"乌鸦"，就是象征性细节描写的成功运用。暗示性细节描写是言在此而意在彼，笔墨经济地写出人物的心理和事件的发展。比如，《水浒传》第六十一回写卢俊义外出避灾要管家李固先行装车一节，卢妻贾氏与卢俊义应酬告别，见李固离去时"流泪而去"的细节描写，就将贾氏与李固的私情这样重大的情节暗示出来，对小说故事情节的发展有重要作用。重复性细节描写，就是有意地让某一细节在情节发展过程中反复出现以丰富作品的意蕴。比如茹志鹃的小说《百合花》就很成功地运用了这一手法，通讯员的被门钩撕破的衣服这一细节描写在作品中出现了三次，很好地表现了人物心理，丰富了小说的主题立意和情节内涵。夸张性的细节描写是对某一细节特征加以夸大描写，以突出事物的本质特征。像《欧也妮·葛朗台》中老葛朗台临死前想抓神甫的镀金的十字架的描写，《儒林外史》中严监生临死前用手指指着两茎灯草，不肯闭眼的细节描写，都是成功的运用。

（二）直接描写和间接描写

直接描写又称"正面描写"或"实写"，是作者从正面的角度，对人物、环境、事件、场面等进行直接而具体的描绘。直接描写可使描写对象具体可感，获得直观、鲜明、真切的艺术效果。间接描写又称"侧面描写"或"虚写"，是作者从侧面的角度，对人物、环境、事件和场景进行的描绘和刻画。由于文学具有形象间接性的特征，不像直接性形象那样实写，因此间接性描写在文学中受到人们的高度重视。中国古代小说理论所讲的"注彼写此""背面铺粉""横云断岭""横桥锁溪""烘云托月"等等技法，实际上都属于间接描写。间接描写与直接描写相比，虽不如直接描写那样具体真切，却更能调动读者的想象力和感受力。中外文学史上不乏成功的范例，如宋玉写楚国美女："增之一分则太长，减之一分则太短。"《陌上桑》中写众人观罗敷："行者见罗敷，下担捋髭须。少年见罗敷，脱帽著帩头。耕者忘其犁，锄者忘其锄。来归相怨怒，但坐观罗敷。"荷马史诗描写众长老赞叹从城头走过的海伦等等，都是通过间接描写很好地表现了人物的相貌之美，取得了以少胜多、回味无穷的艺术效果。

（三）静态描写和动态描写

静态描写是指对描写对象作相对静止的描写，常用于人物肖像、心理刻画、自然景物和生活场景的描写。比如，《红楼梦》中贾宝玉、林黛玉出场，作者都用静止的笔法较细致地描绘他们的肖像。静态描写若运用不当，易流于呆板冗长，故常与动态描写相结合，以动写静，化静为动。动态描写是对处在具体情境中的对象特征的描绘，常常能更生动地传达出对象的表情、神态、风貌和精神性格上的特征，在文学创作中为人们所高度重视。像《诗经》中的"巧笑倩兮，美目盼兮"，《长恨歌》中的"回眸一笑百媚生"，《聊斋志异》中婴宁的笑声，《红楼梦》中王熙凤未见其人、先闻其声的出场方式等等，都是很成功的动态描写。

（四）白描和内心独白

白描和内心独白是中西方文学中常见的两种不同方式的描写。白描是中国传统中常见的描写手法。它是抓住对象的典型特征，以简练的文字，勾勒出对象的神态形貌。白描原是中国绘画艺术的一种技法，它与"渲染"相反，它不靠强烈的色彩，没有背景，而重在以墨线来勾勒形象。后借用在文学中，成为重要的描写手法。笔者前面提到的鲁迅先生除了重视心理描写外，还非常重视白描手法，强调画一个人要以极其简洁的笔墨画出他的眼睛，写意传神，这实际上就是白描手法。他的笔墨也的确是极其简练传神，如《阿 Q 正传》第六章写阿 Q 从城里归来："天色将黑，他睡眼蒙眬的在酒店门前出现了，他走近柜台，从腰间伸出手来，满把是银的和铜的，往柜台上一扔说：'现钱，打酒来。'"寥寥几笔，就把阿 Q 从城里归来的那种得意神态传达得惟妙惟肖。

内心独白是西方文学中常见的一种描写手法，指通过人物的自我表述来表达出人物的情绪感受，揭示人物内心活动的发展变化。内心独白在传统的现实主义小说中也有很多运用。比如，托尔斯泰的小说《安娜·卡列尼娜》中在写安娜卧轨自杀的时候，就借助于内心独白的技巧很好地表现了安娜矛盾慌乱、痛苦失望的心理。内心独白在意识流小说、心理现实主义小说、心态小说等体裁中则运用得更为广泛和成熟，是西方现代小说中重要的形式技巧之一。

二、叙述

叙述是作者对作品中人物、事件、背景所作的具体记述和介绍说明，也是文学创作的一种基本手法。过去我们的文学理论教科书重描写而轻叙述，认为从艺术形象塑造和艺术表现力方面看，叙述只是描写的辅助手段，叙述的功能只在于对人物、事件作简单的介绍和说明。这种观点实际上是不对的。叙述不仅在作品的整体结构中有着比描写更重要的地位，而且叙述的角度、风格、语体均对作品的审美价值形成有着重要作用。结构主义文学理论家热奈特认为，从表面上看，"描写可以说比叙述更必不可少，因为不带叙述的描写比不带描写的叙述更容易做到"。比如，"白房绿窗石板顶"这个描写的句子不包含任何叙述成分，而"那人走近桌子，拿起一把刀"这个叙述句却也可以视为描写，因为"走近""拿起"这些动词已产生描写的效果。实际上，叙述在文学作品中的地位比描写更重要，因为描写总是叙述的奴隶，描写在作品中虽然占很大比例，但从作品的整体结构和人物事件的发展进程来看，描写只对叙述起辅助作用。热奈特甚至提出："研究叙述与描写的关系，归根结底主要是研究描写的叙述功能，即描写段落或描写方面在叙事的整体结构中所起的作用。"他还把小说中描写的叙述功能分为三种：

（1）装饰功能。它主要限于那些静态的场景、人物肖像和事物形态描写。它不直接影响和打断叙述的进程，只是"叙事中间的休息和消遣，纯粹起美学作用，正如古典建筑中雕塑的作用一样"，如《伊利亚特》第 18 卷对阿喀琉斯盾牌的描写。

（2）解释和象征的功能。如现实主义美术家的作品中对人物的相貌、衣着和居室陈设等的描写就具有透露和解释人物心理的倾向。

（3）推动和替代功能。描写直接是叙述事件、展开情节的重要因素。美术作品的叙述和描写是不可分的，它们都服从于作品整体结构的需要，单独强调哪一种，都是不对的。比如《祝福》中祥林嫂三幅肖像的描写，就成为了展开故事情节的重要因素，直接服务于小说叙事的结构需要。热奈特的这些观点实际上也说明文学作品的叙述和描写是不可分的，它们都服从于作品整体结构的需要，单独强调哪一种，都是不对的。

叙述手法涉及的问题很多，有叙述时间、叙述节奏、叙述频率、叙述语态、叙述人称、叙述角度等。笔者下面主要介绍几种常见的叙述方式，即顺叙、倒叙、插叙。

顺叙，以事件发生的时间顺序为依据，能给人以脉络清楚、前后连贯的印象。顺叙并不等于平铺直叙或一览无余，好的叙述也应做到波澜起伏，张弛有度，以吸引读者的注意。顺叙也可以说是最基本的叙事方式，当我们肯定一个故事有其内在的时间顺序和逻辑关联时，也就意味着肯定了它的基本叙述形式是"顺叙"的，而倒叙、插叙则是这一基本形式的变化。

倒叙又称回叙，是作家故意违反顺叙方式，将事件和情节的结局或时间在后面的事件先展示出来，再返回去叙述此前发生的事情的叙述方式。倒叙可以造成悬念和情节故事的对比，使故事情节的发展更富有变化，从而增强作品的艺术感染力。比如鲁迅的小说《祝福》就把故事的结局——祥林嫂的死放在小说开始，引起读者对人物命运的强烈关注，从而增强了小说的思想性和艺术感染力。

插叙，在叙述一事件时插入另一叙述，可丰富表现内容，并使形式灵活多变。插叙的内容通常是回忆往事、追述往事，或对正在发生的情节事件作补充说明。插叙可以调节故事发展的节奏，丰富故事内容，使故事情节灵活多变，也是一种非常重要的叙述方式。插叙的内容如果只是追溯过去，与倒叙很相似，但如果从全篇结构着眼则可以看出两者是有明显区别的：倒叙是从作品的整体结构上来说的；而只有那些在总体上是顺叙的，只是在中间插入一段或几段往事的才算是插叙。

三、抒情

抒情是作者在作品中抒发思想感情的表现手法，是抒情文学作品中最基本的手法。抒情方式有两种：直接抒情和间接抒情。

（一）直接抒情

直接抒情多用第一人称，由作家把自己的感情直接抒发出来，不借景物、人物、事件来传情达意。例如陈子昂的诗："前不见古人，后不见来者。念天地之悠悠，独怆然而涕下。"这是典型的直接抒情。再如王安石的《示长安君》:"少年离别意非轻,老去相逢亦怆情。草草杯盘供笑语,昏昏灯火话平生。自怜湖海三年隔,又作尘沙万里行。欲问后期何日是?寄书应见雁南征。"这首诗中表现了"怆情"之感,颈联中"自怜"与"又作"贯通一气,诗人便借此直抒胸臆,表达了心中的万端悲慨。"湖海"久隔,"尘沙"远赴,旦夕间重逢又别,且是出使不无艰险的辽国,时空的拓展将悲意又加深了一层。"三年"言时间之长,"万里"谓距离之远,以数字入诗,一纵一横,使悲情更为浓烈。

(二)间接抒情

间接抒情一般是用第三人称的叙述语言表现出来,它要凭借客观景物、事件、人物来抒发感情,情感蕴含在所描写的事件、景物之中。例如杜甫的《绝句》"两个黄鹂鸣翠柳,一行白鹭上青天。窗含西岭千秋雪,门泊东吴万里船"就是间接抒情。中国古代诗歌的间接抒情主要有四种形式。

(1)借景抒情。借景抒情即诗人把自身所要抒发的情感、表达的思想寄寓在景物之中,通过描写景物来予以抒发。例如辛弃疾的《鹧鸪天·送人》:"唱彻《阳关》泪未干,功名馀事且加餐。浮天水送无穷树,带雨云埋一半山。今古恨,几千般,只应离合是悲欢?江头未是风波恶,别有人间行路难!""浮天水送无穷树,带雨云埋一半山"。这两句便运用了借景抒情的表现手法,表现出了翘首远望,依依不舍的惜别之情;路途艰难,祝福平安的关切之情;山高水长,前程迷茫的郁闷之情。

(2)借物抒情(托物言志)。借物言志即诗人借日常生活或自然界中的某物具有的特征,来表达某种情感或志向,如刘一止的《小斋即事》:"怜琴为弦直,爱棋因局方。未用较得失,那能记宫商?我老世愈疏,一拙万事妨。虽此二物随,不系有兴亡。"此诗中作者写琴棋这两种事物是托物言志。他以琴棋二物的"品",来写自己的"志":直——正直、方——有棱角。正因为自己的方直之品不变,结果到头来"世愈疏""万事妨",只落得小斋独处,无关乎国家的兴亡了。这些都抒发了作者对个人遭遇的感慨,对世事讥讽的情怀。

(3)借古抒情。借古抒情即借历史上的事件来讽喻当朝。如吴融的《华清宫》:"四郊飞雪暗云端,唯此宫中落旋干。绿树碧檐相掩映,无人知道外边寒。"此诗便是借古抒情,鞭挞了无视人民疾苦、沉湎于享乐的统治者。

(4)情景交融(寓情于景)。情景交融即,将感情融会在特定的自然景物或生活场景中,借对景物或场景的描摹刻画来抒发感情。苏轼的《望江南·超然台作》:"春未老,风细柳斜斜。试上超然台上望,半壕春水一城花,烟雨暗千家。寒食后,酒醒却咨嗟。休对故人思故国，且将新火试新茶，诗酒趁年华。"这首词上片描写的是超然台下"春未老"之景；下片抒发的是春虽未老，人却在无奈之中的思乡之情。这首词体现的便是因景生情，情景交融。

四、议论

议论则是直接表达对客观事物的判断、评价的一种手法，主要为说理文和论说文所采用，但文学作品也常常用议论的手法来反映社会生活和表达思想感情。在篇幅不长的叙事作品和抒情作品中，议论手法是比较少见的。而对于较为大型的叙事作品，如长篇和中篇小说，议论常常是不可避免的。托尔斯泰的《战争与和平》中就多次用议论来表达作者对历史和现实生活的见解，使作品中对历史和现实的描绘带上一种冷峻深沉的格调，更富有人生哲理和思想内涵。当然，托尔斯泰这一作品也有议论过多而忽视形象描绘的缺点，小说最后几章的议论就常常脱离了小说的艺术形象整体，带有某些政治说教的色彩。托尔斯泰的例子也说明，议论在文学作品中的运用要谨慎，绝不能脱离对形象整体的塑造。议论有多种形式。在叙事作品中，典型的形式是通过叙述人语言进行议论，这些议论常常代表作者本人对所议论的事件的看法。还有一种议论是借作品中人物之口说出，这种议论可能代表作者的看法，也可能与作者看法相矛盾和相反。西方现代文学理论中有一种反对作者介入作品的倾向，自然也就反对作品中议论存在的必要性。这种观点显然是错误的。美国小说理论家布斯在其名著《小说修辞学》中说，"直接的无中介的议论"和脱离作品中人物事件的议论固然应该否定，但议论的作用却不可忽视。为此，他提出所谓戏剧化议论（也就是小说中人物对事件、人物的评论）、含蓄议论（也就是在作品的字里行间透露出作者看法的议论）、象征性议论（就是作品中某些细节和场景作为一种特殊物所提供的议论，它也是一种暗示性的议论）等议论手法，指出：各种议论，都是为提高读者对一本书的特殊要素的体验强度服务的，"伟大的小说正是产生于隐含作家所具有的感情和评价"。布斯这些看法是很有价值的，亦说明议论在文学中存在是很有必要的，不能轻易否定其价值。

上面所讲的描写、叙述、抒情与议论等表现手法虽各有其特点和作用，但它们在文学作品中并不是独立存在的，而是交织在一起的，服从于文学作品整体结构和形象塑造的需要。表现手法作为文学作品形式构成的重要因素，最终都是指向文学作品内容的。这是我们理解表现手法，同时也是理解文学作品形式诸因素，如语言、结构、体裁等所应持的基本立场和方法。

第三节　文学的功能

在中国古代，从孔子开始便十分重视文学的社会功能。孔子曾经说："小子何莫学夫诗？诗，可以兴，可以观，可以群，可以怨。迩之事父，远之事君；多识于鸟兽草木之名。"孔子对他的弟子说：年轻人啊，你们为什么不去学学诗呢？他这里的诗专指《诗经》，因为在孔子之前，诗歌集大成者就是《诗经》。孔子认为，学习《诗经》至少可以带来六大好处，可以必、观、群、怨，近的可以侍奉父母，远的可以侍奉君王，甚至还可以认识鸟兽草木等；近代梁启超也认为小说具有四种功能，即"熏、浸、刺、提"。可以说，重视文学的功能与作用，是中国文论的一个重要传统。

一、认识功能

"文学作为对现实生活的审美的反映，是以真实性为基础的。这又决定了它往往具有一定的认识作用。文学的认识作用是指人们通过阅读文学作品，可以认识历史和人生，提高观察生活、理解生活的能力。"这就是文学的认识功能之所在。人们由于生活的时间、空间以及生活经历、职业特点等方面的因素，对于社会生活的了解总是存在着一定的局限性，这就需要通过一定的方式去了解生活，而文学在这方面便提供了最好的方式。不用说，人们对于不同时代、不同民族、不同地域以及不同条件的生活状况的了解，在很大程度上都得益于文学作品。另外，文学也能让人回忆起以往熟知但后来被忘却的事物，让人注意到那些习焉不察被忽略掉的东西。车尔尼雪夫斯基说，海是美的，但并非每个人都住在海滨，许多人终生没有见到海的机会，然而他们也希望欣赏到大海的景色，于是就出现了描绘大海的作品，"这就是许多艺术作品的唯一的目的和作用：使那些没有机会直接欣赏现实中的美的人也能略窥门径；提示那些亲身领略过现实中的美而又喜欢回忆它的人，唤起并且加强他们对这种美的回忆"。尤为重要的是，文学还能以其独特的观察角度、理解方式和表现形式来揭示生活中那些常为人所忽略的底蕴，甚至达到科学认识所不及的深刻性和丰富性。马克思、恩格斯曾多次称赞狄更斯、巴尔扎克等人的作品所揭示的真理，比一切历史学家、经济学家和统计学家加在一起所揭示的还要多。而他们对于资本主义制度的本质、规律的认识，则常常是从笛福、莎士比亚、狄更斯、巴尔扎克等人的作品中获得启示的。在《资本论》等著作中，这些作品的引用，往往成为了揭示货币和资本本质的有力依据。因此韦勒克、沃伦认为，文学具有一种其他事物所不具备的替代功能："实际上，文学显然可以代替许多东西——代替在国外旅行或羁留；代替直接的经验和想象的生活；还可以被历史家当做一种社会文献来使用。"

不仅如此，文学还能展示人的内心世界和情感生活。相对于包罗万象的外部世界，人的内心世界也是一片广袤的天地、一片迷乱的星空，在这个阔大的空间中也是风云际会、变幻无穷的，时而鲜花盛开，云雀在云端高歌;时而风雷激荡，乌云在头顶聚合，人的热情、欢乐、梦想、忧思、怅惘、悲伤，以及那些神秘莫测、隐匿不彰或羞于告人的情愫和思绪都在这里聚集、交织，而这正显示了人性的丰厚、深邃、微妙和神秘。总之文学是一本人生的大书，它教给人们认识人性的功效，远胜于其他科学之力。试读罗曼·罗兰的《约翰·克利斯朵夫》中对于儿童时代的小克利斯朵夫内心感受的描写：

岁月流逝……人生的大河中开始浮起回忆的岛屿。先是一些若有若无的小岛，仅仅在水面上探出头来的岩石。在它们周围，波平浪静，一片汪洋的水在晨光熹微中展布开去。随后又是些新的小岛在阳光中闪耀……

夜里，——半睡半醒的时候……一线苍白的微光照在窗上……江声浩荡。万籁俱寂，水声更宏大了；它统驭万物，时而抚慰着他们的睡眠，连它自己也快要在波涛声中入睡了；时而狂嗥怒吼，好似一头噬人的疯兽。然后，它的咆哮静下来了：那才是无限温柔的细语，银铃的低鸣，清朗的钟声，儿童的欢笑，曼妙的清歌，回旋缭绕的音乐。伟大的母亲之声，它是永远不歇的！它催眠着这个孩子，正如千百年来催眠着以前的无数代的人，从出生到老死；它渗透他的思想，浸润他的幻梦，它的滔滔汨汨的音乐，如大氅一般把他裹着，直到他躺在莱茵河畔的小公墓上的时候。

钟声复起……天已黎明！它们相互应答，带点儿哀怨，带点儿凄凉，那么友好，那么静穆。柔缓的声音起处，化出无数的梦境，往事，欲念，希望，对先人的怀念，——儿童虽然不认识他们，但的确是他们的化身，因为他曾经在他们身上逗留，而此刻他们又在他身上再生。几百年的往事在钟声中颤动。多少悲欢离合！

这里将造就一个伟大音乐家的血缘联系、生命传承和精神遗传的全部背景转化为儿童心中那种深沉浩荡、轮回不已而又不可名状的神秘感受，让人认识到在人性底层潜伏着的伟大传统的丰厚底蕴。

肯定文学具有重要的认识作用，这并不等于可以将文学的认识作用与科学的认识作用简单地等同起来。文学是运用想象、虚构，通过对情感的凝聚和转换，用艺术形象来描写生活现象、揭示生活底蕴的，因此它对于现实生活的理解和把握与其他人文学科和社会科学仍有重大的区别。描写历史题材的文学作品就不能作为历史教科书来使用，《三国演义》不能当作《三国志》来读，《三国演义》中的曹操也绝不是历史上实有的曹操，这都是常识范围内的事。文学的认识作用最终要归于审美作用之中，同时也为文学的审美特征所制约。但是这样说也并不意味着文学的认识作用较之科学的认识作用要来得逊色，文学通过想象、直觉和灵感的作用，能够填补生活逻辑之链中的缺环，能够省略繁复的逻辑推论过程而一步得出结论，能够独具慧眼地发现那些凭正常思维难以看到的捷径。因此在文学中所获得的认识有时恰恰比科学研究更具超前性。辛弃疾的《木兰花慢》词云："可怜今夕月，向何处、去悠悠？是别有人间，那边才见，光景东头。"在科学尚不十分发达的古代就已猜想到月球环绕地球运转的道理，难怪后来王国维惊叹："词人想象，直悟月轮绕地之理，与科学家密合，可谓神悟。"另外像法国科幻小说作家儒勒·凡尔纳的《海底两万里》《地心游记》《从地球到月球》《神秘岛》《环游地球八十天》等作品，其中虚构出来的人造卫星、航天飞机、宇宙飞船、月球车、潜艇、地铁、人工岛、海底隧道等后来都变成了现实，但在时间上却比文学的创造晚了一百多年！由此可见必须将科学研究与文学的认识功能结合起来，相互补充，相互发明，这样人们对于整个社会生活和世界图景的认识才是完整的、全面的，否则人们对于整个世界的认识便存在着缺陷。

二、教育功能

文学作品总是要寄寓作家的理想、愿望和追求的，总是要显示作家的态度和倾向，总是要表达作家的判断和评价，也就是说，其中总是包含着一定的哲学、道德、宗教、政治等价值观念和价值评判的内容，而且作家总是希望通过作品中的艺术形象将这种价值观念和价值评判的内容传达给读者，用这种价值体系去影响读者，以期读者在价值观念上达到自己的认同，这就使得文学往往具有一定的教育功能。历来优秀的文学作品在帮助人们形成进步的世界观，培养崇高的思想感情、高尚的道德情操和坚强的人格力量方面，总是起着不可低估的积极作用，如《怎么办》《牛虻》《母亲》《钢铁是怎样炼成的》《青春之歌》《红岩》等，都曾为革命斗争培养了大批的革命志士。但是这里所说的优秀作品也不仅是指上述带有鲜明的进步倾向的作品，同样也包括那些对于生活经验做出精当概括，对于人生真谛表达透辟体察，对于人世沧桑抱有深沉感怀，而且在艺术上有很高造诣的作品，它们同样能给人以熏陶和感化，在塑造健全的人性、良好的素养和高雅的趣味等方面产生积极的作用。古今中外大量的抒情诗、山水诗、田园诗、游记散文、小品文、随笔等便是如此，如丰子恺的《缘缘堂随笔》中的一些篇什，《儿女》感悟童心是最健全的人性，《忆儿时》对儿时虐杀生灵行为深表忏悔，《做父亲》自责以世故之心教育子女，《放生》阐扬对生命的仁爱之心，如此等等，应该说都极具教育意义，而且像这样一些表现身边事、平常心的作品的教化作用恰恰是那种黄钟大吕式的作品所不能替代的。然而文学的教育功能也可以根据性质、强度和形式的差别而区分出不同的层面，在文学功能的谱系中排成一个序列，这就是宣传功能、启迪功能和陶冶功能。宣传功能与实践领域交界，与政治、道德、宗教等实践要求相关，往往带有强制性、单向性，强调推行、灌输、说服，这里突出的是作者的主动性。历史经验证明，将文学简单地当作宣传工具的做法是褊狭的，在实践上是有害的，既有损于文学的形象，也败坏了宣传的名声。但是在文学中有没有宣传的成分呢？回答是肯定的。当一个作家在他的作品中暗示某种人生态度和价值体系，并有意无意地用它来影响读者时，其实他已经是在进行宣传。只不过关键是在这儿：一切文学，都是宣传，普遍地，而且也不可避免的是宣传；有时无意识地，然而常时故意地是宣传。

文学的启迪功能是文学教育功能的另一层面，孔子肯定诗歌可以感发志意（"兴"），车尔尼雪夫斯基肯定艺术能够作为"生活的教科书"，都是对文学艺术启迪作用的肯定。文学的启迪功能与认识的领域交界，要求读者理智上的感悟、灵动和敞开。它讲究启发、点拨和诱导，这里既重视作者的主动性，又重视读者的主动性。它是以知识、经验和素养为基础，让人在感受文学形象的同时对作者寄寓在形象中的情感意蕴和思想观念产生理智上的认同。美国作家杰克·伦敦的小说《热爱生命》描述了一个孤苦伶仃、冻饿交加、扭伤了脚、疲惫到极点的淘金者，与一头同样是又饿又累、跛着一条腿、不停地咳嗽的病狼在荒原上进行了几天几夜你死我活的对抗和较量，终于赢得了生的希望的故事，昭示了一个震撼人心的主题："一切，总算剩下了这一点——他们经历了生活的困苦颠连；能做到这种地步也就是胜利，尽管他们输掉了赌博的本钱。"大概没有人在阅读了这篇小说以后能不为主人公对于生命那种执着、顽强、坚毅的追求所打动，进而对于人生的真谛多一点感悟、多一点认知。

文学的陶冶功能与心理的领域交界，它侧重于感染、熏陶和潜移默化，旨在让读者的情感、趣味和情操不期然而然地得到优化和提高，它将目的性淡化到最低限度，讲究的是"微风潜入夜，润物细无声""有意栽花花不发，无意插柳柳成行"。因此，这种陶冶功能似乎在作者与读者两方面都表现不出主动性，但是它的感化力量却并不比上述宣传功能、启迪功能差。关于文学的陶冶作用，亚里士多德早就有论述，他在《诗学》第六章关于悲剧的经典性定义中，就已指出悲剧的效果在于"借引起怜悯与恐惧来使这种情感得到陶冶"。虽然关于亚里士多德所说的"陶冶（Katharsis）"究属何指还存在着不同意见，或认为"净化"，或认为"净罪"，或认为"宣泄"，但有一个共同认识，即"陶冶"都是通过调节人的心理、情感来达到感化人的目的的。这其实也就是梁启超所说的"熏"之力。在这一点上，还是梁启超说得透彻："人之读一小说也，不知不觉之间，而眼识为之迷漾，而脑筋为之摇扬，而神经为之营注；今日变一二焉，明日变一二焉；刹那刹那，相断相续；久之而此小说之境界，遂人于其灵台而据之，成为一特别之原质之种子。有此种子故，他日又更有所触所受者，旦旦而熏之，种子愈盛，而又以之熏他人。故此种子可以遍世界，一切器世间、有情世间之所以成，所以住，皆此为因缘也。则小说则巍巍具此威德以操纵众生者也。"（梁启超：《论小说与群治之关系》）当然这里有过分夸大文学作用之嫌，但不得不承认，文学的熏陶作用确实是如春风吹拂、春雨播撒一样流布于人间的，只要是有文学的地方，就会感受到它对于人心的感发和化育之力，哪怕是一首小诗，亦不例外。如王之涣的《登鹳雀楼》：

白日依山尽，黄河入海流。

欲穷千里目，更上一层楼。

短短二十个字，古往今来在促进人们开阔胸襟、放开眼量、砥砺意志、提高情操方面起了多大的作用啊！

三、审美功能

审美功能就是给人带来身心愉快，进而对人们以审美情感为核心的审美趣味、审美能力、审美态度、审美要求、审美标准、审美理想发挥有力的感召和塑造作用。这就是文学的审美功能。根据文学对人的感官、心理、精神等方面所带来的不同的愉快，对人的感性、理性等不同层次所起的塑造作用，文学的审美功能又可以细分为感官愉悦功能、心理愉悦功能和精神愉悦功能。

不同的人其审美趣味和审美能力往往是参差不齐、存在着精粗文野之分的，宋玉《对楚王问》中所描述的"曲高和寡"的情况可以说明这一点："客有歌于郢中者"，当他歌唱《下里》《巴人》时，"国中属而和者数千人"；当他歌唱《阳阿》《薤露》时，"国中属而和者数百人"；当他歌唱《阳春》和《白雪》时，"国中属而和者不过数十人"；再等到他"引商刻羽，杂以流徵"时，"国中属而和者不过数人而已"。在人群中审美趣味和审美能力的悬殊竟有如此之大！那么，提升人们的审美趣味和能力的途径何在呢？从古往今来的经验看，大量欣赏文艺作品无疑是一条重要的途径。特别是那些优秀的文艺作品，能够以其巨大的审美价值，以其完美的艺术形式、深厚的情感意蕴和独特的艺术个性，深刻的影响着欣赏者的趣味、情调、眼光和追求，培养了他们的敏感、悟性、鉴赏力、判断力和创造力。这些优秀作品已经构成一种风范、一种榜样、一面旗帜，或者说，这些优秀作品本身就成了审美标准，在审美活动中起着倡导风气、制定规则的作用。

文学的审美功能首先是通过语言实现的，形象、生动、富有表现力的文学语言在培养读者的审美能力方面意义尤其重大，T．S．艾略特在探讨诗歌的社会功能时指出："正是诗歌根据它包含的能量和它所达到的完美程度对整个人民的言语和领悟性所起的作用的能力""诗歌在一定程度上有能力来保存甚至于恢复语言美，它能够并且应该对语言的发展有所助益，能够并且应该在千变万化的现代生活的复杂条件下，仍像曾在现实以其异常的质朴而著称的那个时代一样，成为那样讲究的和准确的"。这一点同样适用于所有的文学作品。因此优秀的文学作品，总是在建立语言规则方面做出了卓越的贡献，鲁迅的小说《药》，其语言运用就值得称道，其中对描写人物的手的动作所用的动词就很有讲究，如华老栓去买人血馒头一节，写到华大妈从枕头下"掏"了半天，"掏"出一包洋钱，"交"给老栓；老栓"接"了，抖抖地"装"入衣袋，又在外面"按"了两下；等到上了街，见到别人眼里闪出一种攫取的光，不由得又"按一按"衣袋；到了现场，刚刚杀过人的康大叔一只大手向他"摊"着，另一只手"撮"着一个鲜红的馒头；老栓还踌躇着的时候，康大叔便"抢"过灯笼，一把"扯"下纸罩，"裹"了馒头，"塞"与老栓，一手"抓"过洋钱，"捏一捏"，转身去了；老栓接过人血馒头，仿佛"抱"着一个十世单传的婴儿……这里以精湛的描写显示了汉语言巨大的艺术表现力，如果读者仔细咀嚼、深入体会，在提高语言表达的丰富性、准确性方面必定会大有裨益。当然优秀的文学作品并不只在语言方面建立规则，它的题材内容、情感意蕴、风格特色、格调趣味以及其他形式技巧等都不乏美学规范的意义，对于培养和提升人们的审美感受力、审美鉴赏力和审美创造力都起到了不可低估的积极作用。

四、娱乐功能

文学的娱乐功能主要表现在文学使人们获得赏心悦目的快感和愉情悦性的享受。包括文艺欣赏在内的审美活动带有非功利性和非现实性，使人们能够暂时摆脱实际生活状况和物质条件的束缚，在超现实的境界中得到一种自由自在的精神享受，因而文艺欣赏成为人们娱乐的重要方式。关于此，科林伍德这样解释："如果一件制造品的设计意在激起一种情感，并且不想使这种情感释放在日常生活的事物之中，而要作为本身有价值的某种东西加以享受，那么，这种制造品的功能就在于娱乐或消遣。"他认为，任何情感的活动过程都包括两个阶段，即兴奋阶段和释放阶段。艺术作品所引起的情感也同其他情感一样必须加以释放，但情感的释放又有两种情况：一是情感本身被当作手段，用以达到情感之外的其他目的；另一是情感被当作目的。前一种情况为实际生活，后一种情况则为娱乐。这就是说，娱乐是一种以不干预实际生活的方式来释放情感的方法。为了娱乐，艺术往往创造出一种虚拟的情境，给人造成幻觉，它既能让人情感得到释放，又不至于造成在实际生活条件下可能引起的种种后果。科林伍德的见解存在着将娱乐与实际生活截然分开的弊病，但也揭示了这样一个事实：文艺的娱乐功能的形成有着人们情感活动和心理需要的基础。

　　毋庸讳言，以往我们对于文艺的娱乐功能常常采取存而不论的态度，这是不合情理的，其实文艺的娱乐功能始终存在着并起着重要的作用。试问有谁是专门为着受教育而走进剧场、电影院的？又有谁是特地为着接受某种思想观点和世界观体系而阅读小说、吟咏诗词的？鲁迅先生就曾把娱乐视为文艺"本有之目的"，他说："美术之用，大者既得三事（表见文化、辅翼道德、救援经济），而本有之目的，又在与人以享乐。"特别是在今天，人们的生活水平提高，生活条件改善，闲暇时间增多，特别是大众传播媒介的介入和现代科学技术的推动，文艺的娱乐功能的重要性在诸种功能中愈发突显出来。文艺的消遣性、休闲性乃至刺激性愈发受到人们的青睐，各种大众文化形式如武侠、言情、推理、侦探、警匪类流行小说和畅销书，各种旅行读物和周末小报，电视小品和小品化的电视剧，还有流行歌曲、卡通片等，都以追求娱乐性为主要宗旨，以适应人们宣泄和调整在高速度、快节奏的现代生活中所产生的复杂多变的情感需要，因此在文学研究中给予文学的娱乐功能以应有的重视是势在必行的。

第二章　中西方文学理论比较

第一节　三大文论源头

如果我们将全世界的文学理论比作一条由各种源头逐渐汇成的漫漫长河，那么，它最早的源头又来自何方呢？世界上讲文艺理论只有三个地方能言之成理，自成体系。一是中国，有几千年了；另一是印度，它的文艺理论相当多；还有西欧，从柏拉图、亚里士多德到康德、黑格尔、席勒到近代的里普斯、克罗齐等。这三套理论的表现方式不同。季羡林先生的这段话，实际上指出了世界文学批评史上的三大源头。

究竟这源头最早滥觞于何处？现在已经无法非常准确的指出其地点与年代。《尚书·尧典》所谓"诗言志"之说，曾被认为是中国历代诗论"开山的纲领"，而毕达哥拉斯与德谟克利特所谈到的"和谐"与"模仿"则被视为古希腊文论最早的基本范畴。这些大概就是世界文学批评史的滥觞吧。

中国先秦诸子并出，"百家争鸣"的时期，也恰值古希腊哲人蜂起，是学术繁荣的黄金时代。中西方的哲人们都不同程度地提出了一些极有价值且影响深远的理论观点，形成了世界文学理论的第一次高峰。

毕达哥拉斯（前580—前500）、赫拉克利特（前540—前480）大致与老子（约前576—前498）、孔子（前551—前476）同时。毕达哥拉斯与赫拉克利特同时提出了"美在和谐"的命题，老子则提出了"大音""大象"。

与毕达哥拉斯等人相似，对中国文化影响深远的孔子也追求一种和谐之美。不过，毕达哥拉斯等所讲的和谐，是一种从自然科学角度出发的形式和谐美，而孔子讲和谐，首先是从伦理道德出发，他非常推崇中庸之德，认为"过犹不及"。文学艺术同样如此，"乐而不淫，哀而不伤"的诗风才是最理想的，它符合中庸之德，不过分，具有和谐之美，因为"和，乐之本也"。这就是后世奉为金科玉律的中和美，"故乐者，天地之命，中和之纪"。为了达到这种和谐美，孔子主张节制情感，反对过分的情感宣泄，反对太浓艳之作。这种和谐说，实质上是以伦理道德观念来节制文学中情欲的抒发宣泄，是一种偏重功利主义的文艺思想。显然，孔子最关心的是文艺的社会功能。他说："乐云乐云，钟鼓云乎哉！"文艺并不仅仅是敲敲钟打打鼓，更是有着重要的社会功用：可以"事父、事君"，可以"兴、观、群、怨"，可以"授之以政、使于四方"，更可以使人们"无邪"，从而达到人心醇和，天下安宁的局面。否则无论其艺术水平多高，孔子皆不能容忍。这种文艺观极大地影响了中国数千年来的文学理论，使中国古代文论常常偏重于社会教化功能一隅，产生了占主导地位的"文以载道"的文艺思想。

比孔子小 120 多岁的古希腊哲人柏拉图（前 427—前 347），也提出了与孔子相近似的文艺观点。孔子曾力图恢复周王朝，而诗乐不过是为其政治目的服务的项目之一。柏拉图则提出了一个"理想国"，其文艺观点，也是为理想国政治服务的组成部分。柏拉图提出艺术必须表现善行，要"敬神"，要"正义"，要"节制"。总而言之，要为理想国的政治伦理服务。用这种功利观来衡量文艺作品，柏拉图不可避免地走向了与孔子"放郑声"相似的偏狭观点，指责文艺家"奉迎人性中低劣的部分……摧残理性部分""并且制造出一些和真理相隔甚远的影像"。因此，柏拉图对文学艺术与文艺家下了驱逐令：把诗人驱逐出理想国，"除掉颂神和赞美好人的诗歌外，不准一切诗歌闯入国境"。对神的敬仰和对文艺的功利性观念，虽然使柏拉图得出了错误的结论，但柏拉图所具有的哲学造诣和文艺才华，使他极睿智地提出了人类文艺活动中带有实质性的问题，从而翻开了西方文论史新的一页：开始了真正对一般性文艺观念的理论研究。例如，在文艺的本质和起源问题上，柏拉图提出了"理念论"，认为文艺的本源不在客观物质世界中，而在于"理念"。这个"理念"是独立于客观世界与人们头脑之外的哲学实体，是世界万物的本源，一切事物都是"分有"了理念而成的；同样，美也是"分有"了理念而成的。文学艺术是对理念的模仿，是"理念世界的摹本的摹本"，理念则是文艺的真正本质和源泉。对于文艺创作中的不自觉性，柏拉图也做了极生动的描述：凡是高明的诗人，无论在史诗或抒情诗方面，都不是凭技艺来做成他们优美的诗歌，而是他们得到灵感，有神力凭附着。……不得到灵感，不失去平常理智而陷入迷狂，就没有能力创造，就不能作诗或代神说话。这种对于沉醉艺术创造中的炽热而兴奋情绪的描述，正好与柏拉图自己所强调的诗人为了理想国的秩序不应引起人们情感狂热，以免养成"哀怜癖"的看法。相反，迷狂中唱出的优美诗篇，恰恰是最能打动人心的。当然，虔信神灵的柏拉图，不可能对这种创作中的不自觉性做出科学的结论。

在柏拉图偏激观点提出之前，中国的墨子（前 468—前 376）提出了一种比孔子"放郑声"更激烈而与柏拉图立场相近的观点："非乐"。所谓"非乐"即"为乐非也"。墨子为什么要指责文艺呢？在墨子看来，文艺表演要花不少财力物力，势必夺民衣食之财，危害国家，"上考之，不中圣王之事：下度之，不中万民之利"。故墨子曰："为乐非也"。这种为国家利益而废除文艺的主张与柏拉图为了理想国的利益而将诗人赶走的主张的立足点是一致的，理由则稍有不同。

比墨子小几岁的古希腊著名哲学家德谟克利特（前460—前370），也提出了一些值得注意的关于美、灵感与模仿的观点。而他们的模仿说，又直接导致了亚里士多德（前384—前322）那影响极其深远的模仿说的诞生。身为柏拉图的学生，亚里士多德并不唯师命是从，而是汲取精华，扬弃糟粕，提出了一整套自己的文论观点。亚里士多德那部堪称是西方古代文论高峰的《诗学》，其核心理论便是"模仿"。不过，这模仿不是"理念"的影子，而是现实的反映，是现实生活的写照。亚氏认为，美的艺术区别于其他科学与工艺的最基本特征，或者说艺术之所以是艺术就在于"模仿"，亚氏以模仿所用的媒介不同，所取的对象不同，所采的方式不同来区别诗与其他艺术。例如，绘画和雕刻用颜色和姿态来模仿，音乐用声音来模仿，文学用语言来模仿，甚至诗本身的各个种类（如史诗、悲剧、喜剧）也因模仿的不同而显出其特征。模仿不但是文艺的基本特征，文艺分类的标准，而且还是艺术的起源，亚氏提出："一般来说，诗的起源仿佛有两个原因，都是出于人的天性。人从孩提时候就有模仿的本能（人和禽兽的分别之一，就在于人最善于模仿，他们最初的知识就是从模仿得来的），人对于模仿的作品，总是感到快感。"

亚里士多德对于悲剧的论述是十分杰出的，他谈到了悲剧的本质和悲剧主角，悲剧的布局和人物性格等。亚氏认为；悲剧应该写品格高尚的人，写好人"犯了大错误"，布局应完整，"有头、有身、有尾"，长度适当；悲剧的结尾应当单一，"不应由逆境转入顺境，而应相反，由顺境转入逆境"。这些看法，对西方数千年的悲剧观念产生了决定性的影响。亚氏还提出了一个关于悲剧效果的著名观点——"宣泄说"（katharsis）。在其著名的悲剧定义中，亚氏提出，悲剧"应当引起怜悯与恐惧之情，以使这种情感得到宣泄"。不过，悲剧激起怜悯与恐惧之情并非目的。亚氏认为，让激起的恐惧与怜悯之情痛痛快快地发泄出来，从而达到一种情绪上的升华，使之归于平衡、和谐、宁静，这才是悲剧所应有的效果。这一看法，表面上与孔子主张的"乐而不淫，哀而不伤"的中和美有相似之处，即强调文艺应当使人归于平和，但孔子主张通过克制人们的情感，来达到平和中正，而亚里士多德则主张尽情发泄情感，以获得平和宁静的心绪。

亚里士多德还提出了不少很有价值的文论观点，例如关于诗与历史的比较，亚氏认为诗比历史更富有哲学意味，因为诗所描述的事带有普遍性。亚氏不仅要求文艺作品应当写出生活的本质，而且要求写出人物的特殊个性，他说："诗人就应该向优秀的肖像画家学习，他们画出了个人的特殊面貌，求其相似而又比原来的人更美。"这实际上是主张在个别事物中反映出必然性与普遍性，在共性中体现出个性，"这正是典型人物的最精微的意义"。另外，关于人物性格、情节结构、修辞手法等，亚氏都有着精彩的论述。

比亚里士多德小十多岁的中国先秦哲人孟子（前372—前289）与庄子（前369—前286），也提出了一些对中国数千年文论有深远影响的观点。例如孟子的"浩然之气""美"与"大"的区别等。不过，就对中国古代社会政治的影响而言，孔子与孟子无疑占据主导地位，但具体到文艺思想而言，在某种程度上老子与庄子超过了孔、孟，尤其是庄子的文艺思想，以其深刻睿智的见解，提出了不少极有价值的观点。与柏拉图、墨子相似，庄子对文艺也曾大加指责。不过，柏拉图虽指责文艺，并不是认为文艺不给人以美感，而是对国家不利。庄子则不然，他反对文艺，是因为他认为文艺破坏了人的本性，使其失去了本然的东西，他秉承老子"五色令人目盲，五音令人耳聋"的观点，认为"失性有五：一曰五色乱目，使目不明；二曰五声乱耳，使耳不聪；……"而所谓圣人制礼作乐，正是破坏人类本性的罪魁，因此，庄子主张"擢乱六律，铄绝竽瑟""灭文章，散五采"，这简直就是要消灭文艺了。不过，明眼人不难看出，庄子所反对的，是令人失却本性的仁义礼乐，他真正向往的，是返璞归真，与大自然同化（物化），物我交融的审美境界，而这正是一种艺术精神。庄子认为，"天地有大美而不言"，这是"天籁"之美，是素美，真美。庄子的这一观点，极大地影响了中国古代的审美观。在具体理论问题上，庄子也提出了不少很有价值的看法，如："虚静"，这是一种排除杂念干扰，而进入一种审美境界的方法，只要进入虚静境界，便能容纳万物，达到入神之美景。后世文论家，将虚静用于创作理论中，提出了艺术思维中的虚静论（如刘勰的神思论，苏轼的"空静"说）。又如，关于言意关系问题，庄子提出了言不尽意之论，认为"语之所贵者，意也：意有所随，意之所随者，不可以言传也"。意虽不可言传，但又可以作为渡河之筏，捕鱼之筌，如此便可以用有限之言，传无穷之意，"筌者所以在鱼，得鱼而忘筌；蹄者所以在兔，得兔而忘蹄；言者所以在意，得意而忘言"。后世文论，汲取了这一观点，并提出了"文已尽而意有余""含不尽之意见于言外"的审美境界。此外庄子的重神遗形说对后世也产生了较大影响。

在这一时期，中国还产生了第一部美学论著《乐记》，它比较全面地论述了乐的起源、本质与作用，以及乐器、歌唱与舞蹈等内容。例如，关于乐的起源，《乐记》认为，"凡音之起，由人心生也。人心之动，物使之然也""乐者，音之所由生也，其本在人心之感于物也。"这种物感说，较好地解决了艺术起源与艺术本质中的心物关系，对后世有较大影响。《乐记》的核心思想，是艺术必须为政治服务，因此提倡节制情感的"反情以和其志"。主张礼节乐和，天下皆宁，"乐极和，礼极顺，内和而外顺，则民瞻其颜色而弗与争也"。

总而言之，世界批评史长河可以说同时发源于古希腊和中国先秦。中西方同时进入了一个百家争鸣、学术繁荣、文学理论逐渐兴盛的时期。中西方都提出了各具特色的早期文学理论，并产生了理论专著。但总的来看，以柏拉图和亚里士多德为代表的古希腊文学理论，其整体水平高于以孔子、庄子等为代表的中国先秦文学理论。

此后，中西方文学艺术及学术皆开始衰微。两汉时期，中国相继出现的《毛诗序》《楚辞章句序》及司马迁、班固、扬雄、王充等人的文论，既无先秦诸子的深刻睿智，又无魏晋南北朝的辉煌灿烂。与此相似，自古罗马帝国取代古希腊以后，西方文论也跌入了低谷，相继产生的贺拉斯的《诗艺》、朗吉弩斯的《论崇高》以及普罗提诺的《九章集》，已经无法与亚里士多德等人争雄。当然，无可否认，这时也提出了一些有一定影响的文论观点，例如，《诗序》提出的"赋、比、兴"说、司马迁（前145—前90）的"发愤著书"说、王充（27—97）提出的"真美""文实相符"等观点以及贺拉斯（前65—前8）的"寓教于乐"说、作诗技巧及人物性格类型说，朗吉弩斯的"崇高论"。这些理论或多或少对中西各自的文学理论产生过一定程度的影响；有的还是较重要的影响。例如"赋、比、兴"说对中国文学产生了决定性的影响，贺拉斯的理论成为17世纪古典主义的基石，王充的文论为南北朝文论的萌芽，朗吉弩斯的"崇高论"则直接导致了西方近现代的崇高理论出现。

正当古罗马帝国与汉帝国文论式微之际，印度的文论开始崛起，洋洋洒洒37章的《舞论》便问世了。

《舞论》可以说是现存的印度古代中最早的、系统的文艺理论专著，作者相传是婆罗多牟尼（生卒不详），成书的确切年代至今未有定论，一般认为大约是公元2世纪的产物，也有人认为产生年代更早一些。题名《舞论》中之"舞"在梵文中为"戏剧"的词源，一般照词源译为《舞论》。《舞论》是一部诗体著作（少数地方夹杂散文解说），它全面论述了戏剧的理论和实践、形式和内容，涉及若干重要的文学理论问题。它不但论述了剧场、演出、舞蹈、化装、角色、形体表演程式、戏剧分类，还论述了内容情况、诗律、语言修辞、体裁、风格、结构、音乐等，可谓是体大思精。实际上，《舞论》是对印度文艺理论的第一次全面而系统的总结，它对印度后世文艺理论产生了决定性的影响。后世的文论著作，大体上没有超出其范围。例如，《舞论》所提出的文论范畴"味""情"，即为后世文论著作所论述的重要课题。在整个梵语文学时代中，"味"

的含义逐渐发展成为文艺理论的一个中心论题。

什么是味呢？《舞论》认为，"正如善于品尝食物的人们吃着有许多物品和许多佐料在一起的食物，尝到味一样，智者心中尝到与情的表演相联系的常情的味，因此，这些常情相传是戏剧的味"。味产生于情，情离不开味，它们是相辅相成的。"情使这些与种种表演相联系的味出现。"另一方面"味是根，一切情由它们而建立"。这种由情生味的看法，实际上已经接触到美与美感这一基本问题，它关注的是艺术中的美感特征。正如西方文论家狄德罗所说："凡有情感的地方就有美"中国古代文论也提出了滋味美感论，认为滋味产生于情感。钟嵘认为，"穷情写物"长歌骋情之作，才是"有滋味者"。刘勰推崇"味飘飘而轻举，情晔晔而更新"之作，认为"繁采寡情，味之必厌"。《舞论》指出，"味"就是文艺鉴赏中的审美快感，"味如何备尝"？正如有正常心情的人们吃着由一些不同佐料所烹调的食物，就尝到一些味，而获得快乐等感觉一样，有正常心情的观众尝到一些不同的情的表演所显现的，具备语言、形体和内心的表演的常情，就获得了快乐等戏剧的"味"。

《舞论》还具体论述了戏剧中的八种味：艳情、滑稽、悲悯、暴戾、英勇、恐怖、厌恶、奇异，这八种味都产生于别情、随情和不定情的结合，各种味又有各自的常情。例如，艳情这种味：它的"常情"是欢乐，以光彩的服装为灵魂；它的"别情"是男欢女爱，花园行乐；它的"随情"是戏剧中媚眼、戏弄、甜蜜的姿态、语言等表演；它的"不定情"包括恐怖、懒散、凶猛、厌恶。这实际上是将八种"味"和许多"情"——归纳为舞台上的一整套表演程式。因此可以说，《舞论》所关注的中心是戏剧表演，全书37章中，有22章是专论表演的，但在理论问题上，仍然接触到不少重要问题。除以上所论"味"与"情"外，它还论到戏剧与现实的关系，认为戏剧应当全面反映现实，模仿现实，提出"戏剧就是模仿"，注意到了戏剧的目的、效果和教育意义，以及戏剧的基本特征。这种有乐有苦的人间的本性，有了形体等表演，就被称为戏剧。"戏剧将编排吠陀经典和历史传说的事，在世间产生愉乐。"总之，就《舞论》篇幅之浩大，论述之详善，论点之全面而精当，对后世文论影响之巨大而言，不但堪称印度古代文论的丰碑，而且是世界文论史上继古希腊与中国先秦文论之后的第二个高峰！以《舞论》为代表，印度古代文论从此也汇入了世界批评史的长河。

自《舞论》之后至7世纪檀丁的《诗镜》等文论著作问世，在这漫长的数百年间，印度基本上没有重要文论著作问世。而此刻西方整个文学艺术正冬眠蛰伏着，一切学术都成了神学的婢女，文学理论也落入了谷底。从神学文论家、大主教圣·奥古斯丁（354—430）到圣·托马斯·阿奎那（1226—1274），长达近千年的时间，除了有一点神学化的文论观点及修辞学理论外，西方中世纪文论基本是一片荒芜。

正值西方文论相对沉寂之时，亚洲文论却迎来了一个繁荣兴旺的黄金时代。

第二节　亚洲的黄金时代

一、中国文学理论的高峰

亚洲文论黄金时代的第一乐章是中国魏晋南北朝时期的文论。在中国文论史上，魏晋南北朝文艺理论的繁荣甚至形成了一个空前绝后的文艺理论高峰。

文艺理论繁荣的第一个标志是大量文艺理论著作的涌现。中国魏晋南北朝出现了"体大而虑周"的文论专著《文心雕龙》以及专论五言诗的诗学专著《诗品》。另外，还有李充《翰林论》、葛洪《抱朴子外篇》以及沈约《宋书·谢灵运传论》、萧子显《南齐书·文学传论》、萧统《文选序》、裴子野《雕虫论》、萧绎《金楼子·立言》等论著。从理论上来看，魏晋南北朝文论特征，集中体现在对传统文艺观的反叛与新的审美意识的建立上。这种反叛和建立，主要有以下几点：

首先是反对轻视文学的观点，提高文学的地位。曹丕《典论·论文》首先向这种旧观念开战，提出文章乃"经国之大业，不朽之盛事。"葛洪《抱朴子外篇》则更进一步，提出文章与德行应当并重，甚至文章比德行更胜一筹，因为"德行为有事，优劣易见，文章微妙，其体难识。夫易见者粗也，难识者精也"。《抱朴子—尚博》这亦从理论上大大地提高了文学的地位。

其次是对文学本质特征的认识逐步深入。魏晋南北朝时期的文论家们对于文学的审美特征，文学想象，皆有着不同于两汉的新见解。曹丕提出"诗赋欲丽"，首先打破了传统偏见，为文学的声韵辞采之美赢得了合法地位。所以鲁迅说"华丽好看""是曹丕提倡的功劳"（《魏晋风度及文章与药及酒之关系》）。继曹丕之后，陆机提出"诗缘情而绮靡"（《文赋》）。萧统认为，文学应当"事出于沉思，义归乎翰藻"（《文选序》）。萧绎提出"至如文者，唯须绮縠纷披，宫徵靡曼，唇吻遒会，情灵摇荡"。这些看法，尽管有重形式之弊，却是对文学审美本质的深入认识，具有历史进步意义。至于想象论，中国魏晋南北朝的想象论比西方文艺复兴时期的想象论要深刻得多、系统得多。陆机《文赋》，以极形象生动优美的文字，首次详细描述了文学创作中的想象构思过程，"其始也，皆收视反听，耽思傍讯，精骛八极，心游万仞。其致也，情瞳咙而弥鲜，物昭晰而互进。观古今于须臾，抚四海于一瞬"。在众多文论著作中，首推刘勰《文心雕龙》与钟嵘《诗品》。

刘勰（约 465—520）的《文心雕龙》是中国古代文学理论史上空前的文学巨著，全书共 50 篇，分为上下两部分。前半部分除"文之枢纽"的五篇以外主要是分体文学史，分论诗、赋、颂、赞、祝、盟、诔、碑等韵文和史、传、论、说、章、表、书、记等文体的历史发展演变及文类特点；下半部分则集中讨论文学创作与批评鉴赏理论，如神思、体性、风骨、情采、比兴、物色、知音等。涉及面之广、探讨问题之精深，在整个世界古代文论史上，大概只有亚里士多德的《诗学》与婆罗多牟尼的《舞论》能与之比肩。不可否认的是，魏晋南北朝文论受到了印度佛学的影响，刘勰就是一个突出的例证。他早年随释僧祐学习，晚年出家当和尚。佛学思辨对他是有影响的。不过，在写《文心雕龙》时，刘勰却主要以儒家思想为指导。《文心雕龙》这一书名，不太好理解，刘勰在《序志》篇中解释道："夫文心者，言为文之用心也。古来文章，以雕缛成体，岂取驺奭之群言雕龙也？"这就是说，"文心"指写文章的用心，"雕龙"指如何将文章写得如精雕的龙纹。即"为文"如何"用心"呢？在《物色》篇中，刘勰谈到心与物交感而产生作品的问题："是以诗人感物，连绵不穷，流连万象之际，沉吟视听之区，写气图貌，既物以宛转，属采附声，亦与心而徘徊。"在《神思》篇中，谈到了艺术思维的自由驰骋之状："夫神思方运，万途竞萌，规矩虚位，刻镂无形。登山则情满于山，观海则意溢于海，我才之多少，将与风云而并驱矣。"还谈到思、意、言之关系及培养文思、作家禀才与文思等多方面的关系。《情采》篇，提出了情与采的关系问题，主张"情者，文之经，辞者，理之纬；经正而后纬成，理定而后辞畅"。《体性》篇论述了文学风格问题，将各种"体"归纳为八类：典雅、远奥、精约、显附、繁缛、壮丽、新奇、轻靡。这有点类似于《舞论》的"八味"。《体性》篇还认为，作家的风格，是由先天的"才""气"与后天的"学""习"所决定的，是作家性格的外现。《风骨》篇提出了一种近似朗吉弩斯所说"崇高"的刚性与力量之美。《知音》《才略》等篇提出了较系统的鉴赏与批评论，提出"文情难鉴"，因而反对贵古贱今，崇己抑人，信伪迷真，并提出了具体的批评方法——六观，"是以将阅文情，先标六观，一观位体，二观置辞，三观通变，四观奇正，五观事义，六观宫商"。所谓"知音"，不但要做到不求全责备，观察细致入微，而且应通过文章与作者心灵相沟通："夫缀文者情动而辞发，观文者披文以人情，沿波讨源，虽幽必显。世远莫见其面，觇文辄见其心。"另外，在《熔裁》《声律》《章句》《丽辞》《比兴》《夸饰》《事类》《炼字》《养气》《总术》等篇中，详细而全面地探讨了各种文学创作中的技巧和理论问题。从以上极简略的论述中，我们不难体会到《文心雕龙》的"体大虑周"（章学诚语）。就"体大"而言，《文心雕龙》所涉及的作家之多、文类之广、历史跨度之长,是亚里士多德《诗学》和婆罗多牟尼《舞论》所不能比拟的。就"虑周"而言,《文心雕龙》几乎包括了文学理论中的重大理论问题,并且所论皆十分"折中"和全面。尤其重要的是《文心雕龙》提出了不少在它之前世界文论尚未提出或尚未全面深入论述的重要理论问题。例如,关于艺术想象、艺术批评方法、艺术风格,尤其是文学史观念的问题。因为在文学史观念上,《文心雕龙》可谓独步一时,压倒群雄。众所周知,在刘勰《文心雕龙》之前,世界文论尚无文学史观念及其论著。无论是亚里士多德的《诗学》还是贺拉斯的《诗艺》或是婆罗多牟尼的《舞论》,都没有建立起一种文学史的观念,即没能用史的观念来系统地研究文学现象,而《文心雕龙》全书,处处闪烁着文学史的观念。可以说《文心雕龙》的上半部,除"文之枢纽"的前五篇外,其余 20 篇实际上是一部分体文学史。例如,《明诗》篇,从葛天氏之乐到《诗经》,从汉初四言、"五言腾涌"到建安诗歌,从"稍入轻绮"的晋世群才到宋初(南北朝)的"文咏因革",全篇以诗歌史发展为纲"铺观列代,撮举同异"。正是在上篇的分体文学史的厚实基础之上,刘勰才总结出了下篇那"思精"而"虑周"的文学理论。而文学史的观念,在《通变》《时序》等篇中,得到了更系统的总结。《时序》开篇即道出了文学发展的基本规律之一:"时运交移,质文代变"。便在《通变》中,则提出了"变则其久,通则不乏。望今制奇,参古定法"的基本原则。《文心雕龙》所提出的文学史观,在某种意义上说来,具有万古常新的理论价值。

这一时期,堪与刘勰《文心雕龙》相比肩的另一部文论专著是钟嵘(约468—518)的《诗品》。与《文心雕龙》不同的是:《诗品》为专论五言诗的著作,因此被后世推为诗话之祖。《诗品》评论了从汉魏到齐梁的 120 多位五言诗人,分置于上、中、下三品,共 60 条品目,从以下三个方面品评诗人:一是探讨作家艺术上的溯源所自、风格流派,如说曹植"其源出于《国风》";二是分析作品的成败得失,优点缺陷,如评刘桢,"仗气爱奇""真骨凌霜",但"气过其文,雕润恨少";三是评论、比较作家的优劣高下,"显优劣""定品第"。在《诗品》的序言和正文中,钟嵘也谈到了不少重要的理论问题,如文学产生于现实的"感荡",主张"赋、比、兴"的结合,并"干之以风力,润之以丹采,使味之者无极,闻之者动心",提倡"自然英旨",反对"文多拘谨,伤其真美"。

中国南北朝时期,除了《文心雕龙》与《诗品》两部文论专著外,尚有李充《翰林论》、挚虞《文章流别论》专论文体分类及特征。另外,葛洪的《抱朴子外篇》、萧统的《文选序》、萧绎的《金楼子》、裴子野的《雕虫论》、颜之推的《颜氏家训》及沈约的声律论,都谈到了文学理论中的一些有价值的观点。可以说,这一时期是中国文学理论辉煌灿烂的时代,也是整个世界古代文论的又一个高峰。

二、印度文学理论的辉煌

印度文学理论于公元 7 世纪时开始崛起，奏响了亚洲文论黄金时代的第二乐章，走向辉煌之巅。在这一时期，先后共出现了几十部重要的文论著作。其中较为重要的有婆摩诃著《诗庄严论》（7 世纪）、檀丁著《诗镜》（7 世纪）、伐摩那著《诗庄严经》（8 世纪）、优婆吒著《摄庄严论》（8 世纪）、楼陀罗吒著《诗庄严论》（9 世纪）、阿难陀伐弹那著《韵光》（9 世纪）、新护的《舞论注》《韵光注》（10 世纪）、恭多罗的《曲语生命论》（10 世纪）、胜财的《十色》（10 世纪）、王顶的《诗探》（10 世纪）、楼陀罗跋吒的《艳情吉祥痣》（10 世纪）、摩希曼·跋吒的《辨明论》（11 世纪）、雪月的《诗教》（11—12 世纪）、曼摩吒的《诗光》（11—12 世纪）、安主的《合适论》（11 世纪）、婆闰的《辩才天女的颈饰》（11 世纪）、鲁耶迦《庄严论精华》（12 世纪）、伐格薄吒的《伐格薄吒庄严论》（12 世纪）、阿利辛赫等著《诗如意藤》（13 世纪）、沙揭罗南丁著《剧相宝库》（约 13 世纪）、沙罗达多那耶著《情光》（13 世纪）等。仅从以上罗列的 20 余部文论专著来看，我们就不能不慨叹印度文论的丰硕成果。在上述 20 余部著作中，最具代表性、理论价值较高而又对后世产生较大影响的大约有如下数种。

首先值得注意的是 7 世纪婆摩诃的《诗庄严论》。"庄严"（alarikara）一词的本义是装饰或修饰，译为"庄严"是沿用汉译佛经的译法。"庄严"一词既可指修辞方式，又可指装饰诗的因素，或形成诗的魅力的因素。许多庄严论著作实际上兼容这两种意义，既讲广义的庄严，探讨形成诗的魅力的因素，又讲诗的修辞方式。这是印度文论中"庄严论"的一个基本特征。婆摩诃《诗庄严论》即如此。《诗庄严论》共六章，分别论述了诗的功能、性质和类别、各种诗病、词汇的选择以及各种庄严（修辞方式）。该书是对梵语古典诗学的初步总结，提出了"诗是音和义的结合"这一定义。这个定义成为后世许多梵语诗学家探讨诗的性质和理论的出发点，对后世诗学产生了深远影响。作者还指出："理想的语言庄严是音和义的曲折表达。"后世文论家多承袭了婆摩诃《诗庄严论》的定义，只是表述上更严密一些。如伐摩那在《诗庄严经》中说："诗是经过诗德和庄严装饰的音和义的结合。"恭多罗在《曲语生命论》中指出："诗是音和义的结合，体现诗人的曲折表达，使知音欢愉。"

《诗镜》是与《诗庄严论》同为现存的印度古典诗学中最早的著作之一。本书是印度古代早期文学理论的一个总结，是一部总结前人、影响后代的重要文论著作，约成书于 7 世纪，后传入西藏，约 13 世纪时译为藏文。鉴于《诗镜》的地位及影响，笔者主编的《东方文论选》收入了《诗镜》全书。《诗镜》为诗体，共三章，660 节诗，实际上是一本作诗手册，着重于诗的形式技巧问题。这里的所谓"诗"（kavya），是指广义的诗，包括诗歌、散文、小说、戏剧，实际上是指文学，这与西方亚里士多德《诗学》中所说的"诗"的内涵相似。与西方稍不同的是，印度的诗，又专指古典文学作家的作品而言。诗是什么？《诗镜》认为，诗由"语言所构成"，诗的形体就是表达某种意义的"词的连缀"，是词与义结合从而成为诗句。诗体分韵文体、散文体和混合体，散文体又分为故事和小说；从感觉上分，又有供听的诗和供看的戏之别。从这一观点出发，《诗镜》花了大量篇幅论述修辞法。

产生于公元 9 世纪的《韵光》是印度文论史上一部杰出的、影响深远的著作。我们前面说过，《舞论》详细论述并确立了印度文论的核心理论"味论"，而《韵光》则确立了印度的另一核心理论"韵论""味"与"韵"成为印度古典文论的两大支柱，再加上"庄严论""曲语论"等理论，构成了印度文学理论的宏伟大厦。而阿难陀伐弹那（欢增）的《韵光》，正是"韵论"的奠基石。

《韵光》分为诗体歌诀和散文说明两个部分。因此，有人认为可能是由不同作者所作，前面的诗体为《韵》，后面的散文解说为《光》。全书共分为四章，《韵光》是从"诗的形体"到"词和义"再进一步追究"诗的灵魂"——"韵"的理论著作。第一章首先提出了韵的理论，认为诗除了"字面义"与"内含义"以外，还有一种与前二义不同的"暗示义"，这就是"韵"，第二章和第三章具体分析"韵"，第四章论"韵"的实际应用。显然，《韵光》并不是一部作诗手册，而是一本提出重要文论观点的专门著作。它汲取了前人的语言学和哲学论点，进一步发展了《舞论》"味"的理论，打破了它以前注重修辞手法的形式主义传统，创立了一个系统完整的关于"诗的灵魂"的理论，从而影响了几乎所有的后世文论家，成为了印度古代文学理论发展中分别前后期的里程碑。

什么是"韵"？《韵光》指出，"韵"既与语法、声音（音素）有关，更与暗示意义有关，"若诗中的词义或词音将自己的意义作为附属而暗示那种暗含义，智者称这一类诗为韵。在学问家中，语法家是先驱，因为语法是一切学问的根基。他们把韵用在听到的音素上。其他学者在阐明诗的本质时，遵循他们的思想，依据共同的暗示性，把所表示者和能表示者混合的词的灵魂，即通常所谓的诗，也称作韵"（《韵光》第一章）。有学者曾将印度文论中的"韵论"与中国古代文论中的"神韵论"加以比较，指出二者的共同特征。中国王士祯的"神韵"说主张蕴藉、含蓄，推崇严羽的"妙悟""兴趣"和司空图"不著一字，尽得风流"，确与印度"韵论"中强调"暗示义"有相似之处。但王士祯的"神韵论"，还强调艺术的冲淡、清远，这与印度"韵论"却又不尽相同。

《韵光》曾用了一个巧妙的比喻来说明"韵"的特征，即"韵"如女人的魅力，"而在伟大的诗人的语言中，确实存在另一种事物——领会义，它显然超越美丽的肢体，正如女人的魅力"。（第一章）这一比喻，颇类似中国明代袁宏道所说的"趣"。"世人所难得者唯趣，趣如山上之色，水中之味，花中之光，女中之态，虽善说者不能下一语，唯会心者知之。"（《叙陈正甫会心集》）"韵"与"趣"，皆如女人的魅力，是一种难言的、超越的美。印度文论家正是从这种超越的意义上来认识"韵"的本质特征的。例如，《诗光》（11—12世纪）指出："语法家把以常声为根本形态的暗含义的词音称作韵，于是，其他学者遵循能暗示他们的思想，把能暗示超越表示义的暗含义的词和词义称作韵。"（第一章）与中国古代文论的"神韵""趣"等相比较而言，印度文论的"韵"，更注重"词音""词义"，注重修辞手段。10世纪至11世纪新护的《韵光注》和《舞论注》是值得注意的重要著作。《韵光注》大大发挥了"韵"的理论，成为后来直到现代的理论权威。《舞论注》将《舞论》中的"味"的理论，做了深入的创造性阐释，揭示了文学创作中的特殊和普遍的关系以及艺术鉴赏心理，这使得新护成为印度"味论"最深刻最全面的论述者之一。

自《舞论》提出"味论"以后，印度文论家对"味"的理论研讨和思辨在9—10世纪达到了空前未有的高度，而新护在《舞论注》中对"味"的阐释，成为当时最深刻和最全面的理论。我们在前面说过，《舞论》提出的"味论"，是以"情"为基础的。《舞论》提出，"味产生于别情、随情和不定情的结合""情使这些与种种表演相联系的味出现"（《舞论》第六章）。以后的印度文论家在继承这种情味论的同时，又有所修正和推进。商古迦认为，味就是"常情"，或者说，"味"是对被表演为罗摩等角色的常情的模仿。这实际上偏向于客观模仿再现，倾向于文学艺术的认识性。那耶迦提出："味"既不是被感知，也不被产生，也不被呈现，味是由展示功能展示的。味被展示后，会以一种不同于直接经验、回忆等方式被品尝。这种"展示"说，成为了新护味论的直接先导。新护改造了"展示"说，提出了以审美体验为核心的"感知"论和"品尝"论。新护并不直接否定《舞论》以"情"为核心的"情味论"，而是由情味论阐释引导出了"感知"论。新护指出：《舞论》所说的"隋之为情，因为它们使人感知到艺术作品的意义"。在这里，新护抓住了"感知"，指出艺术作品的意义就是味，这是一种超越文字的感知。而真正的味，是一种不受阻碍的感知，是一种"惊喜"。所谓"惊喜"，是不厌倦和不间断地沉浸在审美享受之中，这种感知完全以体验性的品尝为特征。因此，新护认为，"味"不是商古迦所说的那种通过推理方式感知的常情，因为在日常心理活动的推理中，根本不存在味，味不同于回忆、推理及任何日常知觉，而是一种超俗的体验性品尝。

例如，在戏剧观赏中，观众不是站在局外人的旁观立场运用日常推理方式去认知剧中人物，而是通过与剧中人物发生心理感应，品尝到味。因而，新护指出：味在本质上不是认知对象，味的唯一本质是可品尝性。味作为意义，就是这种超俗的品尝领域。

印度文论除了以上所讲"庄严论""韵论"及"味论"之外，还有一个值得注意的理论——"曲语论"。早在7世纪婆摩诃的《诗庄严论》中，就已出现了"曲语"（vakrokti）这一文论概念。《诗庄严论》认为："一切文学作品都应该具有曲折的表达方式"。"词义和词音的曲折表达是令人满意的语言修饰"（第一章）。但"曲语"这一概念开始时并未受到文论界的重视，直到11世纪，恭多罗（kun—tala，或恭多迦 kuntaka）的《曲语生命论》才推陈出新，构建了自成体系的"曲语论"，提出了曲语论的基本原理。什么是"曲语"呢？恭多罗指出："诗是经过安排的音和义的结合，体现诗人的曲折表达，使知音欢愉。"（第一章）所谓诗人的曲折表达，是指诗人的文字表达方式不同于科学著作和日常语言，这种诗性的文字表达的曲折性，给人以审美快感，这就是"曲语"。

这种"曲语"，落实到具体的问题上就是装饰或修辞，其中可分为六种方法：①词音的曲折性，如谐音、叠声等音韵上的特殊修辞。②词干的曲折性，主要指词汇的特殊运用，如转义词、修饰词、委婉词、复合词及词根、词性和动词的特殊运用，以达到曲折性。③词缀的曲折性，如时代、数、格、人称等的特殊运用，而造成语法变化的曲折性。④句子曲折性，如夸张、比喻等修辞手法，产生特殊意义的曲折性。⑤故事成分的曲折性，如由故事人物描写、故事插曲而产生的曲折动人效果。⑥整篇作品的曲折性，指创造性地改编原故事，如人物创新、结局改变等，并结合前述5种曲折性，形成整篇作品的曲折性。从以上论述可以看出，恭多罗力图用"曲语"这一文论概念囊括了一切文学因素，建立起一个自成体系的曲语论，在印度文论史上具有开创性的学术意义。

从整体上而言，印度四大文论概念，"味论""庄严论""韵论""曲语论"构成了印度中世纪文学理论的宏伟大厦，形成了一个印度文论上的高峰。与晦暗的欧洲中世纪文论相比较而言，印度中世纪文论确实堪称黄金时代。

在上述四大文论概念中，"韵论"是在"味论"基础上的创造性发展，"曲语论"是在"庄严论"基础上的创造性发展。然而，在整个印度文论史上，占主导地位的还是"味论"与"韵论"，其次为"庄严论"。"曲语论"在印度古代文论史上始终影响不大，难与上述三论并驾齐驱。

在印度中世纪的众多文论著作中，值得注意的还有胜财的《十色》和曼摩吒的《诗光》。《十色》是印度自《舞论》以后的第二部自成系统的戏剧理论著作。所谓"色"，即戏剧，本义为形式。该书在《舞论》的基础上，着重讨论了戏剧的题材、结构、戏剧人物、语言、戏剧样式等，也涉及"味"这一理论问题。《十色》在理论上较严密深入，逻辑结构清晰，被后世奉为剧本评论的经典，但由于《十色》着重讨论的是编剧问题，缺乏《舞论》那种全面而宏大的气势，理论价值也不如《舞论》。《诗光》是一部综合前人学说并独抒己见的诗学著作，在印度从古至今享有很高的声誉，堪称最流行的一部古代文学理论的读本，是印度古典诗论的一个总结。《诗光》以142节诗体歌诀作为纲领，以散文作为论证，全书共分为十章，分别谈到诗的目的、特色及评价等级，还谈到词的字面义、内含义、暗示义、韵的分类，论及"味"、诗病、修饰等内容。《十色》全书及《诗光》的绝大部分内容（共7章）已收入笔者主编的《东方文论选》，有兴趣的读者可去细读原著，相信一定能大有收获，这里就不再赘述了。

三、阿拉伯与波斯文论的崛起与繁荣

与中世纪印度文论相辉映的是阿拉伯文论。在这一时期（公元6世纪—13世纪），阿拉伯文学异军突起，产生了许多文学明星，阿拉伯文论也同时形成了一个令人赞叹的高峰，从此便奏响了亚洲文论黄金时代的第三乐章。这是阿拉伯历史上一个文化昌盛、文学繁荣、文论成就极高的黄金时代。

阿拉伯统一国家的形成是与伊斯兰教的产生和传播同步的。伊斯兰教的创始人穆罕默德（570—632）以伊斯兰教立国，建立神权国家，又以武力打天下，进一步传播伊斯兰教。至632年穆罕默德去世时，整个阿拉伯半岛已大体统一。伊斯兰教在阿拉伯统一国家形成中起了关键性作用，以教立国，以国兴教，阿拉伯军队四处征战，捷报频传。661年，伍麦叶王朝建立时，已征服伊朗和埃及。至714年，阿拉伯向西扩张到欧洲，攻入西班牙的西哥特王国，占领了几乎整个比利牛斯半岛。8世纪初，向东一直扩张到印度河流域和中亚，达到帕米尔高原，直抵唐代中国的边疆。8世纪中叶，阿拉伯帝国最后形成，其疆域东起印度河流域，西临大西洋，横跨亚、非、欧三大洲，泱泱大国巍然屹立。当时只有中国强大的唐朝可以与之比肩。750年，阿布·阿拔斯推翻了伍麦叶王朝，建立了阿拔斯朝（750—1258），开创了阿拉伯帝国繁荣强盛的黄金时代。

阿拉伯文化的圣典是《古兰经》，这是穆罕默德在传教过程中，以安拉启示的名义所做的讲演、颁布的经文，由信徒整理成书，对整个阿拉伯文化产生了决定性的深远影响。伍麦叶王朝时，文学渐有起色，产生了三位大诗人：艾赫泰勒（640—708）、法拉兹达格（641—733）和哲利尔（653—733）。阿拔斯王朝时，文学创作繁荣昌盛，文艺理论也迈向了高峰。阿拔斯王朝出现了众多的有成就的诗人，如努瓦斯（726—814）、穆台纳比（915—965）、麦阿里（973—1057）等大诗人。散文家贾希兹（775—868），著有《动物集》（一译《动物书》）。伊本·穆格法撰成了印度《五卷书》的阿拉伯文译本《卡里来和笛木乃》（从巴列维文转译）。既是翻译，又是创作。这一时期最值得称道的作品是脍炙人口的《一千零一夜》（又译《天方夜谭》），该书开始流传于阿拔斯王朝前期，盛行于中期，最后定本为16世纪，至今仍吸引着千千万万的读者。

与文学繁荣相辉映，阿拉伯文学批评异军突起，产生了不少论著，形成了多种批评类型。阿拉伯文学批评的萌芽期，可追溯到公元6世纪，曾有一些传说中的所谓诗人的知音，如盖斯夫人对诗人盖斯和阿勒格曼二人诗作的评判等。阿拉伯文学批评的开创者是著名"悬诗"诗人纳比厄（535—604）。纳比厄曾对登门拜访者进行指点，发表评论，主张既要注意内容分析，又要注意遣词造句。公元7世纪，伊斯兰教确立，《古兰经》对阿拉伯文学产生了巨大冲击。《古兰经》中涉及对诗人的批评，亦可视之为文学批评之一端。例如，《众诗人章》中写道："诗人们被迷误者所跟随""他们只尚空谈，不重实践"。这种看法，令人想起墨子的"非乐"和柏拉图要将诗人"赶出理想国"的偏激观点。阿拉伯文学批评的鼎盛时期，是阿拔斯王朝时期。在这一时期的阿拉伯批评家中，学术泰斗贾希兹（775—868）是一位亚里士多德式的大学者，他在哲学、宗教、政治、社会、语言、文学诸方面，都有相当的建树。其著作《动物学》、故事集《吝人传》，是阿拉伯古代散文作品的杰出代表。奠定他在阿拉伯文学批评史上地位的著作是《修辞与阐释》。在这部批评论著中，他总结同代人的研究成果，提出了一种类似中国的"言意之辨"的观点——"词"与"义"的关系问题。主张通过明确的指示、正确的引导、恰当的概括充分显示隐藏在词后面的意义。他提出了文学创作中"技"（SMiah"绥纳尔特"，原意为"制作或技艺"）的重要性，认为"技"是文学创作的灵魂，是文学永恒秘密之所在，是文学的第一要素。这一观点，与古希腊智者派的"技术"这一概念，有某种近似之处，即认为艺术的特征与技巧相关。贾希兹还十分重视文学接受者，强调运用语言要考虑到对象及其接受能力，主张表情达意要视事而定，作者（言者）应使其中的每一方都能在语言中得到应有的"份额"，认为"听众有层次，言论有等级"。他还主张内容与形式并重，提出词要达义、言为心声；既重视古代楷模，也要看到今人建树，写作应言简意赅，反对矫揉造作、画蛇添足等。有些观点，与中国文论家刘勰的看法十分接近。这一时期除贾希兹外，还产生了与中国钟嵘的《诗品》十分相似的文学批评专著，它们是伊本·萨拉姆（767—846）的《名诗人的品级》和伊本·穆阿泰兹（861—906）的《诗人的品级》。钟嵘的《诗品》将120余名五言诗代表作家分为上中下三品，溯源流，论风格，显优劣，定品第。与此相仿，伊本·萨拉姆的《名诗人的品级》将蒙昧时期（公元 622 以前约两个世纪）和伊斯兰时期的作家各分成 10 个等级。另列出"悼亡诗人""乡卡诗人"等门类作为补充，实际共入选 194 位诗人。作者在书中引述各位诗人的作品，品评优劣，互相比较，并考订鉴别古代诗歌，阐释各种文学现象，提出自己的文学了解，其内容丰富，独具品格。伊本—穆阿泰兹的《诗人的品级》，与前述《名诗人的品级》皆为显优劣、定品第之书，但有一个根本的区别在于：《名诗人的品级》品评的是古代诗人，而《诗人的品级》品评的是当代诗人。所评诗人数量，与钟嵘《诗品》相近，皆是 120 余人。另一点与钟嵘《诗品》相近的问题是：《诗人的品级》居然漏掉了一些著名诗人，连当时大名鼎鼎的伊本·鲁米也榜上无名。曾有人怀疑是否是因为伊本·鲁米讽刺过作者的父亲，因而被有意除名了。钟嵘《诗品》将大诗人陶渊明、沈约列为中品，将曹操归入下品，亦常为人所诟病。《南史》认为"嵘尝求誉于沈约，约拒之"。于是乎"嵘怨之"，遂将沈约打入中品。这种批评的偏差，看来亦有同道者。

在阿拉伯批评家中，被认为是用科学方法为阿拉伯文学批评奠定基础的第一人，那就是具有波斯—塔吉克血统的伊本·古泰白。他最重要的著作是《诗与诗人们》，这是一部史论结合的著作。第一部分论诗的旨趣、种类、诗的规则、辞藻以及诗的批评；第二部分主要为诗人之传记，排列不依时间顺序，而是将风格相近的排在一起。他主张既要维护古代文学传统，又不可泥古不化，颇有"望今制奇，参古定法"之意，主张批评的公正和客观。

阿拉伯文学批评，曾受到古希腊文学批评的较大影响，尤其是受亚里士多德的影响。在阿拉伯最初讨论文学批评的书籍中，就曾出现过亚里士多德的名字。可以说，亚里士多德在古代阿拉伯文学批评家中是享有盛名的。亚氏影响最突出的例证是古达曼（约 888—958）的《诗的批评》。古达曼受希腊哲学、逻辑学影响较大，因而形成了他那哲理型的文学批评论著——《诗的批评》。在书中，作者讨论了诗的定义，认为诗是"合辙押韵表示某种意义的语言"，还讨论了诗的四种成分、诗的三大类，确立了衡量诗作优劣的标准。与欧洲布瓦罗相似，作者力图为诗歌"立法"。在论述时十分注意逻辑顺序，显得层次分明、有条有理，因而成为把基本逻辑运用到阿拉伯诗歌研究上的第一次带有科学性的努力。另一位力图为诗歌立法的论著是伊本·塔巴塔巴（？—934）的《诗之标准》。该书作者认为，没有衡量诗歌的正确标准和尺度，就不可能正确判断出诗的高下优劣。作者认为，诗的定义不仅是"被编排的语言"，而且还包括诗中反映出的天赋才能和文学趣味。与亚里士多德相似，作者提出诗整体上要统一，各部分要和谐。诗的美感不仅是生理的，更是心理的——灵魂的和精神的。

值得注意的是，早在中古时期，阿拉伯文学批评家已经在自觉地运用比较的方法。其中最为突出的是埃米迪（？—987）的《艾布·台玛木与布赫图里之比较》和阿里·本·阿卜杜勒·阿齐兹·吉尔加尼（？—1001）的《在穆台纳比及其对手之间调停》这两本专著。埃米迪的著作是对两位代表了两种不同艺术倾向的大诗人布赫图里和艾布·台玛木的比较性评论。布赫图里坚持阿拉伯古诗传统，台玛木则力主创新，在比较论述中，重要的不在于两位大诗人的此长彼短，而是在比较中寻求文学的基本规律。吉尔加尼的著作，不是两位诗人的比较，而是比较论述当时的批评家与同代大诗人台穆纳比之间的文学论争。吉尔加尼不但强调作家与批评家的天赋、智力等先天和客观因素，也强调后天的陶冶和训练，这包括"自然"（天赋）、"传承"（学习、传授）、"聪慧"和"训练"四个方面。这与刘勰《文心雕龙·体性篇》所说的"才""气""学""习"十分相似。

与阿拉伯文论相呼应的，还有波斯文论。波斯著名诗人菲尔多西（941—1020）创作了长达10余万行的长诗《列王记》（又译《王书》），对中古波斯文学产生了巨大影响。菲尔多西曾论述了《列王记》材料的收集，完成《列王记》的时间以及对塔吉基的批评，都是宝贵的文学批评资料。昂苏尔·基卡乌斯（1021—1101）的《卡布斯教诲录》，则有了较为系统的文学批评观念和实践。例如，论创作中的慎思与语言中的推敲选择；论作家的修养，认为才智使人高贵；论吟诗，论弹唱，皆很有特色。内扎米·阿鲁兹依（生卒年不详）的《文苑精英》（又译《四论》）是波斯一部颇有分量的文学理论著作，其中论及诗学与诗人修养，颇有理论深度，给予人不少有益的启示。另外，著名诗人萨迪（1203—1292）、内扎米（1141—1209）等人，都留下了一些较有价值的文学批评文字。

四、中国文学理论的持续发展

与阿拉伯帝国并肩屹立的是强大的唐朝，这也是一个国力强盛、文化繁荣的文学黄金时代。

公元6世纪至13世纪，相当于中国的唐（618—907）、宋（960—1279）时期或者说是隋、唐、五代、两宋时期（581—1279），与西方的中世纪大体相当。

唐代是中国诗歌的黄金时代，名家辈出，诗体大备，五言、七言、古诗、律诗都在这里争奇斗艳、竞吐芬芳。诗圣杜甫、诗仙李白以及王维、白居易、李贺、李商隐等诸多名家令人叹为观止。继起的宋代，文学艺术亦不逊色，"唐宋古文八大家"，唐占其二（韩愈、柳宗元），宋占其六（欧阳修、苏洵、苏轼、苏辙、王安石、曾巩）。

宋诗自有品格，宋词更加光彩，豪放与婉约，皆名家辈出。唐宋小说开始兴盛，戏剧也迈开步伐。在文学繁荣的同时，唐宋的文学理论也颇具特色。大略而论，分两大派。一为复古载道派，主张文艺为政治服务，为伦理教化服务；一为缘情妙悟派，倡导文学的审美特性，探讨文学的本质规律。其占统治地位的，是复古载道派。因此，笔者将这一时期的中国文学理论发展特征总结为文学观念复古期。

中国文学理论的复古期，大致始于隋，经唐至宋，近 800 年。在整个复古期，占主导地位的文学思想是为了恢复秦汉时期为政治而艺术、为伦理道德而艺术的观念，高举"文道论"大旗，批判魏晋南北朝主文畅情的审美文化，反对"缘情绮靡""绮縠纷披""情灵摇荡"的文学观念，严厉批判六朝"嘲风月，弄花草"的审美倾向，反对"以文害道"，主张文艺应当教化百姓，"救济人病，裨补时阙"。当然，这种复古的文学观念，不可能完全与秦汉一样，时运交移，质文代变，从隋唐至宋，"文道"之"道"，或许已是各道其所道。但有一点是基本一致的，即文学要为现实政治教化服务。

在文学观念复古主流之下，整个隋唐两宋时期，实际上仍存在着反对文学复古，强调缘情，强调文学审美特征的强劲支流。这使隋唐两宋文学与文论显得既错综复杂又多姿多彩，而不再像两汉那样一家独霸，唯我独尊。

首先兴起文学观念复古思潮的是隋朝所谓"隋末大儒"的王通。在《中说》之中，王通批判了六朝文风，提倡重道轻艺，重行轻文，主张文章为政治伦理教化服务。他把文章声律和词华看成文章的"末流"。李谔的《上隋高祖革文华书》，对魏晋南北朝文风进行了严厉批判，指出："降及后代，风教渐落。魏之三祖，更尚文词，忽君人之大道，好雕虫之小艺，下之从上，有同影响，竞骋文华，遂成风俗。江左齐梁，其弊弥甚，贵贱贤愚，唯务吟咏。遂复遗理存异，寻虚逐微，竞一韵之奇，争一字之巧。连篇累牍，不出月露之形；积案盈箱，唯是风云之状……故文笔日繁，其政日乱。"李谔已经把魏晋南北朝缘情萎靡的文学观念，视为败坏民风、乱国乱政的罪恶渊薮。因而，他主张不惜动用专政力量来纠正文学观念，扭转文风，"屏黜轻浮，遏止华伪"，如有胆敢不从，仍坚持华丽文风者，"请勒诸司，普加搜访，有如此者，具状送台"。对付文学观念，竟需要动武力，将人抓起来治罪，真是骇人听闻！

幸亏唐时统治者并没有实行这种文化专制政策，绝大多数文人主张汲取南北文风之长，避其所短，从而迎来了"声律风骨始备"的文学黄金时代。例如，魏征《隋书·文学传序》指出，"江左宫商发越，贵于清绮；河朔词义贞刚，重乎气质。气质则理胜其词，清绮则文过其意。理深者便于时用，文华者宜于咏歌。此其南北词人得失之大较也。若能掇彼清音，简兹累句，各去所短，合其两长，则文质彬彬，尽善尽美矣"。

初盛唐的文论，正是在"合其两长"的观念中演进的。一方面，倡导汉魏风骨，纠正柔弱文风，如陈子昂《与东方左史虬修竹篇序》以及李白诗"蓬莱文章建安骨"等诗论；另一方面，产生了大量的研究作诗技巧的论著。这些论著继承了南朝永明声病说，研讨近体诗声律、对偶等技巧，如上官仪《笔札华梁》、元兢《诗髓脑》、李峤《评诗格》、王昌龄《诗格》《诗中密旨》等。正如日本人遍照金刚（空海）《文镜秘府论》所说："沈侯、刘善之后，王、皎、崔、元之前，盛谈四声，争吐病犯，黄卷溢箧，缃帙满车。"可见当时作诗技巧论著之多、"盛谈四声，争吐病犯"之况。然而，这类著作，以后逐渐湮灭了，这不仅仅因为这些书"价值不高"，更重要的原因可能与后人批判南朝文风、力倡文道论有关。正统文人多视此类著作为雕虫小技，加以鄙视。其实，这类著作中不乏有价值之作、有见地之论。就今传世的署名王昌龄的《诗格》来看，其论"诗有三境"，即物境、情境、意境，主张"处身于境，视境于心"，又论文思，认为"力疲智竭，放安神思，心偶照境，率然而生……搜求于象，心入于境，神会于物，因心而得"。唐末司空图提出的"韵外之致""味外之旨"（《与李生论诗书》）成为后世"妙悟""神韵""意境"等重要文学理论的理论根基，对后世产生了重要影响。司空图的《二十四诗品》是一部堪与印度《韵光》相比肩而又有着相似理论的著作。《二十四诗品》既不注重对偶声律修辞造句等形式的技巧理论，也不提倡儒家的实用主义功利文学观，而是专注于诗的韵味。司空图汲取了前人的"滋味说"，开启了后世的"神韵"论，成为了一个承前启后、影响深远的文论家。司空图指出："文之难，而诗之难尤难。古今之喻多矣，而愚以为辨于味，而后可以言诗也。"什么是诗之味呢？印度的《舞论》认为"味"出于"情"，中国的《文心雕龙》等也认为味与情相关。司空图则认为，味不仅仅是情，它还有更深层的内蕴。他举例说，比如醋，并非不酸，但仅仅只是酸味而已；盐，并非不成，但仅仅只有咸味而已，可是真正的醇美之味，却是在酸咸之外的。诗歌同样如此，它应当有一种在文字之外的意蕴，一种"近而不浮，远而不尽"的"韵外之致"，一种"如蓝田日暖，良玉生烟，可望而不可置于眉睫之前"的"象外之象，景外之景"。在《二十四诗品》中，处处贯穿了这种韵味说："超以象外，得其环中"（《雄浑》）；"遇之匪深，即之愈稀"（《冲淡》）；"不著一字，尽得风流"（《含蓄》）。司空图的韵味说，对后世产生了极大影响，"逮宋沧浪严氏，专主其说"。清代"神韵论"的主帅王士祯所倡导的"神韵"，即从司空图、严沧浪的理论演变而来。这种专注于味外之味、韵外之致、象外之象的韵味说，与印度《韵光》所说的除"字面义"与"内含义"之外的"暗示义"有某些相似之处。当然，也不可能完全相同，这一点，将在以后的章节中详论。严羽以禅喻诗，本意并不在谈禅与诗的关系，而是"本意但欲说得诗透彻。

以禅喻诗,莫此亲切"(《答吴景仙书》)。严羽提出了"妙悟"论与"别趣"说,认为"大抵禅道唯在妙悟、诗道亦在妙悟"(《沧浪诗话》)。所谓妙悟,既是学诗之门径,又是作诗之妙道,包括了学识积累与领悟、创作直觉与灵感等。所谓"别趣",是指诗不能"以文字为诗,以议论为诗,以才学为诗"。因为诗是吟咏情性,不可拘谨的美的创造。他说:"夫诗有别材,非关书也,诗有别趣,非关理也。而古人未尝不读书、不穷理。所谓不涉理路、不落言筌者,上也。诗者,吟咏情性也。盛唐诗人唯在兴趣,羚羊挂角,无迹可求。故其妙处莹彻玲珑,不可凑泊,如空中之音,相中之色,水中之月,镜中之象,言有尽而意无穷。"(《沧浪诗话》)

这一时期,中国文学理论产生了大量诗话、词话。据近来岳麓书社出版的《中国历代诗话选》,仅两宋时期就选入了 200 多部诗话,其中较重要的有欧阳修《六一诗话》、魏泰《临汉隐居诗话》、许额《彦周诗话》、叶梦得《石林诗话》、葛立方《韵语阳秋》、张戒《岁寒堂诗话》、胡仔《苕溪渔隐丛话》、姜夔《白石道人诗说》、严羽《沧浪诗话》、魏庆之《诗人玉屑》、张炎《词源》等著作。

欧阳修(1007—1072)的《六一诗话》,始立"诗话"之名,创立了与《文心雕龙》等体系严密的文论专著不同的漫谈性论诗体例,集考证、评论与诗人轶事为一体,兼收并蓄,有内容丰富、形式活泼之优点,但也有散漫零碎、体系不严密的缺点。这类诗话,往往需要读者披沙拣金,从众多例证中去体会,从三言两语中去思索。例如,《六一诗话》中所引"必能状难写之景,如在目前;含不尽之意,见于言外"等理论,确如粒粒沙金,熠熠生辉。不过,众多诗话中,也不乏理论性强、逻辑性严密之作,如前述《沧浪诗话》及后来的《原诗》等。《诗人玉屑》是一本偏重理论与作诗技巧的诗话汇集,从中可见宋代诗话理论之一斑,书中汇集各家理论,分诗辨、诗法、诗评、诗体、句法、命意、造句、下字、用事、押韵、属对、锻炼、沿袭、脱胎换骨、点化、托物等众多条目,讨论十分精细,几乎可与现代西方新批评媲美。

第三节 中西方文论的潮起潮落

自 14 世纪起,沉睡了上千年的西方文论被文艺复兴的狂飙所刮醒,又重新开始崛起。文艺复兴(14—16 世纪)是欧洲新兴资产阶级的思想文化运动。一般史学家认为它是古代文化的复兴,因而得名。文艺复兴是一次典型的文化转型,即由中世纪的天国神学文化转为世俗现实的人文文化。这一文化转型最初始于意大利,以后扩大到德国、法国、英国、荷兰等欧洲国家,对西方文化产生了巨大的促进作用,并影响深远。西方文学与文论，在这一由天国神学文化向现世人生的人文文化转型之中，又重新崛起。历史的相似与巧合，又一次在这一时期（14—16世纪）显现。与西方文艺复兴思想反叛浪潮遥相呼应，中国的明代，也产生了一股强烈的思想反叛浪潮。这一反叛浪潮针对禁锢中国人心灵的僵化的儒学，倡导"童心""性灵"，促进了中国文化与中国文论的发展。与此同时，印度也产生了一股影响深远的思想反叛浪潮——虔诚派运动。这是一次被视为"异端"的宗教改革运动。虔诚派运动，对印度文化及文学与文论皆产生了重大而深远的影响。本节即以中、印、欧思想反叛浪潮的起落为主线来展开论述。

一、文艺复兴与西方文论的重新崛起

从中世纪的最后一位诗人，同时又是新时代的第一位诗人但丁（1265—1321）在他的杰作《神曲》中，自给在世的教皇卜尼法八世在地狱中预留了一个位置时起，西方思想解放的历程便曙光初露。随着历史车轮的旋转，禁锢了西方人心灵上千年的基督教神学偶像终于开始崩溃了！在德国，由马丁·路德（1483—1546）领导的宗教改革，如狂飙一般席卷了整个欧洲大陆，异端思想风起云涌。人们大胆地站起来，勇敢地批判那曾经使人战战兢兢、五体投地的神学偶像。意大利作家薄伽丘（1313—1375）在《十日谈》中，以犀利的笔锋，讽刺教会和僧侣的奸诈虚伪、腐败堕落。法国作家拉伯雷（1494—1553）在《巨人传》里，以夸张的手法，揭露出教会和宗教教条扼杀人性、窒息科学，阻碍社会前进的阴暗面。荷兰人文主义思想家伊拉斯谟（1569—1636）甚至专门写了《愚人颂》，对神学偶像极尽攻击之能事。他指出，教会是虚伪的、残忍的，基督教教会是在血的基础上建立的，依靠血而壮大的。因此，神学实质上是"愚蠢和疯狂"。文艺复兴时期思想文化的一大共同特征是思想反叛浪潮的兴起。这种思想的反叛不但表现在对偶像的批判和对传统思想的叛逆，更重要的还体现在对新方法的寻求和新思想的建设上。

文艺复兴是西方思想学术文化的一大转折，这种转折，首先体现在方法论上。对自然的观察与实验代替了经院派的烦琐思辨，感性认识得到了空前的重视，归纳逻辑打破了演绎逻辑的垄断，因果律代替了目的论（天意安排说）。随着方法的更新，文艺复兴的思想文化产生了一股强大的新思潮，被神学长期禁锢的人性开始逐渐觉醒。

欧洲中世纪是神学的一统天下。在黑暗的岁月里，夜漫漫，路漫漫，人生下来就有罪，必须禁欲受苦，必须在威严的神灵脚下祈祷告饶，人性被异化了、泯灭了。文艺复兴的狂飙刮倒了神灵的巨殿，唤醒了长期被泯灭的人性。"我是凡人，我只要求凡人的幸福"（佩特拉克语）。在尝够了中世纪宗教禁欲主义的苦头之后，文艺复兴时期的学者彻底否定了所有禁欲主义的观念。他们要求人的尊严、现实的幸福、人生的享受；要求充分满足人性的本能欲求，尽情的享用生活的美酒。震撼世界的西方文艺复兴，正是在神学的垮台、人性的觉醒中勃发的。薄伽丘、拉伯雷、乔叟、达·芬奇、莎士比亚这些伟大的文艺家的笔下歌颂的正是世俗的人，描写的是人的本性，赞美的是人间幸福、男欢女爱。这种对人的真实描写，使他们的作品获得了永恒的魅力！

西方的文学理论正是崛起于这股强大的思想反叛浪潮之中。

但丁（1265—1321）这个站在中世纪与文艺复兴分界线上的巨人，首先打破了西方文论的漫长沉寂，写出了《论俗语》等文论著作。接踵而来的是薄伽丘（1313—1375）的《异教诸神谱系》，达·芬奇（1452—1519）的《笔记》，钦提奥（1504—1573）的《论传奇体叙事诗》，明屠尔诺（生卒年不详）的《诗的艺术》，卡斯特尔维屈罗（1505—1571）的《亚里士多德（诗学）的诠释》，瓜里尼（1538—1598）的《悲喜混杂剧体诗的纲领》，马佐尼（1548—1598）的《（神曲）的辩护》，维加（1562—1635）的《当代编剧的新艺术》，锡德尼（1554—1586）的《为诗一辩》等理论著作。其中尤其值得注意的是达·芬奇、马佐尼、锡德尼等人的文论。达·芬奇复兴了亚里士多德的模仿说，提出了著名的"镜子说"："画家的心应该像一面镜子，永远把它所反映事物的色彩统摄进来，前面摆着多少事物，就摄取多少形象。画家应该研究普遍的自然，就眼睛所看到的东西多加思索，要运用组成每一事物的类型的那些优美的部分。用这种办法，他的心就会像一面镜子真实地反映面前的一切，就会变成好像是第二自然。"这种"镜子说"，在艾布拉姆斯（M.H.Abrams）看来，最早的发明权属于柏拉图。在《理想国》（一译《国家篇》）卷十中，柏拉图认为艺术家无非是模仿影子的影子，制造影像而已，并没有什么了不起，只要你"拿起镜子四面八方地旋转，你就马上造出太阳、星辰、大地……"但是，达·芬奇的"镜子说"与柏拉图的说法显然不同，而且在西方文论史上，达·芬奇的看法几乎是文论家们不可忽略的重要观点，就连艾布姆斯本人亦如此。

如果说达·芬奇复兴了模仿说，提出了"镜子说"的话，那么意大利另一位文学批评家卡斯特尔维屈罗（1505—1571）则改造了模仿说，从"镜"走向了"灯"，倡导艺术的虚构与想象。有意思的是卡氏的理论，是从"模仿说"大师亚里士多德的《诗学》中阐发出来的。在《亚里士多德（诗学）的诠释》中，卡氏从辨析亚氏《诗学》中的一个老话题——诗与历史的区别——中阐释了自己的观点：诗是想象性的创造。他说："诗近似历史。历史分为题材和语言，诗也分成这两个主要的部分。但是在这两部分，历史和诗都各不相同。"怎么不同呢？卡氏指出，历史家的题材是现成的，是"推理用的那种语言"，诗却不然。"诗的题材是由诗人凭他的才能去找到或是想象出来的，诗的语言也不是推理用的那种语言……诗的语言是由诗人运用他的才能，按照诗的格律，去创造出来的"。另外，卡斯特尔维屈罗还提出了戏剧的地点、时间及事件必须一致，他指出："表演的时间和所表演的事件的时间，必须严格的一致……事件的地点必须不变，不但只限于一个城市或者一所房屋，而且必须真正限于一个单一的地点。"这一观点很可能影响了西方 17 世纪古典主义文论著名的"三整一律"说。比卡斯特尔维屈罗小 43 岁的意大利学者马佐尼（1548—1598）则进一步论述了诗的特征，强调了艺术的想象。他不但提出诗的目的在于娱乐，诗应令人"惊奇"，而且指出："想象真正是驾驭诗的故事情节的能力，只有凭这种能力，我们才能进行虚构，把许多虚构的东西组织在一起。从此就必然生出这样的结论：因为诗依靠想象力，它就要由虚构和想象的东西来组成。"锡德尼的《为诗一辩》，是一篇代表人文主义思想而内容相当广泛的文论。针对中世纪神学无端加给诗的罪名，锡德尼给予了有力的驳斥，大大提高了诗的地位，认为诗是一切学问之父，诗人是道德家和历史家之间的仲裁者，诗人是君主。

二、中国反叛思潮的涌起与文论的嬗变

西方文艺复兴时期，大致相当于中国的元朝（1279—1368）、明朝（1368—1644），历史的巧合又一次产生在这一时期。与西方文艺复兴遥相呼应，中国的明朝也产生了一股强烈的反叛思想浪潮。

明代文学理论的发展，既与元代、明代市民经济发展、市民文学艺术的勃兴（如白话小说、戏剧等）有关，又与王阳明的心学密切相关。王阳明抛弃了程、朱理学的"格物致知"，提出知行合一的"致良知"。王学左派王艮等人进一步发展了王学的反叛性，形成了"非名教之所能羁络""掀翻天地"的思想反叛浪潮。

西方文艺复兴的反叛思潮，主要是针对禁锢人们精神的宗教神学。与之相似，明代思想反叛浪潮，主要是针对禁锢中国人心灵的僵化的儒家学说。实际上，自南宋陆九渊（1139—1191）创心学起，就已经开始从根本上动摇了儒家哲学基础。陈亮（1143—1194）、叶适（1150—1223）对孟子的批判，对程朱理学的揭露，对儒家经典的怀疑，已透露出反叛之先声。元代邓牧（1247—1306）著《伯牙琴》一书，批判专制统治，怒斥统治者与盗贼一样，"竭天下之财以奉身"。明代王阳明（王守仁，1472—1529）对朱熹理学的批判，又进一步动摇了儒学的根基。王阳明的学生王艮（1483—1541），则更趋向儒学对立面，"非名教之所能羁络"，而王艮的再传弟子李贽（1527—1602）

则公开斥责六经《语》《孟》(《论语》《孟子》)为假人渊薮,道学之口实。李贽指出:"夫六经、《语》《孟》,非其史官过为褒崇之词,则其臣子极为赞美之语。又不然,则其迂阔门徒,懵懂弟子,记忆师说,有头无尾,得后遗前,随其所见,笔之于书,后学不察,便谓出自圣人之口也。"对儒家神圣的六经及《论语》《孟子》如此大不敬,放肆攻击,确是"胆大包天"。更有甚者,李贽认为:"然则六经、《语》《孟》,乃道学之口实,假人之渊薮也。"在攻击儒家经典的同时,李贽也倡导反映市民生活的文学,推崇历来被视为"小道"的传奇、院本、戏曲、小说。"诗何必古《选》,文何必先秦。降而为六朝,变而为近体,又变而为传奇,变而为院本,为杂剧,为《西厢曲》,为《水浒传》,为今之举子业,大贤言圣人之道皆古今至文,不可得而时势先后论也。故吾因是而有感于童心者之自文也,更说甚么六经,更说甚么《语》《孟》乎?"(《童心说》)

以李贽、汤显祖、公安三袁、徐渭、冯梦龙等进步思想家、文艺家为代表的反叛思想浪潮,恰与西方文艺复兴时期的反叛思想浪潮一样,体现了封建社会母体内部孕育成长的资本主义生产关系和市民阶层在意识形态领域中的革新要求,是一次文化转型、文化更新之潮。

这一思想反叛浪潮在涌动之际,首先冲击了正统的文道论。宋代道学家极为正统,也极为偏激的"为文害道"之论,在明代已基本没有市场。面对时代大潮时,即便是最正统的文人,也不得不退后一步,放弃"为文害道"的偏激观点,修正道学家的偏颇。主张为政治伦理教化服务的同时,也应注重文学的审美特征,即主张教化与审美的统一。这是中国正统诗文理论走向综合,走向成熟之趋向。明中叶,以前后"七子"为代表的文学复古主义思潮,就是在较浅的理论水平上体现了这种综合。明前后"七子"的文学观,以复古为其表征。李梦阳力倡复古,学古人应像临摹古帖一样,"即太似不嫌"。这种学古态度,连其同道何景明亦觉太过分:"空同子(李梦阳)刻意古范,铸形宿模,而独守尺寸……稍离旧本,便自杌杭。如小儿倚物能行,独趋颠仆。"明七子文论,在复古学古上,可以说甚至超过了自韩愈以来的复古论。但其文学理论的出发点却有两个:一是儒家的教化说,二是严羽诸人对文学审美特征的强调。这是与过去正统文道论所不同之处,也正是李东阳《怀麓堂诗话》、谢榛《四溟诗话》、徐祯卿《谈艺录》、王世贞《艺苑卮言》、胡应麟《诗薮》等文学理论著作之所以成功之处。

明代的思想反叛者掀起了一次颇有声势的文学解放思潮。这是一次对儒家为政治教化而艺术的强有力的挑战,其代表人物首推李贽、汤显祖与公安三袁。李贽大胆批判儒家虚假仁义,反对千百年来"咸以孔子之是非为是非"。统治者指斥李贽"敢倡乱道,惑世诬民",将他抓进监狱,李贽最后死于狱中。李贽的著名文论观点是"童心说"。

所谓"童心"，即真心，李贽力倡文学表现真性灵、真感情，反对"持人性情""止乎礼义"的虚假造作。他指出："天下之至文，未有不出于童心焉者也。苟童心常存，则道理不行，……然则六经、《语》《孟》，乃道学之口实，假人之渊薮也，断断乎其不可以语于童心之言明矣。"显然，"童心说"是一种反叛儒家教化文艺观的文学解放思潮，力倡真情真性，主张人性人情的自然抒发，"盖声色之来，发于情性，由乎自然，是可以牵合矫强而致乎？……非情性之外复有礼义可止也"。

在明朝嘉靖时期，产生了一个以革新古文理论，力图重申文道合一，再续古文正统的文学理论派别即"唐宋派"，其主要成员为王慎中、唐顺之、茅坤、归有光等人。唐宋派也受到王阳明学说的影响，强调直写胸臆，提倡自然本色。唐顺之指出："近来觉碍诗文一事，只是直写胸臆，如颜语所谓开口见喉咙者，使后人读之，如真见其面目，瑕瑜俱不容掩。所谓本色，此为上乘文字。"（《又答洪方州书》）但唐宋派的直写胸臆，与李贽、公安三袁所强调的直抒胸臆有着本质上的区别。李贽、公安三袁是反对孔孟、贬斥道统，而唐宋派恰恰是为了捍卫道统，复兴儒学。唐顺之说："文与道非二也，更愿兄完养神明以探其本源，浸涵《六经》之言以博其旨趣。"（《答廖东雩提学》）茅坤指出："得其道而折中于六艺者，汉、唐、宋是也。虽其衰且弱也，不得而废也。"（《文旨赠许海岳虹台》）文是绝不能离开道的，"文特与道相盛衰"（《唐宋八大家文钞总序》）。在维护道统的基础上，他们力图重振自唐宋以来的古文运动，再续古文正统。这种重振，除了强调直写胸臆、自然本色外，还追求文章之神（精神，神采），注重错综之法，提出"诗贵意兴活泼"，反对拘守一种格调，重视词曲和民歌。显然，在时代大潮的推动下，即便想维护儒学，恢复传统，也不得不汲取新思潮，重视市民文学（词曲和民歌），这一点鲜明的体现在唐宋派的主张之中。

三、印度虔诚派运动对文学与文论的影响

在印度次大陆，这一时期也产生了一股反叛思想浪潮，恰与西方的文艺复兴的反叛思想浪潮和中国明代的反叛思想浪潮同时涌起，使这一时期成为世界文化史上继先秦、古希腊之后的又一次意味深长的文化同步现象。

这股反叛思想浪潮，即印度的宗教改革运动——虔诚派运动（BhaktiMovement）。大约于12世纪产生于南印度，于14—16世纪在印度广泛发展。先驱者为著名的吠檀多哲学家罗摩奴阇。其代表人物是罗摩难陀、迦比尔、查伊塔尼亚、达度等人。该派代表下层人民利益，主张宗教改革，反对偶像崇拜和祭祀万能，认为祭祀礼仪是虚假的虔诚，膜拜石像是愚蠢。宗教沐浴、斋戒、朝圣等，都不过是表面的、虚假的圣洁，

并不能真正涤除灵魂上的罪恶。虔诚派反对种姓隔离，认为出身不能决定人贵贱，在神面前人人平等，而不取决于种姓高低和出身贵贱。真正决定人的贵贱的，是人的心灵，是人对神的虔诚，只要有一颗虔诚的心，诚心信仰梵及其化身，即可进入最高境界，获得人生至乐，即获得解脱。这种以"虔诚"心灵为基本出发点的反叛思想，与由王阳明心学"致良知"发展起来的李贽的"童心"、公安三袁的"性灵"等反叛思潮有异曲同工之妙！

虔诚派被视为印度教的异端，这与文艺复兴时期马丁·路德的宗教改革及中国明代李贽等人被视为"异端"一样，都充分体现了其反叛思潮的特征。但是，虔诚派有着广泛的社会基础，不但在下层群众中广为流传，而且产生了许多著名的思想家和诗人，为了宣传宗教改革，他们不但翻译了大量的梵文古典著作，而且写出了大量的诗歌和故事集，对印度文化产生了重要影响，成为印度这一时期文学的一大特征。虔诚派运动持续了近 400 年，恰与西方文艺复兴与中国元、明时期相当。

虔诚派最著名的思想家和诗人是迦比尔（Kabir，1440—1518）。他极力反对偶像崇拜，反对种姓制度，反对歧视妇女，大力宣传"虔诚"。其主要作品有《五千颂》《罗摩尼》等。由于虔诚派宗教改革的影响，使印度文学形成了一个"虔诚文学时期"。印度此时期最著名的作家，几乎都是虔诚文学家。由此可见"虔诚派"其反叛思潮重大而深远的影响。季羡林先生主编的《简明东方文学史》指出："虔诚文学是印度中古时期的一个带普遍性的文学流派，它开始于泰米尔语文学，以后在各个地方语言文学中都有反映。"这种打破梵语一统天下，用各地方言写作的倾向，与文艺复兴时期打破拉丁语一统天下，提倡用各民族土语（俗语）来写作的主张几乎相同。但丁的《论俗语》，就是这种主张的先导。印度虔诚文学的一大特征亦在此。在印地语中，最著名的诗人是格比尔达斯、加耶西、苏尔达斯和杜勒西达斯。苏尔达斯（15—16 世纪）是印度虔诚文学最主要的诗人之一，其《苏尔诗海》共 6 万颂。苏尔达斯唱诗的目的虽是颂神，但他的诗并非纯抽象的宗教赞美诗，他的"思想感情是世俗社会性的，而不是或者主要不是超世俗的思想感情，他描绘的是人性，而不是或者主要不是神性"。这一点，与西方文艺复兴的诗人也有相似之处。杜勒西达斯（1532—1623）是印度虔诚文学的另一位最主要的诗人，他的《罗摩功行录》是印地语文学史上影响最大的一部作品。这部长篇叙事诗基本目的之一是"为了复兴古代印度教和印度教文化""倡导对印度教和印度教大神的虔诚，就要改革宗教，要在原有种姓制度的基础上加以改良，使得人人在罗摩面前平等，人人都可以膜拜罗摩，以此作为团结印度教民族的手段，从而在伊斯兰教的扩张面前稳住印度教的阵地"。在孟加拉语文学中，最著名的作家是钱迪达斯（14世纪）；在马拉提语中，具有代表性的虔诚派诗人是纳姆代沃（1270—1350）和杜卡拉姆（1608—1649）；在奥利萨语中虔诚派诗人有萨勒拉达斯（14—15世纪）；在旁庶普语中虔诚派诗人有纳那克（1469—1539）等。

虔诚运动反叛思想浪潮的兴起和虔诚文学的兴盛，必然会对印度文学理论产生影响。印度文论中"虔诚味"的提出，就是其明显标志之一。鲁波·高斯瓦明（15—16世纪）的《虔诚味甘露河》《鲜艳青玉》，创造性地将味论用于虔诚派的宗教虔诚情感，颇有新意。虔诚味约分五种：平静、侍奉、友爱、慈爱和甜蜜。其中甜蜜味是主要的虔诚味，被称为"虔诚味王"。《鲜艳青玉》一书即专论甜蜜味。甜蜜味的常情是毗湿奴的化身黑天的甜蜜之爱，所缘情由是黑天与他的情人，引发情由为黑天的言行和装饰等。这一时期印度文论虽不如中世纪那般辉煌，但也产生了不少有价值之作。其中值得注意的有毗首那他的（14世纪）《文镜》。这是该时期印度文论最重要之作，是一部综合性论著。全书分为十章，分别论诗的特征，论句子，论味及情，论韵，论暗示，论戏剧，论诗病，论诗德，论风格和修饰（严庄）等。全书以味论为核心，指出诗的本质特征为"诗是以味为灵魂的句子"。并确认十种"味"，确认"甜蜜"等诗德。胜天（13—14世纪）的《月光》，是一部通俗的诗学著作，其中论述增强诗歌魅力的表现手法"诗相"，颇有意义。维希吷希婆·格纳㳺陀罗（14世纪）著有《魅力月光》，首次用"魅力"作为衡量诗的标准，认为以音庄严为主的音画诗为有魅力的诗，以义庄严为主并以暗示义为辅的义画诗为更有魅力的诗，以暗示义为主的诗则是最有魅力的诗。虔诚派文论家格维格尔纳布罗（16世纪）著有《庄严宝》，强调读者在阅读时所体验到的喜悦，强调审美体验的快感。书中多举赞颂黑天的作品。此外，还有辛格普波罗（14世纪）著《味海月》，般努达多（15世纪）著《味花簇》《味河》《庄严吉祥悲》，盖瑟沃·密湿罗（16世纪）著《庄严顶》，阿伯耶·底克希多（16世纪）著《莲喜》等。

四、日本、阿拉伯、朝鲜文论的进展与越南文论的发轫

14—16世纪的日本，也是一个"犯上作乱"的年代，自14世纪初南北朝（1301—1391）战乱开始，中经"战国时代"（1467—1573）至室町幕府结束时（1599）止，武士集团之间战争不断。从15世纪起，多次爆发人民起义，形成了政治上的"下克上"社会风潮。在经济上，工商业开始发达，城市兴起，反映市民意识的戏剧和武士生活的物语兴旺繁荣。所谓"物语"，即故事，由口头说唱发展为文学，这与中国小说是由讲唱说书形式发展起来相似。这时的物语中最著名者为《平家物语》（13世纪），描写平氏与源氏两个封建家族的战争。戏剧称为"能乐"，14—15世纪，经观阿弥及其子

世阿弥等艺人的改革，发展成日本独具特色的歌舞剧。其脚本称为"谣曲"。"狂言"为民间喜剧，产生并盛行于14—16世纪，演出以对白和动作为主，形式短小，语言诙谐。

在戏剧创作和演出的繁荣之中，产生了日本第一部戏剧理论专著：世阿弥（1363—1443）的《风姿花传》（又名《花传书》）。世阿弥与其父观阿弥堪称日本最古老的剧种"能"（"能乐"）的辛勤开拓者。《风姿花传》正是伴随日本的戏剧成长起来的。因为他的戏剧理论以表演为中心，认为"能否使一个曲目取得成功，要看演者的用心如何"。其用心要掌握得恰当，表演的极致是在"似与不似之间"。世阿弥继承了日本歌学中的"幽玄"概念，用之于戏剧，将幽玄美用于艺术表演，将幽玄理论往前推进了一步。他说："所谓好的'能'，其典据确当，风体新颖，眼目鲜明，以全体富有幽玄之趣者为第一等。在上演的时候，如果能演得惟妙惟肖，那么看起来自然是个幽玄的演员。如懂得什么是幽玄的道理，那么观众看起来，就会是一种无懈可击的至艺。"（《风姿花传·花修篇》）这一时期，还产生了日本第一部诗话专著——虎关师炼的《济北诗话》。

这一时期朝鲜建立了李朝（1392起）封建国家，开创了李朝500年的历史。1443年朝鲜文字"训民正音"的创建，对朝鲜文化及文学发展具有划时代的意义。国语文学恰与西方的"俗语文学"、印度的方言文学一样，也具有一种革新反叛的意味。同时，反映市民意识的稗说文学与小说也得到了发展，汉诗亦并行不悖。

这一时期朝鲜文论有徐居正《东人诗话》，这是朝鲜文学史上第一部以"诗话"命名的诗论著作。他曾指出朝鲜与中国文学之差异与其语言有关："乐府句句字字皆协音律，古之能诗者尚难之。陈后山、杨诚斋皆以谓苏子瞻乐词是工，要非本色语，况不及东坡者乎？吾东方语音，与中国不同。李相国、李大谏、猊山、牧隐皆以雄文大手，未尝措手。"（《东人诗话》卷上》）

这一时期越南也产生了诗话论著，如黎澄（1374—1446）《南翁梦录》（1438），被称为"安南人最早的文学批评著作"。该书第十八则至第三十一则为对越南汉诗的评论，论及诗艺、诗德等，还提出"诗兆余庆"，认为诗具有预兆人生命运的神秘力量。此外，武琼（1452—1516）的《岭南摭怪列传序》、黎圣宗（1442—1497）《天南余暇集》等，也颇有理论特色。

这一时期的阿拉伯失去了昔日的威风。1258年，蒙古入侵，曾经不可一世的阿拉伯帝国阿拔斯王朝便覆亡了。蒙古人占领了阿拉伯、伊朗及中亚广大领土，建立了若干汗国。成吉思汗的孙子旭烈兀于1258年攻入巴格达后建立了伊儿汗国，以低廉为都城（今大不里士），疆域以波斯和小亚细亚为中心，北自高加索，南达阿拉伯海，东起阿姆河，西到地中海，曾一度繁荣。1388年伊儿汗国被帖木儿帝国所灭。帖木儿帝国创立者跛子帖木儿自称成吉思汗继承者，铁骑横扫千里，不仅吞并了伊儿汗国，而且攻入俄罗斯，袭击印度，一度攻陷德里，1402 年俘土耳其苏丹。帖木儿帝国都城撒马尔罕是帝国的经济文化中心，有壮丽的宫殿、宏伟的清真寺，还有伊斯兰学校和观象台。宫廷里聚集了不少御用文人。其中包括著名的波斯抒情诗人哈菲兹（1300—1389）。帖木儿帝国于 16 世纪被乌兹别克人所灭。

这一时期的阿拉伯文论著作有艾哈默德—艾西尔（？—1345）的《宝珠》，主要论述创作中的修辞手法。伊本·赫尔顿（1332—1406）的《绪论》，反对华丽辞藻的空泛文章，主张注重思想内容，更推重散文。艾布·贾马勒丁·安德鲁西（？—1391）的《诗歌批评中的标准》，提出诗歌批评的标准，注重诗歌的鉴赏能力。波斯文论虽无专著，但著名诗人哈菲兹（1300—1389）曾在诗歌中谈到一些文学理论问题。但总的来说，阿拉伯文论已呈灯枯油尽之势，无法与阿拔斯王朝文论的辉煌相比。

尽管 14—16 世纪在东西方都产生了思想反叛的浪潮，然而东西方的潮起潮落，却各不相似。西方文艺复兴的反叛思想浪潮，彻底摧毁了中世纪封建神学大厦，挣脱了黑暗时代的精神枷锁，西方社会从此走上科学与进步的大道。西方文艺复兴运动，高举知识与科学的旗帜，以雷霆万钧之势，冲决了神学专制的大堤，滚滚向前，一泻千里，"这是一次人类从来没有经历过的最伟大的、进步的变革"（恩格斯《自然辩证法导言》）。

中国明代的反叛浪潮才刚刚掀起波澜，便被强大的传统势力所遏制，其领袖人物李贽的死，便是一个重要证据。当时的统治者以李贽"敢倡乱道，惑世诬民"的"罪名"，将李贽诬陷入狱而死。不仅由于传统势力的强大，而且也由于中国文人根深蒂固的弱点和劣根性（如强烈的政治依附意识与消极的避世思想形成仕与隐的两极心态）而导致了中国反叛思潮的孱弱，最终不得不败下阵来。汤显祖晚年的消极避世思想，便是一个极明显的例证。

印度的反叛思想浪潮，虽为宗教改革，但其根基仍然是宗教虔诚，因此，尽管虔诚派运动影响深广，但仍不可能走向以科学开路的近代文明之途。

第三章　中西方神话比较

神话大致有创世神话、人类起源神话、洪水神话、文化神话、英雄神话五类。阐述神话体系形成的过程，也是神话比较研究中必不可少的课题。

第一节　创世神话的比较

创世神话写的虽然是开天辟地的故事，但从各民族的神话发展史看，它不是最早产生的神话，而是神话体系完成时才有的。它描写的虽然是自然现象，但从本质上说，它是社会神话，是原始人类世界观的形象化表现。由不同民族所产生的不同世界观，便产生了千姿百态的创世神话。

一、不同民族有各自不同的阐述物质起因的看法

因为不同民族有各自不同的阐述物质起因的看法，于是便产生了不同的宇宙形成神话。钟敬文教授在《马王堆汉墓帛画的神话意义》中说："关于世界创造的神话，有五个类型。"本节依此介绍如下：

（1）宇宙制造说。这是在人学会制造工具以后，神话也产生了造物主——上帝的形象以后才有的观点。波斯的《阿维斯塔》古经说：世界是阿胡拉·玛兹达用火、气、水、土四元素创造出来的。40天造天穹，55天造江河，70天造大地，25天造植物，25天造动物，70天造人类。每创造一项，休息5天。希伯来的《圣经·旧约》中耶和华7天造世界是仿此而写的。

（2）宇宙发展说。这是人们从自己的居住环境实况来展开联想，并结合图腾崇拜的传说产生的。例如，日本的淤能棋吕岛形成神话说：天神命令伊邪那岐命、伊邪那美命二神，使之去造成那漂浮着的国土，赐给一支天之琼矛，二神立在天之浮桥上，放下琼矛去，将海水骨碌骨碌地搅动，提起矛来，从矛上滴下的海水积累而成一岛，即为淤能棋吕岛。

又如：南美的哥伦比亚达吉利族认为，天地间，最初唯有水与一只香鼠，它常在

水底寻找食物，口中满含烂泥，它把这些烂泥在一定之处吐出，初为岛，后为大洲。

这类神话，多从住在大河边或海岛上的民族中产生。因为流水会在河岸、海边带来冲积土，这一自然现象提供了他们编神话的信息。

（3）宇宙胎生说。这与图腾灵物崇拜有关。南非的本庶民族说，天地万物由大蚱蜢所生。奥华哈伦卢族则说，天地万物由一棵叫雅达那士卢的树所生。

这类神话是最原始的类别。

（4）宇宙变成说。这是原始人看到动物与人的尸体腐烂以后，尸体上生了虫蛆，长出小树等现象，并以此联想。如中国的盘古神话说：盘古垂死化身，气为风云，声为雷霆，左眼为日，右眼为月，四肢五体为四极五岳。

北欧神话《埃达》说：神祇们将伊密尔巨人的大尸体滚进无底洞，将他的肉化成大地，血液化成天涯的大海，骨骼成了山脉，长发变树林，头盖骨化为天穹，脑髓造云，眉毛为地与太空的界墙。

（5）宇宙孵化说。宇宙的混沌状态有如一个蛋，并由此而产生渐变，扩为宇宙。这是一种带有哲理性的比喻，是一个民族已有较高的文明程度才能产生的神话。因为他们已察觉天地如一球形物。埃及、印度、中国的创世神话的开头都有这样的描述。

如中国神话："天地混沌如鸡子，盘古生其中。"

埃及神话说："宇宙开始时，是一片茫茫海叫作'Nu'（努），在它的上面浮着一只金蛋。这由'努'的精华凝成。"

印度神话说："宇宙间，先有水，水中有一种子变作一个光辉的金卵。最高神大梵天就生在其中。"

二、不同民族有各自的思维结构

由于不同民族有各自的思维结构，故其宇宙形成结构的侧重点各有各的特征。

（1）希腊的创世神话。①以人间社会斗争方式去理解自然现象的变化。如开俄斯（混沌）生下了尼克斯（黑夜）和埃瑞波斯（黑暗），后两者推翻了父亲，而生埃忒耳（光明）和赫墨拉（白昼）。②认为改变世界的关键力量是"爱"。在埃忒耳和赫墨拉统治时，他们叫儿子爱洛斯去创造世界。爱洛斯是小爱神，他先用爱之力创造了海和大地之母——该亚，并给予其柔绿的海、飞鸣的鸟、青翠的树林、游泳的鱼、奔走的兽。于是，该亚便成了世界的第一位主宰。这种注重力量与感情的思维方式是希腊民族特有的活泼而富有生命力的气质所致。后来，这种思维模式影响了欧洲的各民族，是欧洲人文主义思想的胚芽。

（2）中国的创世神话，注重辩证与生命现象相结合。

《淮南子·精神篇》对混沌初开的情景是这样阐述的。"古未有天地之时，惟像无形，窈窈冥冥，有二神混生，经天营地，于是乃别为阴阳，离为八极。"这是一种辩证思维结构，把宇宙提炼为由阴、阳二气构成的。

这段神话的含义既包含在儒家的《易》中："无极生太极，太极生两仪，两仪生四象，四象生八卦"；也包含在道家所主张的"道生一，一生二，二生三，三生万物"。

中国人的这种有关宇宙的思维结构，有些人以为是不可理解的玄学，其实是有科学依据的。中国人强调的是宇宙整体结构，阴阳是构成宇宙变化的两种既排斥又融合的因子（气）。八卦象征着八种自然现象：乾为天，坤为地，震为雷，艮为山，离为火（太阳），坎为水（月亮），兑为泽，巽为风。它们之间互相作用便产生了各种复杂的自然现象。后来，还把它们引申至社会现象以及中医学上的人体生理、病理现象等。

这是中国人特有的辩证思维结构。在当代，一些欧美科学家也对这种思维结构很感兴趣，并认为这是有科学依据的。1981年，英国物理学家惠勒来华，就认为"惟像无形"是当代物理学的质朴原理的思维前驱。世界有名的量子物理学家玻尔1937年访问中国时也说："阴阳图是他倡导的互补原理的一个最好标志。"中国科学院自然科学史研究所的董光璧同志认为，八卦有现代数理蕴含其中，除了可做二进制数解、代数解、矩阵解外，还可做组合学解、几何解和群论解。

在盘古神话中提到的"数起于一，立于三，成于五，盛于七，处于九"是以数理化了的生命历程作为事物变化的比喻语。其意是：整个宇宙都是从数与量引起的渐变，然后在一定临界阶段产生质变。既有从小到大的量变，也有起、立、成、盛、处的质变。

（3）北欧的创世神话是以"能"的转化为思维结构的重点。

在具体的描绘上，神话以当地环境赖以生存的主要矛盾——冷力与热力的矛盾来描绘创世的主要力量，把它形象化为火焰巨人苏尔体尔和冰巨人伊密尔，并且把人间的善恶与自然力量的变化结合起来，用伊密尔的巨大尸体在荒凉的大地上创造了一个可供人类居住的美好世界。这是北欧人对冰雪融化、春天来临的自然现象神话化。

（4）印度创世神话的思维结构注意的是力量平衡、生态平衡。以创造、维护、破坏三股既有互相联系一面，也有互相制约一面的力量，化为三个神话人物。创造力的象征是大梵天婆罗玛，维护力的象征是遍入天毗湿奴，破坏力的象征是大自在天湿婆。

（5）希伯来创世神话的思维结构带有宇宙和生物进化史因素。第一，从光和暗的现象中注意到时间变化观念；第二，从空气、水、陆地这些具体物质形成来说明空间观念；第三，谈到植物生长；第四，点明生物成长的能量来源：日和月；第五，动物出现；第六，人类出现。

希伯来创世神话的思维结构基本符合地球发展史的脉络。

世界上各民族产生的丰富多彩的创世神话，与他们居住在不同的自然环境民族形成发展时有不同的历史进程有关。

第二节　人类起源神话的比较

在世界各民族的神话中，有关人类的起源大致有两种见解。

一、制造型

制造型又称神造型，认为人是由某位神祇制造的。中国、希腊、希伯来的神话都认为人是由某位神祇用泥土制成的。印第安人的神话则认为人是神用玉米制成的。北欧人认为人类是由大神奥定用榆木和白杨木雕成的。印度神话、希伯来神话还区别了男人与女人在质地方面的区别。印度神话说："在天地开辟时代，大匠到了要创造女人的时候，发现在创造男人时，已把所有的材料都用完了，一点实质也没有了。在这进退两难之际，他入了很深的禅定，到出定以后，他就照下面这样做了：取月的圆、藤的曲、蔓的攀缘、草的颤动、芦苇的纤弱、花蕊的艳丽、叶的轻浮、象鼻的尖细、孔雀的华美、鸳鸯的忠贞，把这许多的物和质混在一起，造成一个女人，然后将她送给男人。"而希伯来神话则说女人是耶和华在亚当睡熟时，抽出他的一根肋骨造成的。

制造型神话的思想依据和特定人群的生活环境与生产发展进程有关。这么多的文明古国的人类起源神话都以泥为人类起源的基质是因为：泥土是人类最早用来塑造各种器皿的材料，陶器是远古时代第一种可以随着人们意愿捏塑的器具，而且，泥土中又可以长出植物来。所以希腊神话说普罗米修斯知道泥土中有神的种子。还有，人们身上肮脏时搓出来的腻垢也很像泥土。在北欧，那里一年中有半年是被冰雪覆盖着的，运用陶土塑造器皿便不那么经常，所以，他们想到的造人材料不是泥土而是木。印第安人的人类起源神话，第一次也是用泥造的，但泥人一遇水就溶化；第二次用木造人，又没有血色；第三次，终于发现玉米能营养人的肌肤、血液，于是便用玉米造人。这种思考，添进了人类的活性，更深入一层了。至于女人的制造，印度神话是把女人的体态、容貌、气质、情感的特征全面而又形象的描述出来。有一点必须指出，这应该是父权制产生以后的神话。希伯来神话也是按女人依靠男人才能生活这种观点写成的。

二、演变型

演变型又称自然发生型，认为人是由某位神或某种生物演变的。演变型的人类起源神话，又可分为感生类与改造类。

1. 感生类

中国的伏羲神话就是一例。《诗含神雾》说，华胥氏踩雷泽中雷神大足印生伏羲。《诗经·生民》写周族始祖后稷的神话也是此类。北美的胡朗斯族人类起源神话说，女神娅天斯迪在天上砍树，不慎跌至下界海中一只乌龟的背上。她受感于乌龟而怀孕，生下威士卡那和祖斯柯哈，后者破开母亲之肋骨出世。女神的尸体成了如今的大地，在其上长出万物，姐弟俩便是人类的始祖。

2. 改造类

澳洲的地耶利族的人类起源神话说：摩那神有一天看见许多黑蜥蜴，觉得这些生物很是活泼，便为它修了长长的前爪，改之为手；又添了短短的脚，加了鼻子和嘴唇，样子和神有些相似，但因尾巴太长无法直立行走，于是把尾巴也砍掉了，这就成了"人"。印度的造女人神话也是这一类型。

演变型的人类起源神话是从人们获得了禽畜繁衍知识和植物生长、开花、结果知识之后，与图腾崇拜的心理因素相结合的产物。

人，还有社会性的一面，它和民族文化心理结构有关。下面概括一些著名的古文明民族的人类起源神话中，有关人类社会性方面的民族文化心理结构，并做些比较。

希伯来神话认为，由于人类始祖亚当和夏娃违反了上帝的意旨，偷吃了禁果，因而犯了原罪。于是，人类社会便产生了各种罪恶，并且失去了伊甸园中那种安闲享乐的生活，而要凭劳力与才智去谋生。这是把社会矛盾、社会冲突归结为对上帝"犯有原罪"的宿命观点。

印度神话认为，人类之所以有阶级的不平等现象，是因为他们出生于人类始祖摩奴的不同部位所致。婆罗门（祭司）出生于摩奴之口，故其智慧很高；刹帝利（武士、贵族）出生于摩奴之手，智慧虽比不上婆罗门，但有体力；吠舍（平民）出生于摩奴之腿，不是高贵人种，但能自谋生计；首陀罗（雇工、罗达毗荼人等所谓"贱民"）出生于摩奴脚掌，故地位低下。他们把社会不平等归于"先天的定数"，也是一种宿命论。

中国神话认为，女娲细心地"抟"黄土而做的人，是"贤知富贵者"，女娲粗心地引绳而"埅"的人，是"贫贱凡庸者"，把人的社会地位归之于女娲造人时的手工艺精、粗。这里没有神的谴责，也不归于"先天的定数"，而是以人的资质做考察点，不过也没有讲出真正原因。

我们不能用今天的科学去要求古人，他们已察觉到人有社会性，这已是当时的进步。

第三节　各民族的洪水神话的比较分析

洪水神话是各民族对危及生存环境的自然灾害的思考表达。苏美尔、阿卡德、巴比伦、希伯来、希腊、印度等民族神话对洪水的危害都是持"避"的观点。当然，各民族的文化心理结构也有差异之处。中国汉族的洪水神话是独树一帜的，采取了治的观点。

在持"避"的观点的诸多神话中，发洪水的主要人物都是主神，人类则成了被批判的、有罪的对象。在中国的神话中，发洪水的"共工氏"则是一恶魔，人类是受害者。

洪水神话基本观点上的分歧是对待自然灾害的文化心理上的分歧。持"避"观点的民族，都把自然灾害作为上帝惩罚人类罪孽的措施，只求从信仰上依从上帝以获"避祸"。这是一种消极的观点。印度神话稍有改变，认为发洪水不是神的意旨，而是宇宙解体时刻的到来，其结局依然是无法避免的。大梵天这位印度主神，在神话中不是发洪水的"罪魁祸首"，而是成为了救世主，化为一条"大鱼"，把受难的人类救出险境。并以摩奴多次解放小鱼行善，终使人类获救，以求证善有善报之因果，与西亚、希腊神话，是"殊途"同归。

中国神话，以女娲、鲧、禹等神话人物的经历阐述对自然灾害采取"治"的方法。《淮南子·天文训》中说："诸侯有共工氏，任智刑以强，霸而不王，以水乘木……"这是以中华民族的文化心理结构来解释自然灾害产生的根源：霸而不王，就是只凭高压政策与武力去治世，而不讲求用说服、协调去治世，因此使自然环境失调，洪水产生。《淮南子·览冥训》中详细地叙述了女娲治水并恢复万物协调发展的经过："炼五色石以补苍天（使天雨停止），断鳌足以立四极（使地陷复平），杀黑龙以济冀州（使妖兽不再殃民），积芦灰以止淫水（用埋法使洪水回原道）。"以上是女娲治水之经过，全面而又细致。洪水退后，女娲又用"……和春，阳夏，杀秋，约冬……（以让）阴阳之所壅沉不通者窍理之，逆气戾物伤民厚积者绝止之……"自然环境便"侗然皆得其和"。此后，那些凶兽破坏自然之物类"浮游不知所求，魍魉不知所往。当此之时，禽兽蝮蛇无不匿爪牙，藏其螫毒，无有攫噬之心"。一切贻害之物都被改造。中国神话的这一人定胜天、灾后宁静和谐、除祸消害、充满美好光明的景象，和西亚洪水神话灾后之凄凉景象恰成鲜明对照。至于鲧、禹的治水神话，更体现出了与自然灾害做不屈不挠抗争的精神。中国的先民们不采纳"避"式的洪水神话，而作"治"式的洪水神话，可以看到华夏族的文化心理结构，很早就从带有强烈宗教意识的原始思维结构转化为实践理性的思维结构了。

第四节　各古文明民族的文化神话比较分析

世界神话中，著名的文化神话有，苏美尔的恩基神话、古埃及的奥西里斯神话、古希腊的普罗米修斯神话。中国的文化神话是以有巢氏、燧人氏、女娲、伏羲、神农、黄帝为一组的。

恩基神话、奥西里斯神话、普罗米修斯神话三者之间，从内容上看有很多相似之处。恩基神话和普罗米修斯神话都同属人、神对立型神话。两者都为引导人类进入文明社会而尽心尽力，教人类造犁锄、种稼穑、建房屋，并反对恩利尔或宙斯引发洪水以淹没人类，并嘱善者造方舟以避洪水，以使人类再生。不同的是恩基对恩利尔持批评态度，普罗米修斯对宙斯则持反对态度。奥西里斯神话也有引导人类进入文明社会的各种业绩，但他并没有反对主神，而是以冥王的身份评判人在世间是否行善。这三位神话人物都把建立人类文明的各种业绩集于一身，是人类文明建立者的总体反映。

中国文化神话的叙事结构框架和文化心理结构都和前述三者不同。在叙事方面，采取了按文明发展进程而分段叙述的结构框架，文化心理则是表达"天人合一"的观念。

有巢氏营木为巢，为人类安居的肇始；燧人氏钻木取火，教人熟食，是进入文明的开端；女娲是人类进入文明社会初级阶段时，为改造自然创设安居乐业环境而奋斗的开路先锋；伏羲是进入渔猎时代并开始创设结绳记事、订立婚姻制度、发明文字的智者；神农是进入农耕时代，发明医药、创设市场贸易的领路人；黄帝则是中华民族全面展开文明建设的人文始祖。

中国的文化神话，并没有人、神对立这一结构框架。神话中的主角，既是顺应自然发展规律使之造福人类，又是发挥人的才智改造自然创设新世界的智者，还是福人与律己的楷模。

第五节　英雄神话的比较分析

英雄神话是神话中开始向史诗演化的最后一类。也就是说，在作品中主角已从神向半人半神演变；而史诗则是以人为主角，神已退为配角的最早类型的文学作品。

世界神话中，最著名的英雄神话是希腊的赫拉克勒斯神话和中国的羿神话。苏美尔的吉尔伽美什系列神话也是英雄神话。

一、赫拉克勒斯和羿都是半人半神的英雄典型

赫拉克勒斯的父亲是宙斯，母亲是底比斯国的王后阿尔克墨涅，是宙斯在国王安菲特律翁外出时，化成国王的模样和王后幽会而生的。他是神、人混血儿。羿的身世在《山海经·海内经》中说："帝俊赐彤弓、素矰，以扶下国，羿是始去恤下地之百艰。"这就说明他起初是位天神，是从天堂来凡间为人类除"百艰"的。从他后来向西王母取不死药的故事来看，他下凡后已丧失了"天神"的长生不老特征，而变成有生、老、病、死之苦的凡人了。

二、赫拉克勒斯和羿，都是为人类谋福除害的英雄

羿射十日及除地上诸害和赫拉克勒斯与巨人战斗立 12 大功的故事就是为人类谋福除害方面的典型事例。

在赫拉克勒斯与巨人战斗这一故事中，提出了一个鲜明的论点：神谕曾告诫神祇，除非有一个人类和他们并肩战斗，否则他们绝不能杀死任何一个巨人。故事中，巨人是象征自然界的巨大破坏力。神话是这样描写的：当万神之父说完他的话（上面引的神谕），天上发出一声霹雳，地母该亚报以猛烈的地震。巨人们将山岳一座又一座地连根拔起。

神祇对此只有惊惧，直至赫拉克勒斯参加战斗，局面才有所好转。

第一个被战神阿瑞斯刺杀的蛇足巨人珀罗洛斯始终坚持战斗没有倒下，是他看见走上圣山的赫拉克勒斯后才断气。

第二个巨人阿尔库俄纽为赫拉克勒斯射中，触大地而复活，赫拉克勒斯将其举起离开地根才死亡。

第三个巨人波耳费里翁直接被赫拉克勒斯用箭射死。

这三个例子，都是用隐喻的方法说明战胜自然的是人的力量，而神祇已经成了毫无办法的配角。这是反宿命论的人类主体意识的特征。

羿射十日反映的也是与自然灾害搏斗的主题。然而，斗的方式却和赫拉克勒斯那种显示力量的形式不同，中国神话表达的是中华民族与自然斗争的文化心理特征——斗智。

在《淮南子·本经篇》中说："尧之时，十日并出，焦禾稼，杀草木，而民无所食……"说明唐尧时代，因为"十日并出"而使民不聊生。这"十日并出"并非正常的自然现象，在《山海经·海外东经》说："汤谷上有扶桑，十日所浴——在黑齿北——居水中，九日居下枝，一日居上枝。"这就说明正常现象应该是九日在水中，"值班"的一日才居上枝。《山海经·大荒东经》又说："一日方至，一日方出，载于乌。"这就是说：太阳运行应该是等一个太阳回来了，另一个太阳才出去。

作为天帝的帝俊，知道十日并出后，派羿下凡去纠正，并赐给他武器:彤弓素矰（红色的弓，白色的带绳的箭）。为什么要赐羿带绳的箭呢？因为帝俊既想显示自己有为民之心，又想不伤害自己的儿子——十日。羿下凡后，帝尧给他九支无绳的箭，把九个"日"射下来了。于是，羿违抗了天帝的意旨，无法再回天上了。这是用中国式的人类主体意识来表达"人"与"神"之矛盾和解决办法。

羿还有另一些在人间除害的功绩，和赫拉克勒斯立 12 大功有相同的性质和近似的内容。

《淮南子·本经篇》中说："尧乃使羿诛凿齿于畴华之野，杀九婴于凶水之上，缴大风于青邱之泽，上射十日，而下杀猰貐，断修蛇于洞庭，擒封豨于桑林，万民皆喜。"

赫拉克勒斯则杀九头蛇许德拉，捕获厄律曼托斯圣山野猪，射斯廷法罗斯的怪鸟，制伏吃人的怪马。

两者有一个共同的主题，祛除害人的怪兽，改造险恶的自然环境，为人类创立安全、舒适的生活条件。

三、两者都是寻求"不死"办法的英雄

在上古时代，人们认为"不死"是神祇享有的特权，人类的死亡由死神决定，而英雄神话中的主角却对此持否定态度，并希望人类自己也能掌握"死亡与否"。

在赫拉克勒斯神话中，蔑视冥王哈得斯的统治，把看守阴司地狱大门的三头狗提到人间和入地狱救阿尔刻提斯，逼死神放她的灵魂回人间两个故事，是以力量来改变神掌握人类寿命的秩序。它说明一个问题：人的死亡也可以凭人类自己的力量去解救，

人的力量比死神的宿命力量更强大。

羿的神话也有类似的内容。就是羿到西王母处取不死药和其妻嫦娥服不死药后奔月而过着寂寞的广寒宫生活两个故事。它是从另一个侧面来回答在天上为神能长生不老好呢？还是在人间有生、老、病、死好呢？答案是：人间是温暖、快乐的，神界是寂寞冷清的。

因此，我们可以说：赫拉克勒斯和羿，是世界文学发展史中从颂神转为颂人的艺术形象，是显示人类力量和智慧的起始阶段的艺术典型。

神话也就是由此向史诗转化。

第四章　中西方抒情诗比较

从世界范围看，优秀的抒情诗出现在东方的中国和日本、西方的欧美诸国、西亚和南亚的古代希伯来、中古阿拉伯和波斯以及印度。这三个地区的抒情诗分属于不同的文化。前者属于从中国古代延续至 20 世纪初的汉文化，这种文化是人伦道德性质的文化，我们简称它德行文化。中者属于源自古希腊并贯穿至今的西方文化，这种文化是科学理智性质的文化，我们简称它智性文化。西、南亚文化本来也分属不同的文化，但就它们都具有宗教特性而言，也可以看成一种松散的共同文化，即宗教神话性质的文化，我们简称它伟神性文化。

所以，本章所谓中外抒情诗比较，就是中国抒情诗（包括古代抒情诗和现代抒情诗）与西方抒情诗、西南亚抒情诗的比较。比较的内容依次为题材、意象、手法和体裁、文化根源。

第一节　中西方抒情诗的题材

与叙事诗比较，抒情诗的特点在于抒发情感，而不在于描写人物、景物和叙述事件。抒情诗的情感性质不同，所选择的题材也不同。诗的情感性质是由相应的文化根基所决定的。总的说来，中国德行文化决定了中国古代抒情诗的主导情感是人伦情感，与这种情感对应的题材主要是忧国忧民的题材，亲情、乡情和友情题材，以及山水田园题材。西方智性文化决定了其抒情诗的主导情感是自我情感，与这种情感对应的题材主要是爱情题材，以及对人生、世界进行独特的哲学和神学思考的题材。神性文化决定了其抒情诗的情感普遍的具有宗教性质，与这种情感相应的题材当然主要是直接与宗教和神灵相关的题材；此外，也必然有关于社会和人生的题材，只是往往或浓或淡的浸染着宗教色彩。

一、中国古代抒情诗的题材

（一）忧国忧民题材

从抒情对象看，中国古代抒情诗的忧国忧民题材可以分为两个方面，一方面是爱国忠君及相应的对政治的关心；另一方面是爱护、同情民众及相应的对社会的批判。

中国古代抒情诗具有悠久的爱国主义传统。《诗经》中就有不少爱国诗篇，如《秦风·无衣》《鄘风·载驰》等。屈原（前340—前278）的《离骚》更是典型，它确立了文人诗歌爱国和关心政治的传统。李白（701—762）的诗不止歌颂祖国的壮丽山河，他其实一直都有匡时济世的抱负，坚信"长风破浪会有时，直挂云帆济沧海"。晚年逢安史之乱，写诗说"但用东山谢安石，为君谈笑静胡沙"，以谢安自比，表达平乱保国的雄心和豪气。后来流放夜郎半道获释后，仍然"中夜四五叹，常为大国忧"，并欲北上请缨，可谓烈士暮年，壮心不已！杜甫（712—770）青年时即抱有"致君尧舜上，再使风俗淳"的政治理想和雄心。安史乱起，他"不眠忧战伐，无力正乾坤"；"戎马关山北，凭轩涕泗流"，真是忧心如焚。晚年的《秋兴》八首，更以炉火纯青的诗艺表现最深沉的爱国情思，感人肺腑。宋代苏轼（1037—1101），尤其是辛弃疾（1140—1207）、陆游（1125—1210）也都热心政治，有的还直接参与抗敌御侮。即便像陶渊明（365—427）、王维（701—761）这样的田园山水诗人，也有不少爱国和忧时愤世的诗篇。西方抒情诗中也有许多表现政治观点和爱国情思的名作，如雨果（1802—1885）的《惩罚集》、惠特曼（1819—1892）的《草叶集》等。但总的来说，爱国题材不是西方抒情诗持久不衰的传统题材。对许多西方诗人来说，国家和政治时事并不是其关注的中心。

中国古代的爱国政治诗有一个特点，即有的诗同时也体现了忠君的思想感情，爱国与忠君结合为一体。这以屈原最为突出。屈原遭奸佞诽谤、诬陷，被楚王疏远、流放，但忠君报国之心不改，至死仍思恋故国，恋念楚王。所以，完整地说，屈原在文人诗歌中开创的是忠君爱国传统。他诗中的"以求女比思君"的手法非常突出，后代也时有运用。对从政的中国古代诗人来说，君王有错，只能"婉而多讽"；自己被罪流放，也"怨而不怒"，甚至说成是沐浴"天恩"。西方诗中没有这样的忠君思想，诗人对昏君暴君不会那么客气，可以愤恨、诅咒，直欲拔剑相向。

中国古代抒情诗反映民生疾苦的传统出自《诗经》，所谓"饥者歌其食，劳者歌其事"。汉乐府的"感于哀乐，缘事而发"的精神与前者一脉相承。主要受儒家思想支配的古代诗人继承了《诗经》和汉乐府的传统。杜甫最典型，他"穷年忧黎元，叹息肠内热"，感叹"安得广厦千万间，大庇天下寒士俱欢颜"，体现了伟大的人道主义精神。

韦应物（737—791）诗曰"身多疾病思田里，邑有流亡愧俸钱"，忧国忧民之思，焦虑惭愧之情溢于言表，尤其是后一句，可谓"仁者之言"。中国古代抒情诗还具有相应的社会批判传统，《诗经》中的《魏风·伐檀》《魏风·硕鼠》《唐风·鸨羽》等已发出怨恨和反抗之声。文人诗则多是委婉的讽喻、美刺，但也有如"朱门酒肉臭，路有冻死骨""遍身罗绮者，不是养蚕人"这样有高度概括力和强烈对照性的批判。西方诗人立足于个人主义，对民众的疾苦普遍地有所忽视，描绘甚少，也不那么自觉。不过苏格兰农民诗人彭斯（1759—1796）是个例外。

中国古代诗歌中的战争题材可以归属于忧国忧民题材。有的诗肯定和歌颂为国为民的正义战争，如《诗经》中的《秦风·无衣》《楚辞》中的《国殇》等，但多数作品是非战的。对于连年征战，尤其是那种为了获取边功而给人民带来巨大灾难的不义战争表示强烈义愤。《诗经》中的《小雅·何草不黄》、汉乐府《战城南》、李白的乐府《战城南》和杜甫的《兵车行》等，都是这类诗的代表。有时诗人的内心是矛盾的：一方面国难当头，不得不劝勉人民抗战；另一方面又对战争和官府的腐败给人民造成的灾难深表同情，这在杜甫的《三吏》《三别》中有深刻的体现。类似的情况也出现在某些边塞诗和思妇诗中。"可怜无定河边骨，犹是春闺梦里人！"（陈陶《陇西行》）深沉的感慨震撼心灵，其中委婉的寄寓着强烈的反战情绪。总之，中国古代诗人对战争的态度是以国家和人民的利益为重，正如李白诗曰："乃知兵者是凶器，圣人不得已而用之。"在西方诗中，战争题材出现在史诗和其他叙事诗中较多，出现在抒情诗中较少。其中虽然也有反战和暴露战争的酷烈的，但多数歌颂战争和勇武，宣扬个人英雄主义，忧国忧民在其次。

从抒情主体看，中国古代抒情诗中的忧国忧民题材又表现为渴望建功立业，以及常常适得其反的仕途坎坷、怀才不遇。"老冉冉其将至兮，恐修名之不立"，屈原的话其实也是后代诗人的心声。人生苦短，唯恐不能立功、立德，是他们的普遍心态。这也是一种普遍的忧患意识。《古诗十九首》说："盛衰各有时，立身苦不早。人生非金石，岂能长寿考？奄忽随物化，荣名以为宝。"曹操（155—220）诗曰："老骥伏枥，志在千里。烈士暮年，壮心不已。"曹植（192—232）诗曰："闲居非吾志，甘心赴国忧。"对建功立业的向往何等热切！李白、杜甫、陆游、辛弃疾等在政治上都有"了却君王天下事，赢得生前身后名"的强烈愿望。西方诗人对政治保持着较大的独立性，没有这种对功名的执着追求。

然而，诗人们在仕途中往往得意的时候少，失意的时候多。最早的屈原，后来的曹植都是如此。唐初陈子昂（661—702）的《登幽州台歌》更是一曲感慨生不逢时、报国无门的慷慨悲歌。李白发出"行路难！行路难！"的浩叹。陆游、辛弃疾这样的爱国志士更有"报国欲死无战场"的悲愤和无奈。另一种表现是诗人转而或者愤世嫉俗，沉沦失意，及时行乐；或者归耕田园，隐遁山林；或者借佛老思想的调整，强做旷达之士。这些情感表面上已不是忧国忧民和追求功名富贵，甚至是对前者的反讽，但正因为是由前者的幻灭引起，所以可以说是其负面效果的表现。其中又以表现沉沦失意、及时行乐的诗为多。《古诗十九首》大多如此。又如李白，他有许多饮酒诗，还有狎妓诗，既然功名之路难行，转而就"且乐生前一杯酒，何须千载身后名！"但联系他曾心怀壮志，汲汲于功名，我们便知道他这享乐是何等无奈！西方抒情诗中也常有个人价值不能实现的苦闷，有因反思人生、宇宙而产生的更深广的忧思，但由于他们有形而上学思辨和宗教信仰而得以解脱，不像上述中国诗人的忧患意识那样，因无所寄托而显得格外悲凉和沉重。

（二）亲情、乡情和友情题材

中国德行文化讲究人与人之间关系的亲和性，因而关于亲情、乡情及友情的题材就成为中国古代抒情诗的一大特色。

爱情题材是亲情题材中的一种普遍题材。中国古代的爱情诗也不少，在《诗经》、唐宋诗词及历代民歌中尤其多。但由于中国德行文化重在群体，以个体的性爱意识为基础的爱情在其中受到严重压抑，所以文人诗中的情诗很少，写得也委婉含蓄而不是痛快淋漓，并往往与忧国忧民等其他题材相错杂。西方文化重个体，所以爱情题材在诗中最普遍。这一点下一节将做较详细的比较。

在中国古代抒情诗中，除爱情诗以外，其他亲情题材的诗，如父子亲情、兄弟亲情的诗，虽然不算多，但部分地涉及这一题材的诗却较多，比起西方这类诗来也算一个特色。如《诗经》的《魏风·陟岵》一诗三节，依次写征人登高瞻望，想象父、母、兄长对他的思念和希望。孟郊（751—814）《游子吟》更是一首千古传诵的母爱颂歌，末二句"谁言寸草心，报得三春晖"的反问，大概只能出自讲求孝道的中国诗人。李白《寄东鲁稚子》表达了"念此失次第，肝肠日忧煎"这样强烈的思念子女的骨肉情深。关于兄弟情谊的诗词，王维、杜甫、白居易（772—846）及苏轼、黄庭坚（1045—1105）等都有名篇。这些诗多不是纯粹的亲情诗，而是与忧国之思、故乡之恋和个人身世之感相结合的。如白居易诗曰："吊影分为千里雁，辞根散作九秋蓬。共看明月应垂泪，一夜乡心五处同。"兄弟姊妹因战乱分离，国难家仇融为一体，感慨万端，哀思无尽。相比较而言，西方诗人自我意识较强，所以这方面的亲情诗较少。

中外乡情诗都多，中国古代的乡情诗尤其多。从文化根源看，有如下原因：第一，中国古代是农耕文化，地域封闭，人们聚族而居，安土重迁，有浓厚的乡土意识。第二，中国古代重孝道，故乡称为父母之邦，儒教曰"父母在，不远游，游必有方"。所以在古代诗中，思念故乡往往与思念父母及其他亲人结合在一起。第三，行役从军与漫游、宦游是产生乡情诗的直接原因。行役在外而思念故乡的诗在《诗经》中就有，如《小雅·采薇》；唐代边塞诗中更多。漫游和宦游产生游历诗，其中乡情和亲情的成分很重，有的就是乡情诗或亲情诗。"日暮乡关何处是，烟波江上使人愁"是游子们的共同心声。如李白壮游天下，但同时又"思归若汾水，无日不悠悠"。他的游历诗最著名，其中就包括《静夜思》等属于乡情诗的名篇。由于诗人们的漫游大多与自己的政治抱负和功名追求有关，可以说是变相的宦游，所以他们的游历诗、乡情诗往往结合着对社稷民生的忧患和对个人仕途的感慨。

乡情诗在意象上也有特点，最突出的是思乡多与"月"的意象关联。李白有"举头望明月，低头思故乡"，杜甫有"露从今夜白，月是故乡明"，卢纶有"三湘衰鬓逢秋色，万里归心对月明"，王安石（1021—1086）有"春风又绿江南岸，明月何时照我还"。月之所以成为思念的意象，大概是月照两地，于是两地相思，就联想到月，所谓"海上生明月，天涯共此时"（张九龄），"但愿人长久，千里共婵娟"（苏轼）。此外，思乡的意象又多与秋天和黄昏相关。中国的乡情乡思往往带着悲凉气息，而"悲哉秋之为气也！"黄昏则本就是归家之时，自然容易惹起诗人的乡思和乡愁。西方的乡情诗不多，但也有名篇，如彭斯的《我的家在高原》、叶赛宁（1895—1925）的《我辞别了我出生的小屋》等。后者写得美丽而忧伤，但那忧伤的自我情绪不同于中国乡情诗中常有的忧患和悲苦情绪。

在中国古代抒情诗中，友情题材的诗大约数量最多，名篇佳作也层出不穷。中国古代文化讲究人与人之间的关系，友谊就是这样一种关系；封建社会的科举制度及相应的漫游和宦游使这种关系得到加强，文人在求取功名和仕宦期间，与友人和同僚或者朝夕相处，或者相别、相忆又相逢，结果是写出大量的友情诗。友爱相处如杜甫诗曰："余亦东蒙客，怜君如弟兄。醉眠秋共被，携手日同行。"说的是与李白以诗结友，共同游历，情同手足。惜别的友情诗最多，佳作不胜枚举，最著名的如王勃《送杜少府之任蜀州》、李白《送孟浩然之广陵》等。相忆相思如杜甫的三首《梦李白》，而李白对杜甫也是"思君若汶水，浩荡寄南征"，可谓千古交情，至诚至深。喜相逢如韦应物诗曰："浮云一别后，流水十年间。欢笑情如旧，萧疏鬓已斑。"相逢又相别如杜甫的《赠卫八处士》。又如戴叔伦（732—789）《江乡故人偶集客舍》，一边惊喜"还作江南会，翻疑梦里逢"，一边又感叹"羁旅长堪醉，相留畏晓钟"，相逢旋即相别，真令人黯然销魂。

中国古代友情诗停留在相别、相忆等现实生活层面上，朋友之间共同的命运和政治抱负是基础，所谓"与君离别意，同是宦游人"，偏重的是友情的真挚和深厚。西方友情诗却不相同，友谊的共同基础往往是个人志趣和人生理想，偏重友谊的纯洁与崇高。如莎士比亚（1564—1616）《十四行诗集》对友人的人格美尤其是人体美反复进行热烈赞颂，体现的是以个体为本位的人文思想；而"我记着你的甜爱，就是珍宝，教我不屑把处境跟帝王对调"（第29首），这种友谊和小视帝王的气魄，也决然不是中国古代友情诗所能表现的。

（三）山水田园题材

中国古代山水田园诗的一个特点是出现的时间早、数量多。《诗经》中就有，但还未构成独立的山水田园诗，只作为表现人事的手段，作为艺术上起兴的兴象，如"蒹葭""白露""幽谷""乔木"等形象。晋宋之交山水田园诗大兴。主要原因是老庄思想中兴，促使诗人接近和描写山水田园。另一个原因是当时政治黑暗、官场腐败使一些文人隐退山林，归耕田园。西方田园诗出现很早，在古希腊和古罗马时期就有，如维吉尔（前70—前19）写过四卷田园诗。但后来的田园诗并不多，未形成传统。山水诗则在18世纪初期的浪漫主义诗中才兴起。中国古代山水田园诗数量多的原因，不单是它出现得早，更重要的是诗人们的创作是自觉的，形成了流派，如晋宋时的陶、谢诗派，唐代的王、孟、韦、柳诗派。大诗人李白、杜甫、苏轼等都写过不少山水田园诗。描绘山水田园已成为中国古代诗歌的一个传统。

中国古代山水田园诗的另一个特点是纯粹。所谓"纯粹"，指诗人对山水田园进行客观描绘，不明显表现主观情思，不对它做哲学思辨或宗教升华，让它自身呈现，显现独立的审美价值。这就是所谓"无我"或说"物我同一"状态的山水田园诗。"无我"的田园诗如陶渊明的《饮酒》，诗中有句云："采菊东篱下，悠然见南山。山气日夕佳，飞鸟相与还。此中有真意，欲辨已忘言。"无我的山水诗更多。如王维的《辛夷坞》："木末芙蓉花，山中发红萼。涧户寂无人，纷纷开且落。"又如柳宗元（773—819）的《江雪》："千山鸟飞绝，万径人踪灭。孤舟蓑笠翁，独钓寒江雪。"在西方诗人眼中，山水田园是不能独立自主的，需要人赋予它意义，于是对它沉思，发议论，所以西方山水田园诗不是"无我"的、纯粹的。如华兹华斯（1770—1850）的《我孤独地漫游，像一朵云》是著名的山水景物诗，前三节写水仙花迎风舞蹈及诗人的惊喜，其间已有若干辩说，末节更完全是辩说他的沉思和感受。在华氏其他山水诗中的辩说更多。

中国古代山水田园诗的另一个特点是意象优美。诗中所描写的多为湖光山色、晓风残月等，呈现了恬静状态的美。西方田园诗尤其山水诗则有崇高性，常常是高山大海、暴风骤雨之类的景象，呈现出动态的美。用朱光潜（1897—1986）的话说："中西山水诗有刚柔之分：中国诗自身已有刚柔的分别，但是如果拿它来比较西方诗，则又西诗偏于刚，中诗偏于柔。西方诗人所爱好的自然是大海，是狂风暴雨，是峭崖荒谷，是日景，中国诗人所爱好的自然是明溪疏柳，是微风细雨，是月景。这当然只就其大概说。"

中国古代山水田园诗有自身独特的文化意蕴。由于山水田园往往是诗人政治上失意后归隐的场所，是他们的精神寄托，他们的山水田园诗的深层意蕴就或多或少联系着政教伦理。此外是常常描写和赞美劳动生活。这些主要是儒家文化的意蕴。更直接更浓厚的文化意蕴还是道家和佛家的。陶潜诗中自然、平淡的情趣，李白诗中自由、放任的精神等，是前者的体现；王维诗中清静、空无的佛理，苏轼诗中自在、空幻的禅意等，是后者的体现。西方山水田园诗的文化意蕴却不同，又直露、显豁许多。山水田园往往作为诗人表现自我思想情感的材料，或者作为独特的哲学和宗教沉思的对象，前者如拜伦（1788—1824）的《哈罗尔德潞记》中对自然山水的描写，后者如华兹华斯和歌德（1749—1832）的某些山水田园诗。西方田园诗其实对劳动生活描写不多，往往仍然是借以表现诗人自己的情趣和理想。在西方山水诗中，诗人实际上是站在自然山水之外与之进行"交流"的，偶尔也能与之"契合"，但随即往往被不断地解说、追问隔开。从文化根基来看，西方诗人尤其浪漫主义诗人，是作为与自然对立的"主体"而站在自然之上的，骨子里信奉的是普罗塔哥拉（前485—前410）的"人是万物的尺度"和康德（1724—1804）的"为自然立法"的信条。

二、西方抒情诗的题材

（一）爱情题材

爱情题材是西方抒情诗最普遍的题材。题材包含着主题，于是有所谓"爱情是永恒的主题"的说法。西方爱情诗具有自我性和自由性的特点，中国古代爱情诗则带有较浓厚的人伦道德色彩。这一根本差别由以下几点具体体现出来。

首先，主要是婚前恋与婚后恋的差别。西方诗中男女之恋突出地表现在婚前恋上。往往是双方一见钟情，随即便是直率的倾诉，大胆的追求，热烈的思慕，这即所谓"慕诗"。这种慕诗常常伴随对恋人的最高地赞美。如但丁（1265—1321）诗曰："她似乎不是凡女，而来自天国／因为显神迹才降临世上。"（《我的恋人如此娴雅》）拜伦诗曰："她走在美的光彩中，像夜晚／皎洁无云而且繁星满天／增加或减少一分明与暗／就会损害这难言的美。"(《她走在美的光彩中》)中国古代爱情诗中固然也有男女婚前的幽会、欢爱和追慕,例如在《诗经》和后代民歌中,在某些作为"诗余"的词中,但由于婚姻决定于父母之命、媒妁之言,男女爱情主要表现为婚后的相爱,别后的相思和死后的怀念,所以离愁别恨的"怨诗"尤其多,悼亡的诗也不少,风格含蓄深曲,哀婉动人。

在西方爱情诗中,往往显出爱情是男女之间天然的事情,离开社会和自然较远,显得较为纯粹。中国古代爱情诗由于多写婚后恋,不免受夫妻、公婆、子女等多重人伦关系的制约,与国事、家事和个人功名关联(夫妻分别往往因宦游或行役引起),很少显得是单纯的。

以上不同在中西两位著名的女诗人的诗中有较典型的反映,这里略做比较。先看勃朗宁夫人(1806—1861)婚前对恋人的倾慕和热烈的爱:"爱我,请只是为了那爱的意念,/那你就能继续地爱,爱我如深海。"(《抒情十四行诗集》第14首)"亲爱的,让我俩,/就相守在地上吧——世人的争吵、熙攘/都向后退隐,留给纯粹的灵魂/一方隔绝,容许在这里面立足:/在这里爱,爱上一天,尽管昏黑的/死亡,不停地在它四周打转。"(第22首)"我爱你尽我的心灵所能及到的/深邃、宽广和高度——正像我探求/玄冥中上帝的存在和深厚的神恩。"(第43首)再看李清照(1084—1151)婚后对丈夫别后的无尽思念及死后的深切怀念:"一种相思,两处闲愁。此情无计可消除,才下眉头,却上心头。"(《一剪梅》)"念武陵人远,烟锁秦楼。惟有楼前流水,应念我、终日凝眸。凝眸处,从今又添,一段新愁。"(《凤凰台上忆吹箫》)"物是人非事事休,欲语泪先流。/闻说双溪春尚好,也拟泛轻舟。/只恐双溪舴艋舟,载不动许多愁。"(《武陵春》)

其次的差别是,西方爱情诗中所写的多为上层女性,有的诗还写对已婚女性的爱慕,不大受道德的约束,中世纪骑士抒情诗和文艺复兴时期的某些爱情诗都有这种情况。这在中国古代爱情诗中是没有的。中国古代爱情诗中多平民女子,尤其在民歌中,文人诗也抒写属于平民的征夫怨妇的离情别绪。

再一个差别是,西方有尊重女性的传统,所以诗人一般都以自己的身份和口气写情诗,于是诗中多为男性对女性的思慕和追求,男性往往显得谦卑。在中国古代爱情诗中,诗人有时却借女性的身份和口气来写对异性的思念,这是因为在中国男尊女卑,男子应志在功名,似乎耻于直接表露对女性的情欲爱意。

中西爱情诗还有一个重要差别,即具有不同的升华模式。西方爱情诗常常表现爱情至上,又常常将爱情向哲学尤其是宗教理想升华。如海涅(1797—1856)的诗《你好像一朵花儿》："你好像一朵花儿，／这样温柔、纯洁、美丽，／我凝视着你，一丝哀愁／悄悄潜入我的心底。／我愿在你的头上／轻轻放上我的手，／祈祷上帝永远保佑你／这样纯洁、美丽、温柔。"最纯洁的美，最深沉的爱似乎来源于上帝，所以也需要上帝保佑。又如弥尔顿（1608—1674）的悼亡诗《我仿佛看见》中的诗句："正如我深信我必将再有机会在天上看见她，清楚而无拘束，她披着白袍来到，纯洁如她的心灵。"纯洁、高尚的爱是不死的，她已经飞升天堂，与神同在。如此升华的结果，是爱情被美化、被神圣化了。中国古代诗中的爱情一般停留在现实层面，从属于现实的政教伦理，所谓国家事大，儿女事小，功名重于爱情。诗人升华爱情的一种方式，是用男女恋情比喻君臣关系，进而还可以用爱情象征政治理想或其他至善至美的东西。结果，有些表面上写爱情的诗其意思可以多指，或者实际上写的根本就不是爱情。中国古代爱情诗还有向下沉溺的一面，即流于颓废和情欲，如色情和狎妓的诗。

（二）哲理题材

如果说中国古代抒情诗的最高主题是现实的政治理想和人生道义，西方抒情诗的最高主题便是对人生和世界的形而上的哲学思考。西方伟大的抒情诗人的诗几乎都不同程度的体现着哲理。柯勒律治（1772—1834）说："一个人，如果同时不是一个深沉的哲学家，他绝不会是个伟大的诗人。"艾略特（1888—1965）也说过类似的话。哲理题材是西方抒情诗的重要题材。

西方抒情诗中较突出的哲理思想大约是柏拉图的理式论、斯宾诺莎的泛神论和现代存在主义。柏拉图将现实与理式分开，认为前者是虚幻的，只是后者的"摹本"或"影子"。理式论对西方哲学本体论发生了根本性影响，理式成了后来一切与感性世界分离的、超验的哲学本体的原型。它对西方诗的哲理性的影响也很深远：诗中所表现的最高理想和终极意义之类的东西，往往都可以直接或间接地与它关联。它又很容易与基督教中超验的上帝结合，这更增加了它对诗歌影响的普遍性和持久性。较早对抒情诗创作发生作用的是新柏拉图主义。后者是柏拉图思想与中世纪其他哲学和早期基督教神学结合的产物，其思维模式基本上仍是原型（理式）与摹本的关系，但有更多的神秘主义色彩。新柏拉图主义吸收柏拉图的经由柏拉图式的"爱情的接引"而通达美的理式的思想，认为男女之爱是接近上帝的阶梯，从沉思尘世的女性美而见到永恒的天国的美。这在英国诗人斯宾塞（1552—1599）的十四行爱情诗中有明显表现。斯宾塞把他心爱的女郎作为这种新柏拉图主义理想的化身来歌颂："她灿烂的光辉照得我眼花缭乱，／我再也不耐烦把低贱的俗物瞻视：／我目不转睛，发愣地朝她观看，／惊异那天国形象的奇妙景致。"（《十四行诗》第 3 首）"任什么我都看不见，虽天清气朗，

／别人在凝视着自己虚幻的影子，／我只能看见那天国光辉的映像，／它还有一丝闪光留在我眼里。"（第88首）这里不但有诗人对爱人的热恋和崇拜，也有对宗教信仰的虔敬和对哲学思想的倾心。在雪莱（1792—1822）诗中，柏拉图的理式成为丑恶现实后面的至善至美的理想。如在《别揭开这画帷》一诗中，诗人把世俗生活比作"画帷"和"幻象"，而希望和真理"在后面躲藏"。

在西方哲理抒情诗中，更多的情况不是体现某一哲学思想，而是表现一般的人生哲理和生活智慧。美国女诗人狄金森（1830—1886）的许多诗哲理精辟，充满巧智。如她的《我为美而死》一诗写为真和美而死是精神的永生，是人生的归宿，所以那死显得安详而富有情趣。又如美国诗人弗罗斯特（1874—1963）的《没有走的路》一诗，其平易的词句蕴含着深刻的哲理：两条岔路诗人只能择一，不能都走，然而"此后的一切就相差千里"。再如法国诗人瓦雷里（1871—1945）的《石榴》一诗，用具体物象阐发抽象哲理：从石榴的绽开"我想见丰硕的成果爆开了权威的额头"；从绽开的石榴又回忆和思索自己头脑的活动，似乎看见了人类智力的结构和秘密："这一道辉煌的裂口／使我的旧梦萦绕／内心的隐秘结构。"这类咏物的哲理抒情诗名作还有里尔克的《豹》、史蒂文斯（1897—1955）的《坛子轶事（闻）》等。

中国古代也有不少哲理抒情诗。与西方哲理抒情诗比较，它有几点不同。第一，它不像后者那样是某种形而上哲理的体现，而是伦理道德观和人生智慧的体现。儒家思想主要是伦理道德哲学。道家思想虽有深玄的本体论——道论，但其核心仍是人生哲学，因为它强调的是道的"无为"特性，而这正是道家的政治理想与人格理想的依据。中国古代诗中所体现的道家哲学思想主要是后者，而不是其形而上本体观。佛教的形而上宗教哲理本来高深而且有体系，但它被中国化后已变成关于修身、行善、积德的禅理禅趣，也成了人生哲学之类的东西。第二，就人生哲学而言，西方哲理抒情诗多关注人生的终极意义，多是超验性的。由于这种终极意义往往是形而上的哲学理想或宗教信仰，其诗便多呈现亮色。中国古代哲理抒情诗关注的是人生的现实意义，多是经验性的。由于无形而上的升华和宗教的寄托，往往显得悲观或悲凉。如《古诗十九首》等诗也对时间和生命做了深入思考，但往往流于颓废和及时行乐。第三，西方哲理抒情诗常常借用非常态的物象或者纯想象的形象来表现哲理。如瓦雷里用绽开的石榴来象征智力活动的结构和秘密，里尔克用困于铁笼的豹来比喻人的孤独而无所作为的悲哀，史蒂文森用在想象中置于田纳西州的坛子来表达以艺术品为中心而赋予世界以秩序和意义的思想。这些非常态物象与诗人的抒情个性和独特的哲学沉思相吻合。中国古代哲理抒情诗则一般用常见的现实物象，以便表现共同的伦理道德或人生智慧。如王之涣（688—742）的《登鹳雀楼》和苏轼的《题西林壁》等诗。这种不同也显示了中西哲理抒情诗在文化根源上的深刻差异。

（三）宗教题材

宗教题材和宗教情绪在西方抒情诗中相当突出，其原因是基督教在西方普遍而深入人心。近代宗教改革后，教会的中介作用减小，信徒与上帝的直接关系加强，宗教日益成为个人化的东西，更适合西方人热爱自主、自由的天性，也更适应西方抒情诗抒发自我情感这一本质特征，这是西方抒情诗中宗教题材长盛不衰的其中一个原因。

基督教的基本精神是在人神关系上的上帝与原罪的关系，是人对上帝的敬畏和亲近，对自身的救赎。因此，颂神和救赎成为诗中最直接的题材。颂神诗如英国诗人多梅特（1811—1887）写有《圣诞赞歌》一诗；霍普金斯（1844—1889）写有《隼》一诗，副标题为"给我主基督"，赞颂基督为人类受难和献身。又如德国诗人诺瓦利斯（1772—1801）的《宗教歌》歌颂圣母玛丽亚："玛利亚，在一千种面相里，／你都表现得那么可爱，／然而我心灵见到的你／没一幅画能描绘出来。／我只知道，自从我见到你，／世界的骚乱就消散如梦，／而神秘的天国的甜蜜／就永远留住在我心中。"诗中可能融合有诗人的情爱意识。

宗教救赎思想在艾略特的诗中最突出，他的《荒原》一诗运用了不少宗教故事和材料，并体现了这一思想。诗人用"荒原"象征现代人精神的荒芜，暗示只有皈依宗教才能得到拯救。在《兰斯劳特安罗斯》一诗的序言中，他声明自己"在政治上是保皇党，宗教上是英国天主教徒，文学上是古典主义者"。他于1930年写的《灰星期三》被认为是诗人最终皈依宗教的标志。该诗首尾都出现了"我不再希望转身"，表明诗人已决心放弃世俗生活的诱惑而去宗教中寻找新的生活意义。此后的诗中更经常选取宗教故事和历史传说来表达自己的宗教思想和情绪。

在西方抒情诗中，更多的情况是宗教题材和思想被融合进生死、爱情和哲理等其他题材和思想中。宗教与爱情、哲理等结合前文已论述。宗教意识与人的生死关联的诗经常出现，因为基督教的最高理想是超越现世而进入天国，与上帝在一起而获得永生，这对于人来说只有通过肉体的死亡才能最终实现。死亡因而常常被描写成人的归宿，是莫大的安慰，乃至是至福至乐。苏格兰诗人奈恩夫人（1766—1845）的《永恒的天国》一诗较典型。诗人说"天使们已来接我，／前往永恒的天国，""那里无伤悲忧虑，""也无严寒和盛暑，""啊，一切都那么美好／在那永恒的天国"。上文曾说狄金森从哲理角度把死亡描写得格外安详和富有情趣。她的《因为我不能停步等待死神》

一诗则是以灵魂永生的宗教观写死亡，也写得安详而富有情趣。诗的首节即可见一斑："因为我不能停步等待死神——／他殷勤停车接我——／车驾仅仅载着她与我——／还有永生与我们同车。"

中国古代抒情诗中的宗教意识很淡薄。儒家思想主要是伦理道德观，其中的君权神授论以及三纲五常亦受天意支配的思想，具有一定的宗教性质。儒家的敬天祭祖等都出于现实政教伦理和日常生活的目的和愿望，并无对彼岸世界的企求。道教与道家思想已相去甚远，只是在归本返朴等思想上渊源于后者。道教的修炼不在来世而在今生，其目的是求长生不老、得道成仙，永享仙界的乐趣，而仙界的乐趣只是变相的人间乐趣，可知道教不超欲，也不是真正的超世。道教思想反映在郭璞（276—324）、李白等人的游仙诗中，其中都有关于炼丹求仙和琼楼玉宇、琼浆玉液的美妙仙境的描写。佛教被本土化为禅宗，诗中表现的禅理、禅趣与本来的禁欲超世的佛理也相去甚远。

总的来看，中国古代宗教中没有创世创人并让人无限崇拜的上帝。中国古代人崇拜的是历代圣贤，所以歌颂圣贤的诗很多。中国古代宗教的目标停留在现实，超验的神仙界只是变相的现实世界，所以在人的死亡问题上就不像西方人那样有归宿感，而认为是亲人的永远的失去，是进入可怕的黑暗世界，多少有一种恐惧感。即如达观的陶潜，他在《挽歌三首》中也把死写得可怕："欲语口无音，欲视眼无光。幽室一已闭，千年不复朝。"死是永恒的黑暗，哪有上帝的光辉！又说："死去何所道，托体同山阿。"死是葬身山陵而已，哪有天国可去！

三、西、南亚抒情诗的题材

位于北非的古埃及的诗歌是世界上最古老的诗歌。它大致可以分为世俗诗和宗教诗。前者指民间歌谣，其中以表现男女纯真恋情的情歌最富有抒情意味。后者中有赞颂诗，如《阿顿太阳神颂》，充满了古代埃及人对给予他们光明与温暖的太阳的无限热爱和崇敬之情。其余的诗保存在《亡灵书》中，宗教性和实用性较强，抒情性较少。其中包含的灵魂不灭、再生、冥国等观念，对古代希伯来和古代希腊的文化都有影响，是后两者宗教神话观念的一个来源。位于西亚的古代巴比伦的史诗发达，其《吉尔伽美什》是世界上现存最古老的史诗，对希伯来的诗歌和文化产生了重要影响，如其中的神创世及方舟救渡的故事就是后来《圣经·旧约》中上帝创世和诺亚方舟故事的原型。古代埃及和巴比伦的诗歌通过古代希腊和希伯来的诗歌和文化来对阿拉伯及世界其他地方的诗歌和文化产生深远影响。

取得较高成就的抒情诗是位于西、南亚的古代希伯来的圣经诗歌，中古阿拉伯和波斯的抒情诗及印度古代和现代的抒情诗。这些抒情诗题材的共同特点是带有浓厚的宗教色彩。但由于它们各自所属的宗教文化不同，它们各自的题材又具有不同的特点。

（一）希伯来抒情诗的题材

古代希伯来诗歌创作起于公元前 12 世纪，止于公元 1 世纪希伯来民族为古罗马彻底灭亡，主要收入犹太教经典《圣经》中。《圣经》中的诗歌主要为抒情诗，集中在《诗篇》《哀歌》和《雅歌》中。其中许多是直接赞颂上帝亚卫（又译耶和华）的。《亚卫：唯一之神》一诗说："除我以外，没有别的神。／我是亚卫，没有人可跟我相比。／我造光明，也造黑暗。／我赐平安，也降祸患。"《呼唤万物颂赞亚卫》一诗说："愿万象都颂赞亚卫的圣名。／他一下命令，万物都被造成，／……他的命令谁也不能违背。"《亚卫是我的牧者》一诗说："纵使我走过死荫的幽谷，／我也不遭害怕，／因为你与我同在，／你用牧杖引导我，用牧竿保护我。"这类颂神诗后来对西方诗人产生影响，他们也怀着类似的宗教情感和信仰写下许多颂神诗，只是把希伯来人作为民族保护神的上帝变成了保护和引导全人类的上帝。

希伯来抒情诗的另一个重要题材是民族兴亡。希伯来民族的迁徙、逃亡、立国兴邦、长期战乱和多次亡国，在诗中都有回响。其中以反映饱受国破家亡的深重灾难的《哀歌》描写得最为真切、凄惨。公元前 586 年，巴比伦王国攻陷耶路撒冷，掳走数万希伯来人，这即是历史上著名的"巴比伦之囚"。诗中描写了守城军民弹尽粮绝的绝望情景及敌人破城后的大屠杀："孩子们因饥饿已昏倒在街头巷尾""女人在吃自己的婴孩！／祭司和先知在圣殿里被杀！"诗中表现了诗人的无比悲伤和愤恨。希伯来诗也表现希伯来人同仇敌忾的爱国精神，如《底波拉之歌》一诗歌颂女先知底波拉率军英勇抵御入侵敌人。

对民族兴亡和爱国主义，诗人是用犹太教神学来解释的。希伯来民族的胜利被归功于上帝的威力；而屡遭亡国之灾则是由于违背了上帝的教诲，上帝便借敌人之手来惩罚。诗人在悲痛欲绝之际，又总是祈求上帝的宽恕和救助："上帝仁慈，／不会长久地拒绝我们。"（《哀歌》第 3 首）"亚卫啊，求你使我们回心转意，归向你。／求你恢复我们昔日的荣光！"（《哀歌》第 5 首）

西方诸民族没有像古代希伯来民族那样屡遭如此惨烈的灾祸，所以西方诗中也难见那样凄惨的描写和悲愤的抒情。但西方诗中关于向上帝忏悔，祈愿上帝恩助以及上帝的公正赏罚等基督教观念，却与上述希伯来诗相通，因为它就来源于后者。中国古诗中的忧患题材和爱国思想与希伯来诗有一定程度的类似性，但两者又有所区别。中国诗中没有那种上帝神学观，它是伦理政教的；也没有希伯来诗中时时流露出的那种悲观乃至绝望的情绪，它的忧患题材中的主导精神是自强不息。

希伯来诗中的爱情题材出现在《雅歌》中。《雅歌》又名《歌中之歌》，意思指它是所有诗歌中最优美的。《雅歌》由若干首情歌组成。"我的爱人，我的新娘，／你眼睛的顾盼，／你项链的摇动，／已把我的神魂夺走了！"（第3首歌）"我的爱人从门缝伸进手来，／他已靠近了，我的心惊跳不已，／我要开门让他进来。"这爱恋是真挚、热烈、快乐的，很富有世俗生活的情趣。"爱情如死亡一样坚强，／热恋如阴间一样牢固。／它爆发出的火焰，／就是亚卫的火焰。／众水不能熄灭爱情，／洪流也无法把它淹没。／若有人想用财富换取爱情，／他必定要遭到鄙视。"（第6首歌）这爱情是何等坚贞、纯洁，又是何等炽热、奔放！但爱情的火焰就是亚卫的火焰，这句话表明爱情究竟不能完全是世俗的，它也被置于宗教神学的形式中，或者说取得了宗教神学的合法性——爱情也是上帝旨意的体现。

《雅歌》描写爱情的大胆、直率、热烈以及向宗教的升华，都与西方爱情诗有类似性，后者必定从《雅歌》吸取了不少营养。《雅歌》的创作较早，也是民间的歌唱，就其真挚、质朴和富有民间生活气息而言，与我国《诗经》中的爱情诗也有类似性。但两者的风格不同：《雅歌》热烈奔放，而《诗经》中的情诗总的来说比较含蓄委婉。

（二）阿拉伯、波斯抒情诗的题材

中古时代的阿拉伯诗歌分为"蒙昧时代"和伊斯兰教时代两个时期。"蒙昧时代"大约从公元5世纪至7世纪。那时已存在许多口耳相传的诗歌，以7首"悬诗"最为著名，其中又以乌姆鲁勒·盖斯（500—540）的悬诗最受推崇。所谓悬诗，是赛诗会上获胜的诗，因用金水书写后悬在麦加的克尔白天房的帷幕上而得名。悬诗描写阿拉伯沙漠的自然风光和阿拉伯民族的游牧生活，多以爱情、饮酒、游牧、迁徙、行侠、凭吊等为题材，感情真挚热烈，语言粗犷质朴，风格豪爽。悬诗对后世的阿拉伯诗歌有深远影响。

公元7世纪初，麦加人穆罕默德（570—632）创立伊斯兰教，并建立政教合一的阿拉伯国家。穆罕默德死后的政权继承人哈里发们不断向外扩张，建立了地跨亚、非、欧三大洲的庞大的阿拉伯帝国。所以，阿拉伯诗歌受政治尤其是宗教的影响很大。宗教的影响直接来自伊斯兰教经典《古兰经》。《古兰经》尊安拉为真主，是唯一的神，尊穆罕默德为圣人。安拉如同犹太教中的亚卫，是创世神。安拉和穆圣的教训是每一个伊斯兰教信徒的言行规范和准则。这些都在阿拉伯诗中打上深深的烙印。《古兰经》中的宗教观念和故事题材在诗中反复出现。"真主在上""蒙安拉祝福"作为语言模式在诗中随处可见。有些诗就是直接赞颂真主和穆圣的。如阿拔斯王朝后期著名诗人蒲绥里（1212—1296）的代表作《斗篷颂》就是一首赞颂先知穆圣的长诗，在阿拉伯民族中流传甚广。

伊斯兰教初期，诗歌创作处于低落状态，至倭马亚（又译伍麦叶）王朝时才开始兴盛，政治诗是一个重要种类。当时的诗人伴随伊斯兰教的传播和政治的扩张，常以诗的形式对尚未皈依伊斯兰教的诗人的作品加以讽刺、诘难和辩驳，这即是所谓"辩驳诗"。这种诗既有宗教性，更有政治色彩。诗的另一个重要题材是爱情和美女。帝国建立后城市的繁荣促进了情诗的发展。著名艳情诗人欧麦尔·本·艾比·拉比阿（645—719）被称为"抒情诗之王"，专门写美女和恋情，风格清丽、欢快。如他在一首"卡扎尔"体诗中写道："她，在梦里娴雅温淑地移步前来，／宛如柔嫩的枝条在清晨的和风里摆动。／妩媚的目光骤然使我眩晕，／眼前织起一片朦胧、凌乱的碎影。／你我何须彼此寻访，命运定下了我们一见钟情的时刻和地方。"

阿拔斯王朝是阿拉伯帝国的极盛时期，诗歌也空前繁荣。诗的题材丰富，主要题材是饮酒、爱情和人生哲理。艾布·努瓦斯（757—814）是著名的"咏酒诗人"，描写豪华场面，歌颂饮酒作乐，表现诗人狂放不羁的性格和追求享乐的心理。天才诗人艾布·塔依布·穆台奈比（915—965）少年时即显露诗才。他的诗题材广泛，主要成就在于描写战争和阐发人生哲理，不少诗句已成为格言警句。例如："想见卡孚尔的决不求见他人，／向往大海的必然蔑视溪流。""埋葬他人也终将为他人埋葬，／我们的后代踩着前人的颅骨。"盲诗人艾布·阿拉·麦阿里（973—1057）最著名的诗集《鲁祖米亚特》，包含的题材广泛，也富有哲理。

总的来看，阿拉伯抒情诗的题材丰富，既有直接关于宗教的，又有酒宴、艳情等关于世俗生活的。后者为一大特色，体现了享乐主义倾向。究其原因，一方面是由于帝国一度强大富庶，上层社会奢靡成风。另一方面大约与伊斯兰教的某些教义有关。该教在注重来世天国的幸福的同时，并不完全否认现世的幸福。《古兰经》说："谁想获得今世的报酬，我给谁今世的报酬；谁想获得后世的报酬，我给谁后世的报酬。我将报酬感谢人。"这是与基督教和佛教不同的。

同属伊斯兰教文化的中古波斯抒情诗也成就辉煌，对世界的影响甚至比阿拉伯抒情诗更大。波斯是世界文明古国之一。公元前 6 世纪，古代波斯曾建立起强大的帝国。后来几经盛衰，公元 7 世纪中叶被阿拉伯帝国征服。古代波斯信奉祆教，其经典《阿维斯塔》中包含部分具有抒情性质的颂神诗。中古波斯被征服后逐渐改信伊斯兰教，但祆教思想仍然影响早期中古波斯诗人，如被誉为"波斯诗歌之父"的鲁达基（850—941）。

中古波斯抒情诗坛名家辈出，群星闪耀。他们的作品在浪漫主义时期传到欧洲，令歌德等大诗人敬佩不已。就这些诗的题材与思想而言，有的直接与宗教有关，有的描写美女与醇酒等，有的表现人生哲理，总体上都带有宗教色彩，与中古阿拉伯抒情诗类似。

中古波斯诸抒情诗大师的诗常常包含睿智的哲理，并寓于奇妙的形象中，沉浸在深厚的情绪里，有的还融合着怀疑和反抗的精神。海亚姆诗的哲理性也许最丰富和深邃。如其中一首："我们来去匆匆的宇宙，/上不见渊源，下不见尽头。/从来无人能参透个中真谛，/我们来自何方，向何方走？"这是对世界本原和人生终极意义的追问，是纯形而上的。他更多的诗表现出了人生哲理。如"玫瑰和郁金香的艳姿/想必长自帝王的血渍。/那儿有紫罗兰开在地面，/想必发自美人颊上的黑痣"。这是对权势、美色的慨叹，也是对历史、时间的慨叹，精简而意味无穷。哈菲兹的哲理抒情诗大多出自诗人的晚年，主要从苏非教派立场去体悟人生哲理，显得较为神秘、隐晦。萨迪的诗集《蔷薇园》既表现人生哲理，也总结生活经验，宣示道德原则，题材宽广，思想丰富。

（三）印度抒情诗的题材

印度是宗教气息很浓的文明古国，从古至今产生过婆罗门教、佛教、耆那教、印度教，伊斯兰教后来也传入印度。所以，印度抒情诗的宗教神性很浓郁。古代印度最早的几部诗集总称《吠陀》，其中最主要的是《梨俱吠陀》，形成于公元前 1500 年左右。它包括 1028 首诗，以颂神为主。如对太阳神阿耆尼的赞颂："辉煌的阿耆尼，虽然你形式有三但本质为一，/为烈火，你在此燃烧不息；/为闪电，你在苍穹闪耀光辉；/为丽日，你在长空喷吐光明。"这些颂神诗已显现出较高的抒情艺术水准。

中古印度诗人伐致呵利（约公元 7 世纪）著有《三百咏》，分为《世道百咏》《艳情百咏》和《离欲百咏》三部分。后者中有些诗从佛教的观点劝导人去欲修行，求得解脱。例如："心哪！离开这声色密林，烦恼聚集处，/趋向那寂静本性，幸福道路，刹那消除/一切痛苦，放弃自己的波浪般不定生涯，/勿再迷恋浮生欢乐，此刻就该将心定住。"民间诗人苏尔达斯（1478—1582）是虔诚的印度教徒，他根据民间故事改作了数千首抒情诗，大多描写大神毗湿奴化身为多情少年黑天的事迹，带有宗教神秘色彩。

爱情是印度抒情诗的重要题材，这种题材的诗往往也带着较浓厚的宗教神话色彩。爱情诗在较晚出的《阿达婆吠陀》中就有。印度现存最早的抒情诗集是哈拉（公元 2 世纪）编选的《七百咏》，其中以描写爱情为主。印度古代最伟大的诗人和戏剧家伽梨

陀娑（约 4—5 世纪）写有著名剧本《沙恭达罗》和叙事长诗《鸠摩罗出世》等。他的
《云使》是写爱情的长诗，是印度古代抒情诗的代表作。《云使》写小神仙药叉因玩忽
职守被贬谪到南方山中独居一年，忍受与爱妻分离的痛苦。时值雨季来临，药叉见一
朵飘往北方的雨云，便把它当作心灵的使者，托它带去自己的无限相思。诗的情感缠
绵而炽烈，想象丰富而奇妙。如写药叉对爱妻的思念："我用红垩在岩上画出你由爱生
嗔，／又想把我自己画在你脚下匍匐求情，／顿时汹涌的泪水模糊了我的眼睛，／在
画图中残忍的命运也不让你我亲近。"《云使》的影响巨大，后世不断出现模仿它的作品。
伽梨陀娑之后，伐致呵利的《艳情百咏》、阿摩卢（约 7 世纪）的《阿摩卢百咏》、毗
尔诃纳（11 世纪）的《偷情 50 咏》等，专写情人和夫妻之间的爱情生活。胜天（12 世纪）
的抒情长诗《牧童歌》，写大神毗湿奴化身黑天与牧女相爱，在颂神名义下讴歌尘世的
爱情。近代泰戈尔（1861—1941）也写有不少爱情诗，有的写得清丽、凝练，韵味无穷。

　　在印度这样一个宗教气氛如此浓烈的国度里，为什么会产生如此大量的爱情诗，
并且其中不乏性感的描写？答案在于印度宗教自身。在《吠陀》和《摩诃婆罗多》等
作为印度宗教的经典中，不但有对爱情的歌颂，而且有不少描写和歌颂诸神和英雄的
性欲和性力的地方。例如，在《梨俱吠陀》的《苏摩颂》中就有女人们对性欲和性力
的歌唱，在《婚礼颂》中有色情场面的描写。这种性爱和性力后来逐渐取得宗教意义，
被神圣化甚至本体化。印度教三大派之一的性力派就以崇拜梵天、毗湿奴和湿婆三大
神之妻等性力女神为特点，认为女神从男神处所得到的性力乃是宇宙万物的根源。性
力派中的左道密教甚至有恣行纵欲的仪式。这种思想观念对佛教多少也有影响。

　　印度抒情诗中也不乏哲理。吠陀文学中就有关于万物起源和超越之神的观念，标
志了印度宗教哲学的开端。又如在伐致呵利的《世道百咏》和《离欲百咏》中也包含
有人生哲理。印度哲理诗的最高成就是近代被称为"东方诗哲"的泰戈尔的哲理诗。
泰戈尔的诗题材很广泛，就其哲理题材的诗而言，主要体现在使他荣获诺贝尔奖的诗
集《吉檀迦利》中。该诗集主要体现泛神论哲学思想。这种思想来源于印度宗教哲学
的"梵我同一"论。梵天是婆罗门教和印度教的创造神，他创造诸神和万物。至《奥
义书》的时代，梵天被赋予哲学意义，成为形而上的实体"梵"。于是梵乃创世的最高
的神或存在，一切事物和我皆梵的幻力显现，梵我本性同一。这种思想在吠檀多哲学
中完成。泰戈尔深受吠檀多哲学的影响，梵（神）与我及自然的关系是他的哲理探索
的中心问题。从梵我同一引出他的和谐思想，以及爱神、爱人的思想。当然，这与他
接受西方的自由、平等、博爱的人道主义思想也有关系。《吉檀迦利》中体现梵我同一
思想的如"因此，你这万王之王曾把自己修饰了来赢取我的心。因此你的爱也消融在

你情人的爱里。在那里，你又以我俩完全合一的形象显现"（第56首）。"通过我的眼睛，来观看你自己的创造物，站在我的耳门上，来静听你自己的永恒的谐音，我的诗人，这是你的快乐吗？"（第65首）也有体现梵与万物同一的，如"你潜藏在万物的心里，培育着种子发芽，蓓蕾绽红，花落结实"（第81首）。然而，要真正达到梵我同一，从尘世解脱，就必须通过追求心灵的纯洁和道德的完善，而对诗人来说，写诗就是这样的心路历程。所以诗人在结尾中说："我这一生永远以诗歌来寻求你。"（第101首）"让我所有的诗歌……成为一股洪流，倾注入静寂的大海。像一群思乡的鹤鸟，日夜飞向它们的山巢，在我向你合十膜拜中，让我全部的生命，启程回到它永久的家乡。"（第103首）这种对人生最高境界的追求，已不仅仅是一种泛神论，可以说已是一种人生哲学。

西方歌德等诗人表现的是自然主义倾向的泛神论思想，泰戈尔表现的则显然是宗教神秘主义倾向的泛神论思想。从宗教神学观点来看，《吉檀迦利》是献给神的，泰戈尔自己在《园丁集》序中就说"《吉檀迦利》那本书是一系列的宗教诗"。正因为如此，他的泛神论哲理诗比歌德等人的显得较为神秘，有些地方也较为晦涩。

四、中国现代抒情诗的题材

中国现代文化基本上已不是德行文化，而是智性文化。因此，中国现代抒情诗（也称新诗）的基本情感也就不是人伦情感，而是自我情感。与此相应，中国现代抒情诗的题材便与中国古代抒情诗的题材有所不同，而与西方抒情诗的题材有许多相同的地方。由于20世纪中国面临着严峻的民族危机和紧迫的救亡任务，传统的为国为民的忧患题材在中国现代抒情诗中不但存在，而且许多时候仍然占主导地位。尽管如此，那最富有自我情感和自我个性的爱情题材和形而上的哲理题材已成为中国现代抒情诗的重要题材，并且从总的发展趋势来看，这两种题材在日益深广地展示。此外，那些能表现诗人独特感受和思考的其他题材也在不断被发掘出来。

（一）忧国忧民的题材

中国现代诗初创期，胡适（1891—1962）和沈尹默（1883—1971）各自的《人力车夫》、刘半农（1871—1934）的《相隔一层纸》等诗，就表现出了对劳苦大众的同情和对社会的批判。接着郭沫若（1892—1978）《女神》中的某些诗不但有对"冷酷如铁""黑暗如漆"的现实的诅咒，还有对理想社会的憧憬。20世纪20年代尤其30—40年代，救亡成为主导题材，忧患意识成为抒情基调，其中也包含着诗人因个人的奋斗和追求而产生的激昂与兴奋、苦闷与彷徨、失望与希望等诸多情绪内涵。20世纪70年代末至80年代中期，大致类似的忧患意识在抒情诗中再次涌起高潮。

与古代抒情诗比较，这种忧患意识及相应的题材有一个重要的不同之处，那就是它们是诗人独立思考的结果，是诗人从自我意识出发而向大我意识扩展的表现。因此，尽管题材是客观的、社会性的，却能表现诗人的自我情感和自我个性，表现诗人作为个体向社会既融入又抗争的内心矛盾和痛苦。这在穆旦（1918—1977）的诗中较为突出："我要以一切拥抱你，你，／我到处看见的人民呵，／在耻辱里生活的人民，佝偻的人民，／我要以带血的手和你们一一拥抱。／因为一个民族已经起来。"（《赞美》）在民族危机面前，人民已经觉醒，诗人表示了与它融合并共同战斗的强烈愿望。然而，当由于某些原因（如恶势力的阻碍等）这种愿望无从实现时，诗人便从个体的独立价值出发提出抗议："给我们善感的心灵又要经歌唱／僵硬的声音。个人的哀喜／被大量制造又被蔑视／被否定，被僵化，是人生的意义。"（《出发》）诗人甚至怀疑自我生命的意义："我活着吗？我活着吗？我活着／为什么？"（《蛇的诱惑》）这里突显了中国现代抒情诗的内在特质——自我意识的特质。它与古代诗人那种怀才不遇、报国无门的愤懑和哀叹有所不同，后者是自我已消失于群体的大我之后的一种情绪表达，而在这里，诗人却是立足于自我来抗争和追问。在不少其他现代诗人的作品中，也能或显或隐地看见这种自我解剖和灵魂搏斗的痕迹。

（二）爱情题材

中国现代诗初创不久，就有汪静之（1902—1996）的《蕙的风》问世。它歌唱诗人自己的爱情和悲欢，写得天真纯洁、清新自然。如："伊的眼是温暖的太阳；／不然，何以伊一望着我，／我受了冻的心就热了呢？"（《伊的眼》）又如短诗《过伊家门外》："我冒犯了人们的指摘，／一步一回头地瞟我意中人；／我怎样欣慰而胆寒呵。"诗人的胆寒来自于对旧礼教的惧怕，但这终究是对旧礼教的"冒犯"和冲击，所以在当时产生了颇大的影响。郭沫若的《瓶》是纯爱情诗集，共有诗 42 首，是诗人自我真情的无掩饰的吐露，有的可以说是火山式的爆发。徐志摩（1896—1931）一生追求着爱、自由和美。他的爱情诗轻灵潇洒，如《雪花的快乐》中一节："那时我凭借我的轻身／盈盈的，粘住了她的衣襟，／贴近她柔波似的心胸——／消溶，消溶，消溶，——／融入了她柔波似的心胸！"但有些诗是诗人爱情生活的过于热烈而直接的表露，不免显得粗俗。女诗人的爱情诗具有更多的柔婉和细腻。早期的林徽因（1903—1955）、当代的舒婷（1952—）等的诗都如此。舒婷自己说过，"爱"一直是她诗歌的主题。这爱是广义的，也包括男女情爱。她的《致橡树》一诗体现了她对爱情的独立思考和独特体验。"我如果爱你——／绝不像攀缘的凌霄花，／借你的高枝炫耀自己；／我如果爱你——／绝不学痴情的鸟儿，／为绿荫重复单纯的歌曲；／也不像泉源，／常年送来清凉的慰藉；/……"爱情不是高攀对方，也不止于求得个人安乐，甚至也不是单方面的无私奉献。"不，这些都还不够！/我必须是你近旁的一株木棉，/作为树的形象和你站在一起。"原来，爱情的双方应当独立、平等、自尊自重。晚近"第三代"诗人的两性情诗中，在"非崇高"的名义下有对性意识的直接表露。

与古代爱情诗比较，中国现代爱情诗所表现的爱情观已发生了变化。它不像前者那样，往往通过悼亡和回忆的形式来表现男女深情，带上很浓的伦理道德色彩，而是对爱情的直接抒写，敢于吐露真情和最隐秘的心声；风格也比前者大胆、热烈许多。与西方爱情诗相比，中国现代爱情诗则较少上升到哲学形而上高度，更少向宗教神学升华，其风格则多少保持着东方传统的含蓄蕴藉和温柔甜美。

（三）哲理题材

中国现代诗中初期的哲理诗偏于说教，没有多少情趣和深度。真正算得上哲理抒情诗的，是稍后的冰心（1900—1999）和宗白华（1897—1987）的哲理小诗。冰心的《繁星》和《春水》两个诗集，表现的虽是"零碎的思想"，探索的却是人生真谛，体现诗人"爱"的哲学。20世纪30—40年代，现代派、九叶派等诗人对诗的哲理深度逐渐有自觉追求，除表现人生哲理外，对形而上哲理也有体现，最突出的是冯至的《十四行集》。冯至（1905—1993）受具有存在主义思想的奥地利诗人里尔克的深刻影响，用十四行诗表现自己对生命和万物存在本质的思考，对时间和生死等的思考。如第2首《什么能从我们身上脱落》中说，像树身把树叶和花朵交给秋风，像蝉蛾把残壳丢在泥土里，"我们把我们安排给那/未来的死亡，像一段歌曲，//歌声从音乐的身上脱落，/终归剩下了音乐的身躯/化作一脉的青山默默"。生命与万物俱在，循环不已，生生不息，凝结成永恒的存在。除这种纯粹玄思外，诗人更多的是以历史人生、村童农妇、名城古镇和小草飞虫等，来感悟人生启示，表达深邃的哲思。冯至的《十四行集》代表了中国现代抒情哲理诗的高度。改革开放后，归来派、朦胧派和寻根派的诗人常在诗中结合历史反思而表现人生哲理。如艾青（1910—1996）的小诗《交河古城遗址》中一节："不，豪华的官阙/已化为一片废墟/千年的悲欢离合/找不到一丝痕迹/活着的人好好地活着吧/别指望大地会留下记忆。""第三代"中的"生命体验诗"强调对个体生命的内在体验，有远离现实的纯哲学意味，但往往因过于"玄奥"而晦涩难懂，没有产生公认的成功作品。

中国古代抒情诗中常见的亲情、乡情和友情题材以及山水田园题材，总的来说，在中国现代抒情诗中已不多见，其根本原因在于现代社会人与人的关系的重心已经由群体移向自我主体。值得一提的是，中国现代抒情诗中母爱题材的诗较多，如当代女诗人傅天琳（1946—　）的诗集《在孩子和世界之间》中就有这种题材的感人作品。这是由于现代社会中妇女地位的提高，女诗人增多，同时也由于新时代女性自我意识的增强。现代中国其实也有不少乡土文学，但多为小说和散文，思乡恋乡的诗歌较少，当代台湾的乡情诗则较多出于特定的政治情势。山水田园题材最适合体现中国古代天人合一的思想，所以是古代抒情诗的重要题材。而心灵已为主客二分的纠结所占据的现代诗人，在面对山水田园时不会感发那么多的诗兴，也不大可能产生那种物我同一的诗意境界。古代尚有不少关涉道教和佛教的诗，尽管它们大多不具有真正意义上的宗教性。在中国现代抒情诗中这类作品几乎绝迹。西方基督教在穆旦等人的诗中亦有反映，但根本上只是该宗教意识在中国现实生活中的一种回响。至今为止，中国现代诗人是不大信仰宗教的。

第二节　中西方抒情诗的意象

一、中国古代抒情诗的意象

（一）意象的一般特点

就意象作为美而与真、善的关系而言，中国古代抒情诗意象的特点是以善为基础，与善结合着。所谓"以善为基础"，指意象并不明确具有善的功利目的，而只具有审美意味，给人以审美享受。许多山水田园诗的意象就是如此。如前文举出的《鹿柴》《江雪》等诗的意象。这是偏于纯美的意象，只表现一种普遍情感，即审美情感或称审美意味。这种审美情感来源于具有功利目的和伦理道德性质的具体情感，是诗人通过对后一种情感的抽象扬弃而获得的。所以我们说这种纯粹的审美意象是基于善的，只是这善的基础隐而不显。基于善也就必然基于真，因为真又是善的基础；只是这真的基础隐蔽得更深。

所谓"与善结合着"，指意象作为美并不是纯粹的，而是明显地结合着政教伦理等功利目的。突出的如《诗经》中"关雎""硕鼠"等意象，《离骚》和汉魏诗的意象。这种意象在诗中占多数。

就意象内意与象的关系而言，中国古代抒情诗在创作上尤其是在理论上有重意轻象的特点。各民族初期的抒情诗大约都重在思想情感即"意"的表达，对"象"的创造还未充分自觉。我国《诗经》也大致如此。《楚辞》的形象却绚丽多彩、刻画精美，是对"象"的描绘的初次自觉。但《楚辞》形象的特点后来并未成为诗歌艺术的传统，而成了赋体文学的传统。晋代和六朝的诗在文学自觉中曾一度重视"象"的刻画，某些新兴的山水诗尤其突出，但由于丢弃风雅比兴的传统也遭人诟病，不过它客观上促进了唐诗宋词对意境的创造。意境可以说是意象并重。但细究起来，意境中诗人的着眼点和着力点仍在"意"上。总之，中国古代诗的创作偏重对"意"的提炼和表达。在中国古代诗史上，没有产生过像西方和阿拉伯、印度那样由于专注于诗的形象刻画而产生的种种形式主义。

理论是对实践的自觉。从中国古代诗学史来看，没有多少重象的理论，而主要是重意的理论。这种情况是从哲学发展到诗学的。《周易》中"书不尽言，言不尽意"和"立象以尽意"是源头。庄子也说："言者所以在意，得意而忘象。"从诗歌理论本身来看，诗歌本质论的总纲是"言志""抒情"，完全立足于意；后代变化出的"缘情""载道"，以及"韵味""兴趣""神韵""性灵"诸说，也都着眼于意，只是有的是关于政教伦理的意，即属于善的内涵的意，有的则是偏于纯粹审美情感的意。这与西方古代诗学中的"模仿"说大异其趣，与西方近代兴起的"表现"说也有所不同。关于诗、文学的本质，西方近代诗学中有"情感表现"说（华兹华斯）、"想象表现"说（雪莱等）、"直觉表现"说（克罗齐等）。后两种表现说就关涉象的表现，乃至重在象的表现。西方现代俄国形式主义文论中更有文学、诗的本质是"艺术形式"，是"艺术技巧"的理论，与重意的本质论完全对立。就中国古代诗的创作论看，所强调的是"以意为主""意在笔先""神似""写意"等重意的创作原则，与诗的重意的本质论是一致的。俄国形式主义却有仅仅重在外在形象创造的"陌生化"创作原则，与重意的创作原则也是对立的。

从意象与意象之间的关系而言，或者说从意象的组合看，中国古代抒情诗的意象具有密集性特点。如张继（生卒不详）《枫桥夜泊》："月落乌啼霜满天，江枫渔火对愁眠。姑苏城外寒山寺，夜半钟声到客船。"除"愁"字外，全诗所有词语都表示着单个的或整体的意象，静态的或动态的意象。其实，"愁"字在一定程度上也被意象化了。典型的还有如马致远（1250？—1324？）的《天净沙·秋思》等。意象密集的特点在中国古代诗中是很普遍的。造成这一特点的直接原因，在于古代诗人构思的一个重要特点，即采用上下远近的观察方式，用多个意象表达一个意思。上举二诗即大致如此。较典型的如杜甫诗句："风急天高猿啸哀，渚清沙白鸟飞回。无边落木萧萧下，不尽长江滚滚来。"此外，汉语少用关联词语、语法灵活等也是造成意象密集的原因。

意象密集的结果，往往又造成意象并置和意象跳跃的现象。意象并置是意象密集的一种表现形态，在中国古代抒情诗中也是常见的。中国古代诗尤其律诗讲究对仗艺术，是增强意象并置性的重要原因。密集的意象尤其并置性密集意象，它们之间的逻辑关系被省略了，于是显示出意象之间的跳跃性。由于中国古代诗的构思一般采用直观的方式，意象的跳跃一般出现在同一空间里，所以意象的意思不难理解。这与现代诗意象的跳跃不同。

（二）意境的特征

意境"是一种特定的审美意象"。与非意境的一般意象比较，意境的特征在哪里呢？

第一，意境中的"象"是原样的，而一般意象则可以是变形的。所谓原样，指选取现实物象，让它"物各自然"地呈现，不被想象和幻想变形。中国古代抒情诗中较典型的意境就是这样的。我们感到李白、李贺（790—816）的某些诗没有意境或者意境性不强，原因就在于想象和幻想的成分较重，变形较大。所以西方抒情诗缺乏意境，原因之一也在于此。

从创作手法来看，能保持物象的原样，是由于诗人不用明显的比喻、象征、夸张等富有想象的、多少会使物象变形的手法，而是运用对直观的物象进行客观描绘的"兴"手法。前举《辛夷坞》《江雪》《枫桥夜泊》等诗就是用这样的手法创造的，很富有意境。诗中局部地或者隐蔽地运用比喻和象征等手法，也不妨碍在整体上构成意境。如李白《秋登宣城谢朓北楼》："江城如画里，山晚望晴空。两水夹明镜，双桥落彩虹。人烟寒橘柚，秋色老梧桐。谁念北楼上，临风怀谢公？"

意境中原样性形象为什么能蕴含深刻的意义呢？这与意境的哲学基础有关。意境的哲学基础主要是老庄哲学。庄子提出"道无所不在"，这一命题在晋宋时被具体化为"道同自然""山水是道"，而诗人能"目击道存"，由此创造的诗当然能蕴含意义，而且能蕴含关于人生真谛和世界本源（道）这样的终极意义。

第二，意境的"境"是整体的，而一般意象是单个的。"整体"包含两层意思：一层指意境是由若干意象组成的整体。如上文李白诗在整体上是意境，其中的"人烟""橘柚""秋色""梧桐"等则是单个意象；另一层意思指意境是一种独特的整体，它由若干大致均衡的意象组成。意境的这种整体性与"兴象"的发展变化有关。

在《诗经》时代，兴象往往只是个别的，主要起开头的作用，与诗的主旨还不能充分融合，所以构不成意境，而只能是意象，如"关雎""硕鼠""黄鸟"等兴象。后来随着比兴手法的发展，诗人从多角度起兴，运用多个兴象，逐渐形成独特的即景和即兴的方式，即"仰观俯察，远近往还的散点游目"方式，并常常视觉与听觉交替，从而以丰富的、大致均衡的意象组成整体性图景，这即是意境的"境"。上文说到的几首富有意境的诗大致如此。更典型的如王维《过香积寺》中的意象组合："古木无人径

（近看），深山何处钟（远听）。泉声咽危石（俯听），日色冷青松（仰看）。"西方抒情诗的观照方式却是"选一最佳范围，典型地显示对象的焦点透视"。这种方式是针对某一物象或物象的某一部分，进行细致的刻画，飞动的想象，纵深的沉思，所旁及的意象仅仅是陪衬，结果是创造一个突出的意象。如果说这种意象也有它的整体性，那就是以那突出的意象为中心的整体性，而不是像意境那样由大致均衡的意象群构成的整体。读中西抒情诗，读者易于发现的一个显著差异便是，前者中有许多优美的整体性意境，后者则有许多精警的单个意象。

第三，意境中"意"与"象"是浑然融合的，而一般意象的"意"与"象"之间则存在着"张力"。"浑然融合"是什么意思？从"意"方面看，它本来是诗人的主观情思，却显出是不带主观个人性的普遍情感，于是就不会表现为被诗人强加在那"象"上。从"象"方面来看，它仿佛本身就具有"意"，自然流露出来，并不假手于诗人。若换用"情""景"二字来说明，便如王夫之（1619—1692）所说："情景名为二，而实不可离。神于诗者，妙合无垠。"这即所谓"情景交融""物我同一"。

在一般意象中，"意"与"象"之间没有浑融性，而是存在着张力。"张力"的意思与浑融相反，指意象中那"意"显出并不为那"象"本身所具有，而是诗人有意地通过艺术手段法表现出来，是诗人主观地加在"象"上的（那象往往就不是原样呈现，而是有所变形）。这种意象在中国古代诗中也有不少。如李白《秋浦歌》："白发三千丈，缘愁似个长。不知明镜里，何处得秋霜。"其中的"白发三千丈"和"秋霜"两个意象便是张力性意象，因为我们能看出它们是由于诗人为了表现那极度的悲愁或悲愤而着意创造的；两意象有它本来的意思，又有它们表现的意思（悲愁或悲愤）。在西方抒情诗中这种张力性意象比比皆是，无须举例说明。这种意象不一定优美，却往往新颖、精警，令人过目难忘，它同样可以具有深永的含义。

第四，意境"虚实相生"，而一般意象只"以虚生实"。

中国古代哲学的本体名曰"道"或"气"或"理"，具有"有"与"无""虚"与"实"的双重性质。但"无""虚"更为根本，老子曰："天下万物生于有，有生于无。"中国古代哲学的这种辩证的本体论思想投射到艺术创作上，就形成了"虚实相生"的根本原则。就诗的意境中意与象的关系而言，意为"虚"，象为"实"。为什么意为虚？从艺术创作本身看，意是决定性的，它赋予象以内在生命，使之不同于现实物象而成为艺术意象。这即是"以虚生实"（当然，就艺术本质的全部意义看，还有一个从现实物象感发情思的更为根本的艺术源泉问题）。

中西抒情诗创造的本质相同，即如上述，可以说都是"以虚生实"或者说"以意生象"，但两者的方式有别。中国古代诗的以虚生实主要是寄情思于形象（主要是景物形象），西方诗的以虚生实则主要是化情思为形象（常常不是景物形象）。前者一般不改变物象的原样，后者则常常改变，即变形。上文已指出，在中国诗的意境中意与象浑然融合，不但能显出意生象，即诗人将意赋予象，而且能逆反地显出象生意，即象仿佛本身就具有意，并自然的吐露出来。换成虚实关系来说，就是不但能显出是以虚生实，而且能显出以实生虚。这就是虚实相生。西方诗创造一般却只有化情思为形象即以意生象的历程，却不可能有逆反的以象生意的历程——那象既然显出是诗人创造的，怎么能显出本身（本来）就具有那意呢？它只能显出是在表现那意，并且是诗人使它那样表现的。这从中国古代的虚实关系来说就是只能以虚生实，而不能相反，因而也就不能虚实相生。

中国古代诗意境能意象融合、虚实相生，最终的根源在于其哲学和文化的"天人合一"这一核心观念。这种观念认为人与自然相通，两者又共同与"天"（"道""天理"）相通，因而两者本身能相互体现，于是在艺术创造上有所谓意象融合（情景交融）、虚实相生和物我同一。西方诗的意与象之间存在张力，只能以虚生实而不能相反，则根基于西方哲学和文化的"主客二分"的核心观念。根据这种观念，只有主体对客体的创造和利用，而不可能相反。

上述可见，从意境的意与象浑融这一特征来看，虚实相生这一玄奥的问题本身似乎并不难理解。两者的实质相同，即意象浑融就是虚实相生，后者只是偏于从创作角度上看，正体现了意境的同时也是中国古代艺术的独特创作精神。虚实相生问题的复杂性在于对虚（意）和实（象）的独特要求，即那意必须是超越自我个体的普遍情感（中国古代艺术的人伦情感易于提炼出这样的情感）；那象必须是粗线条勾勒的、写意性的。由若干这样的象组成的整体，便是具有疏朗的乃至可以无限延展空间（虚空）的整体（境），这种整体往往是不太确定的。这时那意便能充盈而流转其间，从而取得真正的或者说完整的"虚"的意义——中国古代艺术中"虚"的概念的本质不是虚空，而是充盈和流转其间的情感意蕴。由此，与"虚实相生"特性相关的其他艺术特性，如"象外之象""韵外之致""气韵生动"等，都能理解了。

在意境的上述四特征中，意与象浑融的特征是最基本最重要的，它体现意境的本质，即原样和整体二特征是其外在体现，虚实相生是其创作精神的体现。

（三）意境的审美特性

意境的审美特性是中和。中和实际上是中国古代民族的审美特性，意境是其最高表现。

在中国美学史上，中和美的思想首先指主体自身的中和精神，即"以理节情"的精神。具体到诗歌审美上，便是"乐而不淫""哀而不伤""怨而不怒""婉而多讽""温柔敦厚"，其实质就在于"发乎情，止乎礼义"。由于这种中和性还停留在主体方面，先秦诗骚和汉魏诗就还是偏于主观和直接的抒情，富有主客（物我）统一性的意境诗较少（《诗经》中的《蒹葭》等诗和《九歌》中的某些诗较富有意境性）。魏晋时代，主要由于道家思想的中兴，中和美思想逐渐由主体自身转向主客之间的关系上，即由主体内心情理的和谐转向物我同一的和谐。这个时期便是意境产生并发展的时期。意境就是这种主客统一、物我同一的中和性的体现。它既不偏于主体心灵的表现，也不偏于客体形式的显现，而是两者的浑然融合，它因而既不富有抒情主体的内心真实性，也不富有对象的外在逼真性（这两者都是西方抒情诗在主观表现和客观描写上的特点），却富有融合两者的中和性。

西方的和谐说不是首先关于主体自身内情理的中和，它不起于伦理精神。古希腊毕达哥拉斯派认为和谐在于事物本身形式上的均衡、对称和比例等关系，本质上是数的比例，是数的和谐，这是一种科学精神。他们认为美是和谐，因而美就在于事物的形式，这是西方形式美的源头。西方近代哲学高扬主体性，这是近代抒情诗蓬勃发展和产生表现诗学的背景。对西方近代美学乃至现代美学产生决定性影响的康德美学，亦如其哲学一样，既是主体性的，又是形式性的。康德提出的审美先验原理"主观合目的性"又称"形式的合目的性"，他对美的概念也是从这两方面来界定的，即"美是审美观念的表现"和"美只涉及形式"。在康德那里，这两个概念是统一的，只是各有偏重。但后来者却各执一端。浪漫主义、象征主义和某些现代主义强调美的主观表现性；唯美主义、象征主义的形式主义一面（如夸大诗的音乐性、语言自主性等）和现代形式主义，则强调美的客观形式性。就近代以来的西方抒情诗的意象美来看，它就是在这种审美的主观心灵性与客观形式性两端摆动，不过因其抒情特质而多偏于主观心灵性一端。由此可以看出，与中国古代抒情诗意境的审美特性比较，西方抒情诗意象美所缺乏的恰恰是后者那种融汇主客、涵容物我的中和性。所以，可以说审美中和性是中国民族美学的独特贡献，意境是中国抒情诗艺术的独特贡献。

意境的美学风格是优美。优美指不激烈、不怪异，也不神秘，而是从容、优雅、明朗。这是为意境的审美中和性所决定的。西方抒情诗意象的审美心灵性造成的则是壮美等美学风格。意境的优美属于阴柔的美。意境的优美何以具有阴柔性？从其审美的中和性来看，它既失去（消溶）了主体的本质独特性和自主性，也失去（消溶）了客体的本质独特性和自主性，剩下的就是主客体两者的调和性和相互依从性，这就不免显得柔弱。依据中国古代哲学阴阳二分学说，这就是阴柔。而当主客体各自保持自身的本质独特性和自主性时，其相互的张力在一定程度上就构成各自的阳刚性。其实，中国古代"天人合一"的文化尤其是道家的"天人合一"就是相对柔弱的文化，西方"主客二分"的文化则是相对阳刚的文化，原因就在于后者具有那种张力性，而前者却缺乏。中国古代抒情诗意境和西方抒情诗意象各自不同的审美特性和风格，正是各自文化特性的反映。

二、西方抒情诗的意象

（一）意象的一般特点

就意象作为美丽与真善的关系而言，西方抒情诗意象的特点是以真为基础、与真结合着。"真"通常指事实及关于它的真理，这是科学的真。艺术的真主要指真实，即对事实的真实描述和对思想感情的真实表现，这是一种真实性。艺术也可以直接表现真理知识，但那不是它的特点。就文学真实性看，叙事文学偏重描写的真实性，抒情文学包括抒情诗偏于表现的真实性。艺术、诗的真（真实性）与科学的真有统一性。就抒情诗的真（表现的真实性）与科学的真的统一性看，有两种情况。一是诗所表现的思想情感中蕴含着某种真理（多为社会科学真理）；二是它所表现的东西中并不蕴含真理，而仅仅是诗人的真实感受，如两性之间的感受、刹那间的直觉、无意识的流露等。后一种情况虽然不是现存真理的直接反映，却是"诗人是什么"乃至"人是什么"这一至大的真理问题的一种潜在的、间接的反映。这即是说，从科学理智的观点来看，西方抒情诗所表现的自我情感正是回答"人是什么"这类求真问题非常必要的部分。总之，科学不能穷尽关于人的全部真理，它需要诗、艺术的真来补充。正是主要在这种意义上，我们说抒发自我情感的西方抒情诗是基于理智的，是智性文化的一种体现。

说西方抒情诗意象基于真并不意味它就不基于善，只是就与中国古代抒情诗比较而言，它基于真显得更突出。这可以从两方面来看出。一是诗人直接表现上述不带功利目的（善）的纯心灵感受，这可以说是直接的基于真。二是即便意象是明显的基于善的，例如基于正义、友善等观念，由于西方抒情诗强烈的自我意识性，它往往也能明显地表现出是经过诗人独立自主的感受和思考的，而不是盲目地接受那现存的善的观念，这即是说，当我们发现那意象的善的基础时，我们往往同时窥见了它的更深层的真的基础。同理，说西方抒情诗意象与真结合也并不意味它就不与善结合。许多西方抒情诗意象就明显地结合着善的观念。但若与中国古代抒情诗比较，它与真结合会更突出一些。

就意象自身意与象的关系而言，西方抒情诗意象的特点是既重"意"的表现，又重"象"的刻画。英语中"lmage"一词大致相当于汉语中的"意象"。但前者的意思更广泛，除"意象"的意思外，还有"映象""肖像"等意思。作为意象，"image"确实包含情思和形象两个要素，但这一词语本身并不能分为"意"与"象"两部分，而是一个整体。它不像中国古代诗学中的"意象"一词，有一个从"立象以尽意"发展变化而来的过程。在西方其他民族的语言中也有与"意象"大致相应的词，如康德和克罗齐（1866—1952）都说到过"意象"，其意思大致也是感性形象与抽象情思的结合。因此，我们也可以在理论上把西方抒情诗中的意象分解成"意"与"象"两要素来考察。

古希腊人对文艺中的"象"已有充分的自觉，所以有"模仿"论的出现。这理论主要是关于叙事文学的，但其中重象的传统为以后抒情诗中也相对重视对象的刻画奠定了基础。至近代，人的主体性得到弘扬，在诗中出现了"诗是强烈情感的自然流露"等表现论。就诗歌意象而言，"表现论"是对其中的"意"的充分自觉和重视。但这种"重意"与中国古代诗学中的"重意"有所不同：后者重在意本身，或者说重在表现的意；而前者则重在意的表现。重在表现的意，就是重表现的内容。中国古代诗学中不同的表现论就是从不同的表现内容去定义的。"言志""抒情""载道""韵味""兴趣""神韵""性灵"诸说，说的都是不同的表现内容；但它们又有共同性，即都是伦理政教性质的，有的就明显的是关于伦理政教的情思，有的则是基于伦理政教情思的纯美感意味。重在意的表现，就是重在表现的不同方式。西方诗学中不同的表现论就是从不同的表现方式去定义的；华兹华斯的情感表现论、雪莱的想象表现论、克罗齐的直觉表现论、弗洛伊德（1856—1939）的无意识表现论(后两者不限于诗的表现论)，这里的"抒情感""想象""直觉"和"无意识"都主要指不同的心理活动方式。至于它们表现什么内容却不是最重要的，既可以是善的内容，也可以是恶的内容（例如波德莱尔的《恶之花》展示人性的恶，曾被卫道者们罪责为"有伤风化"），还可以是非善非恶（非社会性）的纯个人感受。后两类内容在中国古代抒情诗中很少见。

西方抒情诗重意的表现分两种情况：一种是重意的直接表现，即直抒胸臆。这样的表现缺乏意象。这种情况西方抒情诗比中国古代抒情诗多。另一种情况是用形象来表现，这即构成意象。这后一种重意的表现同时就是重象的刻画。重象的刻画的一种表现是刻画手法的多样，有比喻、拟人、象征、暗示、戏剧独白、意识流以及其他变形手法，并不断翻新。重象的刻画的另一种表现是对意象的细致深入的刻画，从而造成意象的新颖、独特和一定程度上的典型性。

西方抒情诗既重意的表现又重象的刻画，显示了西方诗人关于诗的独立自主的意识。不重在表现意，就会把诗归于非诗的意识形态，如伦理政教。我们看到，西方诗史上出现过多种关于诗和文学的独立自主的理论和实践，而反观中国诗歌，却从未真正跨出过伦理政教的樊篱。西方抒情诗重象的极端表现是各种形式主义。例如，唯美主义的巴拿斯派诗人对形象的纯客观精细描绘，象征主义诗人对诗歌语言自主性和音乐作用的夸大，意象派诗人为意象而意象，某些现代主义和后现代主义诗人对语言符号性、游戏性的强调和夸大等。总体上倾向于重意轻象的中国古代诗学和诗歌没有这样的理论和实践。

从意象与意象的组合关系来看，西方抒情诗具有意象疏朗的特点。造成这一特点的主要原因是构思时的"焦点透视"方式，这种方式着意选取和着重刻画某一意象，加上常常描述与说理相兼，一首诗中的意象就相对较少，意象之间就显得疏朗而不是密集。语言方面的原因则是西语有时态、语态等变化，多关联词语，这些也不断地在意象之间起间隔作用。诗的意象既然疏朗而不密集，那么意象之间就并不常常有并置和跳跃现象，而是有逻辑关系，显出连续性。意象派主张去掉修饰词语，塑造"硬朗"的意象，并学习中国和日本诗意象、并置等手法，所以其诗的意象较为密集，意象之间呈现并置和跳跃现象。西方某些现代主义和后现代主义诗歌出于其反理性和反逻辑的特性，并受意象派手法影响，其意象也出现了一定程度的密集性，意象之间也呈现并置和跳跃的现象。由于常常是不同时空的、错位性的并置和跳跃，意象的意思有时便不免难于理解。

（二）意象与意境辨析

在西方抒情诗意象中，是否也有如中国古代抒情诗意境那样的独特意象？浪漫主义诗人华兹华斯的某些山水景物诗被认为也有意境。他的《我孤独地漫游，像一朵云》一诗是这类诗的代表之一（诗较长，不引），下面试用前述意境的四个特征来对它进行辨析。第一看意象是否是原样的。此诗描写较客观，意象有一定的原样性。但就对主要意象"水仙"的"起舞翩翩"以及它的"欢乐却胜过水波"等情态描写看，它在一定程度上已不是原样的，而是想象的、变形的。第二看意象是否有整体性。"水仙"与相关意象也能构成一个整体。但由于"水仙"是诗人着意刻画的焦点意象，其他意象只是衬托，这种整体就是以"水仙"意象为中心的整体，而不像中国古代诗意境那样，是由若干均衡的写意性意象所组成的不大确定的、空灵的整体。第三看意与象是否浑然融合。我们读此诗能明显感到，水仙的"欢舞"是诗人看来它在欢舞，是诗人的欢乐情绪加诸水仙之上。也许，在别的诗人看来，那水仙的迎风摇摆是在摇头叹息。所以，水仙意象中的意与象并不是真正浑融的，两者之间多少存在着张力。这种张力其实就是"水仙"与诗人"我"之间的张力。这个"我"在诗句中反复出现，是他赋予水仙特定的情态和意义。在这点上，华氏与其他浪漫主义诗人是大体相同的，即都是站在自然物之上的主体。华氏的不同在于他自觉地力求返回自然，与之合一，但由于固有的主客二分的文化根基的作用，他不可能真正做到这一点。第四看意与象是否虚实相生。我们易于见出那水仙是诗人情思的化身（以虚生实），却不大容易见出那情思似乎为水仙本来就具有（以实生虚）。所以此诗并不具有如中国诗意境那样的虚实相生的特征。总之，此诗的意象与中国古代诗的意境仍然有所不同，它只是多少具有类似意境的特征。

尽管意象派诗人曾借鉴中国古代诗的意象艺术，如"不用闲言助字"、进行意象并置等，他们的诗的意象与中国古代诗的意境还是不同的。以庞德（1885—1972）著名的《在地铁车站》一诗看，该诗仅两行："人群中这些面孔幽灵般显现；湿漉漉的黑枝条上的朵朵花瓣。"意象不用冗词赘语修饰而直接加以呈现，也不附加说明，这些确实类似中国古代诗意象。但它们并不能构成意境。主要原因是，第一行诗的意象大约由诗人的直观而来，而第二行诗的意象显然是在想象和联想中造成的，两者的并置客观上具有对比性和隐喻性，于是意与象不可能是融合一体的，而是存在着张力。

比较接近中国古代诗意境的意象派诗，是那些比较客观地描写自然景物的诗。如被认为是意象派高峰作品的杜立特尔（1886—1961）的《山林仙女》："卷起来吧，大海——／卷起你针尖般的松，／把你的无数巨松／泼向我们的蝇岩，／以你的青翠向我们扑来吧，／盖住我们，用你冷杉的水潭。"不过，仔细考察起来，此诗的意象与中国古代诗的意境仍有不同。它用了明显的拟人手法，又以"大海"的形象来对森林进行比喻性描写，因而整首诗的意象具有二重性，不完全是原样的，意与象也不是完全融合的。其中"冷杉的水潭"是西方诗艺中传统的"意象叠加"，在中国古代诗中很难找到。更重要的是，中国古代诗有重意的传统，而此诗却看不出有什么意义，即使能读出某种意义，大概也是理智性质的，而不像中国古代诗的意境那样，其底蕴总具有伦理道德和人格理想的性质。意象派创作原则的核心是庞德所说的"一个意象是在一刹那间里呈现理智和情感的复合物的东西"。意象派诗人依据这一原则创造了不少新颖独特的意象，对西方诗艺有独特贡献，但意象派诗的症结也在这里。它的许多意象确实是情与理的复合物，不过那"理"主要是理智，所以有些意象只是巧智的表现，像是一种高级的智力游戏，缺乏社会意义。如休姆（1883—1917）的《码头之上》"静静的码头上，半夜时分，／挂在那里，它望上去不可企及，／其实只是个气球，孩子玩过后忘在那里"。意象新奇，但不免有"为意象而意象"之嫌。这是意象派的致命弱点，它使该派成为昙花一现的诗派，尽管它的影响很久远。

　　浪漫主义诗歌和意象派诗歌之外的其他西方诗歌意象中，接近中国古代诗意境的更少。所以，总的来说西方抒情诗是不具有意境的。诚然，我们是在较严格的意义上来界定和辨析意境的。这样做的一个好处是可以避免将意境这一概念泛化，致使它真正的民族特色隐而不彰。

（三）意象的审美特性

　　中国古代抒情诗意境基于物我同一，那意境便只有一个基本的审美特性，即中和性。西方抒情诗意象基于主客（物我）二分，其意象便有两个基本的审美特性，即偏向主体一方的心灵性和偏于客体一方的形式性。上文曾说西方抒情诗意象具有既重意的表现又重象的刻画的特点，从审美特性来看，那重意的表现就体现在审美的内在心灵性，那重象的刻画就体现在审美的外在形式性。

　　意象的审美心灵性一般与审美形式性结合着，但有时那感性形式的"象"很淡薄，甚至没有，这时就是偏于纯心灵的审美性，就会凸显抒情主人公的"自我"形象。如雨果（1802—1885）的《当一切入睡》一诗。全诗两节，只看第二节："我总相信，在沉睡的世界中，／只有我的心为这千万颗太阳激动，／命运注定，只有我能对它们理解，／我，这个空幻、幽暗、无言的影像，／在夜之盛典中充当神秘之王，／天空专为我一人而张灯结彩。"有时，意象的审美心灵性隐而不显，只偏于显示其审美形式性。极端的审美形式性是洗尽了心灵的意而只有纯粹的象，这就是形式主义了。如唯美主义诗人普吕多姆（1839—1907）的《天鹅》一诗，共 32 行，读来全然感受不到诗人心灵的搏动，所有的只是纯客观的精细描绘；又如上文的意象主义诗《码头之上》，更多的则是在诗的音乐性、语言组合、诗行排列上的形式主义意象的创造。

　　意象的审美心灵性可以造成壮美或称崇高的美学风格。根据康德美学，崇高是主体借对象的威力而提高自己，所以崇高的本质是主体自身心灵的崇高。崇高风格在西方叙事文学尤其是悲剧中最突出。在抒情诗中也有表现，如在浪漫主义诗歌中就较明显。审美心灵是复杂的，除崇高之外，也有体现为平常、平庸乃至卑微、绝望的时候。由此造成的美学风格也是多种多样的，如反讽、幽默、调侃、无奈等，这类风格在现代主义抒情诗尤其后现代主义抒情诗中较多。审美形式性造成新奇的美学风格。在西方诗史上，尤其自近代以来，诗歌意象的审美形式在不断地求新求异。由于意象中的"意"与"象"具有一定的内在统一性——"象"表现"意"，由象的审美形式性所形成的新奇风格在一定程度上可以概括由意的审美心灵性所形成的崇高等诸种风格。实际上，西方抒情诗中具有崇高等风格的意象往往就是新奇的。所以，如果我们说中国古代抒情诗意境的总体风格是优美，西方抒情诗意象的总体风格是新奇，那么大致不会错。

三、西南亚抒情诗的意象

（一）意象的一般特点及审美特性

就意象作为美与真、善的关系而言，西南亚抒情诗意象的特点是主要以善为基础，与善结合。西南亚三种宗教文化都基于人神关系。人神关系不可能是求真的关系，而只能是求善的关系，而且是一种追求至善的关系，因为神是至善的象征。但在人们的现实生活中，除了这种人与神的宗教关系外，必然还存在着人与自然、社会的关系。所以，诗的意象除主要基于宗教的善之外，必然还基于一定的非宗教的真和善，并与这样的真和善结合。

从意象的意与象的关系而言，总的来说，西南亚抒情诗是既重表现意，又重刻画象。若就三种抒情诗比较而言，希伯来抒情诗偏重表现意，阿拉伯、波斯抒情诗偏重刻画象，印度抒情诗大致是意象并重。这些下文将分别论说。

就意象与意象之间的关系而言，西南亚抒情诗不像中国古代抒情诗那样意象密集，意象与意象之间显出并置性和跳跃性，而是类似西方抒情诗那样意象疏朗，意象与意象之间显出逻辑性和连续性。

西南亚抒情诗意象中，有的也像西方抒情诗意象那样具有一定的审美心灵性和审美形式性，前者如希伯来抒情诗意象，后者如阿拉伯、波斯抒情诗意象；有的也像中国古代抒情诗意象那样具有一定的审美中和性，如印度抒情诗意象。不过，比较起中西抒情诗意象来，这些审美特性就不算突出。那么，西南亚抒情诗意象突出的也是不同于中西抒情诗意象的审美特性是什么呢？是神灵性。这是由它们所从属的宗教神性文化所决定的。

在西南亚抒情诗意象中，也有由一定的审美心灵性所造成的崇高风格和由审美形式性所造成的新奇风格，希伯来抒情诗意象偏于前者，阿拉伯、波斯抒情诗意象偏于后者；也有由一定审美中和性造成的优美风格，印度某些抒情诗意象即如此。这些都是与中西抒情意象（意境）类似的美学风格。西南亚抒情诗意象所具有的独特的审美风格，则是由其审美神灵性所造成的神秘风格。这种神秘风格与西方中世纪宗教性抒情诗的神秘风格类似，与西方近、现代某些象征主义诗歌的神秘风格则有所不同。前者主要是由宗教神灵的超验性和神秘性造成的，其意象可以是明朗的，不一定晦涩。后者中有的也多少包含一定的宗教（基督教）神秘因素，但主要是由关于宇宙、人生本质的神秘含义及其直觉、梦幻等表现手法所造成的，意象常常晦涩难懂。

西南亚三种抒情诗意象在上述审美神灵性和神秘风格的强弱浓淡程度上各不相同。除这种共同的审美特性和美学风格外，它们各自还有独特的审美特性和美学风格。

（二）希伯来抒情诗意象的审美特性

从西南亚抒情诗意象共同的审美神灵性来看，希伯来抒情诗意象的审美神灵性最强。这种抒情诗构成犹太教经典《圣经》的一部分这一事实即可证明这一点。从作品的实际情况看，希伯来抒情诗意象大多与宗教神灵关联着，并且主要与那唯一的上帝亚卫关联着，上帝亚卫成了希伯来抒情诗的主要意象。

然而，希伯来抒情诗意象的这种神灵性在美学风格上造成的神秘性并不强烈，即它的神秘风格并不鲜明。这是因为希伯来抒情诗的内容的现实性很强，大多是关于该民族的生存、斗争、成功与失败，以及日常爱情生活等。虽然所有这些最终都归结为神的旨意和作用，带有浓厚的宗教色彩，但现实感强，易于理解，并不感到神秘。它不像阿拉伯和波斯的某些苏非派诗那样，由于写内心与神的感通而显得神秘莫测，也不像印度的某些具有泛神论思想的诗那样，从万事万物中流露神性，充满神秘气息。

与阿拉伯、波斯和印度抒情诗意象比较，希伯来抒情诗意象还具有审美心灵性特点。希伯来抒情诗中存在大量的"我"，他或者是诗人，或者就是上帝。这些"我"直抒胸臆，感情激昂，显出很强的自我心灵性。造成这种自我心灵性的原因，从宗教根源上来看，在于希伯来人在犹太教的人神二分关系中相对的对人这一方的自觉和重视。根据《圣经》，人为上帝所造，是上帝意志的体现，但人又是相对独立的，应该独立思考，为自己的行为负责。比如《圣经》记载上帝多次与他的子民以色列人（希伯来人）立约即是证明。希伯来诗中也常有上帝对人的"恩赐""宽恕"和"惩罚"之类的说法。这与阿拉伯的伊斯兰教有所不同。伊斯兰教虽然也是人神二分关系，但其教义中关于人的独立自主性没有那么突出。相反，它有所谓"前定论"，即认为人一生的经历和命运早已被真主安排好了，人多少是被动地实现他的安排（犹太教中也有类似观念，但没有那么明确）。这更不同于印度宗教，后者自来有人神同一观念，它造成印度抒情诗意象的一定程度的审美中和性。希伯来抒情诗意象却没有这种审美中和性，它所具有的除共同性的神灵性外，便是基于人神二分关系中偏于人这一方的心灵性。

总之，就西南亚抒情诗意象共同的审美神灵性和神秘风格而言，希伯来抒情诗意象的神灵性很强，其神秘风格却较淡薄。就它独特的审美特性和风格而言，它具有审美心灵性和相应的崇高风格。这却与西方抒情诗意象较接近，因为后者也有这种审美特性和风格。

（三）阿拉伯、波斯抒情诗意象的审美特性

与希伯来抒情诗意象比较，阿拉伯和波斯抒情诗意象的神灵性不算浓烈，其主要表现是后者中除了某些意象直接与神灵有关外，更多的意象是关于世俗生活的，如情人、美酒、人生经历以及生活智慧等。但某些阿拉伯抒情诗尤其是波斯抒情诗意象的神秘风格却比希伯来抒情诗意象更鲜明。这主要指具有伊斯兰教苏非派思想特色的抒情诗意象。苏非派宗教哲学认为真主本原地内在于信徒的心灵中，信徒通过内心修炼，沉思入迷，可以直觉真主并与之合一，具有泛神论意味。这种神秘主义宗教观念用诗的意象表现出来往往更增加了它的神秘性。如哈菲兹在一首卡扎尔诗中写道："虽然尚未看到你的容颜／成千的人已经望眼欲穿，／尽管你刚刚含苞待放，／百只夜莺已在对你啼啭。／假如我来到你的住地，／却并非什么荒唐无稽；世上有多少像我一样的人，／深切的情思都向着你。"哈菲兹受苏非派思想的影响（但他有反对苏非派禁欲主义而醉心于美女和醇酒的享乐的一面），在这首诗里，他把对真主的无限的爱以及期望与之在内心结合的愿望，以男女之情的形式表现出来。哈菲兹在另一首卡扎尔诗中就更明确地说明他把对真主之爱比作情人之爱："我那真主的秘密／一直隐藏在帷幔里，／让我们从她的面颊上，／把她醉意的面纱揭去。／你那新月似的蛾眉呵，它的媚态在哪里？／我的命运的球被你的曲棍，任意地抛来抛去。"这种诗有时与真正的情诗混淆难分。

诗歌意象的审美形式特性不可能根植于宗教的人神关系，因为这一关系中无论人的心灵性一方还是神灵性一方，都是抽象的、精神性的，而意象的感性形式是根源于物象的，所以它只能基于人与物的关系。前文曾论说过西方抒情诗意象的审美形式特性就是根基于人与物（主客二分）的关系。在阿拉伯和波斯的宗教神性文化中，其抒情诗意象的审美形式性及作为其基础的物我关系的客观条件是什么？从传统来看，蒙昧时期的阿拉伯诗歌就喜好和善于描写自然物象。伊斯兰教产生后逐步建立起政教合一的阿拉伯大帝国，其科技和其他方面的文化相当发达，是世界中古史上辉煌的一页。这实际上是中古阿拉伯文化所包含的物我关系中相对重视物那一方面的体现，它也就是诗歌意象审美形式性的客观基础。此外，学习和借鉴基于主客（物我）二分的古希腊的科学、哲学，尤其是亚里士多德（前348—前322）的《诗学》，也有极其重要的作用。阿拉伯诗论家就侧重学习《诗学》中的模仿论、隐喻等修辞手法及有关语言形式方面的东西。另外是阿拉伯民族语言的作用。阿拉伯语言很丰富，同义词多，能仔细地描绘自然景物和复杂事物。阿拉伯诗人注重语言表达，善于遣词造句已成传统。

此外,伊斯兰教经典《古兰经》极富有修辞艺术,被认为是阿拉伯语言修辞艺术的顶峰,这也必然会对阿拉伯抒情诗意象的审美形式产生重要作用。

(四)印度抒情诗意象的审美特性

印度抒情诗意象的神灵性较突出,其神秘风格也较突出。印度的宗教历史最悠久,从公元前3000多年前延续至今不断,具有宗教色彩的抒情诗大量存在,其中许多就是单纯颂神的。由于这两点,印度抒情诗意象的神灵性自然就显得更强了。印度宗教哲学的核心是"梵我同一",它贯穿印度思想文化的发展历程。"梵我同一"是一种宗教泛神论,具有浓厚的神秘性。因此,带有宗教色彩的印度抒情诗意象具有较突出的神秘风格就不足为怪。

印度抒情诗意象不可能具有像希伯来抒情诗意象那样的审美心灵性,因为印度宗教的人神同一观不可能使诗的意象突显出人的心灵一方。它是否具有像阿拉伯、波斯抒情诗意象那样的审美形式性呢? 具有,但那不是它的独特处。它独特的审美性是中和性。

让我们结合印度诗学来考察。印度诗学在公元7世纪以前主要是"庄严论"。婆摩诃(7世纪)的《诗庄严论》开其端,论述明喻、暗喻、谐音、叠音等数十种庄严和多种诗病。狭义的庄严指修辞方式,其实质是词语的曲折表达。婆摩诃在《诗庄严论》中说:"理想的语言庄严是音和义的曲折表达。"广义的庄严指诗的形式美因素。檀丁(7世纪)在《诗境》中说:形成诗美的因素被称作庄严。就可知诗的庄严是关于意象的审美形式。意象的审美形式性造成意象的新奇风格。印度抒情诗意象在一定程度上具有这样的风格,例如在古代伽梨陀娑的《云使》和近代泰戈尔的抒情诗中随处可见新颖奇妙的意象。

印度诗学强调形式性有一定的形式主义倾向,这也是对诗的独立性的一种自觉。这一点与阿拉伯诗学类似,只是没有后者那么突出:更重要的是,它没有停留在单纯的形式上,而是进一步探索形式的审美意味(情感),这就由审美形式性的论说转向了对审美中和性的论说。用印度诗学术语说,就是由庄严论发展到味论和韵论。

中和性是中国抒情诗意境的审美特性,它基于"天人合一"的中国古代文化,它所显出的物我同一、主客相融是直接的、充分的。而印度抒情诗意象的审美中和性在很大程度上是基于"人神同一"的观念,其意象的物我同一往往通过"人(我)神同一"和"物神同一"这种泛神论思想的转化(在泰戈尔诗中较突出),所以意象的"象"往往不能完全是原样的,"意"与"象"之间往往也不是真正浑然融合的;加之"神"终究为人所创造,又是一种精神的东西,所以在意象的所谓主客相融合物我同一中往往显出偏向主观自我的那一边。印度抒情诗意象因其一定程度的审美中和性而显出一定程度的意境性，但由于上述原因，那意境性没有如中国古代抒情诗的意境性突出和典型。

意象的审美中和性造成优美风格。与中国古代抒情诗意境的优美风格比较，印度抒情诗意象的优美风格显得并不突出，但与同属于神性文化的希伯来抒情诗和阿拉伯、波斯抒情诗比较，却显得较突出。印度诗学的风格论常说到甜蜜、柔和、壮丽等诗德（诗德即风格要素），前两种更普遍，它们就是优美风格的要素。

西南亚三种抒情诗意象共同具有审美神灵性特点及相应的神秘风格，这与中国古代抒情诗意境的审美中和性及相应的优美风格、西方抒情诗意象的审美心灵性和形式及相应的崇高和新奇风格不同。就它们三者比较而言，希伯来抒情诗意象具有心灵性特点及崇高风格，与西方抒情诗意象接近。阿拉伯、波斯抒情诗意象具有形式性特点及新奇风格，也与西方抒情诗意象接近。印度抒情诗意象既有形式性及新奇风格的一面，这与西方抒情诗意象接近，又有中和性及优美风格的一面，这与中国古代抒情诗意象接近。西南亚三种抒情诗通常归属东方诗歌和东方文学，其实，它们与西方欧美抒情诗接近的地方较多，而与古代中国和日本的抒情诗接近的地方较少。

四、中国现代抒情诗的意象

（一）意象的一般特点

中国古代抒情诗意象以善为基础，与善结合着；西方抒情诗意象以真为基础，与真结合着；中国现代抒情诗意象如何？它与前两种情况都有关，但基点与后者相同，即它以真为基础，与真和善结合着，有时甚至以善为主导。

前文曾指出，中国现代抒情诗的情感主要已不是人伦情感，而是自我情感。从真、善角度来看，人伦情感直接基于善，虽然它必然更深入的基于真；自我情感则直接基于真，虽然它也可以并常常承载善的内涵（但并不必然如此）。中国现代抒情诗中那些单纯表现自我真情的诗，就是单纯体现真的基础的诗，如许多爱情诗，它们只是两性真情的流露，看不出有什么善恶观念。又如那些仅仅表现刹那间感受甚至本能感觉的诗。这种诗当代很多，如王家新（1957—）的《空谷》："没有人，这条独自伸展的峡谷／只有风／只有满地生长的石头／／但你走进来的时候，你感到／峡谷在等着你／峡谷如一只手掌在渐渐收拢／你惊慌得退回去，在峡口才敢／回过头来，峡谷空空如也／除了风，除了石头。"这类诗西方有，中国古代却绝无。但更多的情况是在自我情感或自我感受的真实基础上，明显地结合着真理知识，尤其善恶观念的意象。前者如哲理诗意象，后者如反映民族救亡、体现社会道义等诗的意象。这类意象在一定程度上就可以说是以真为基础却以善为主导的，20世纪三四十年代的现实主义诗歌意象和20世纪80年代的某些朦胧诗意象就大体如此。

就意象内部意与象的关系而言，中国现代抒情诗在总体上已是既重意的表现，又重象的刻画。重意的表现有两种情况：一种是直抒胸臆，不借助形象，此种情况在早期现代抒情诗尤其多；另一种情况是用形象来表现意，这就构成意象。无论哪种情况，总的来说，中国现代抒情诗都是重在意的表现，而不是重在表现那意。大约也是由于传统的作用和现代中国的特殊国情，现代抒情诗有时也相当重视"表现的意"，尤其是当诗人被要求反映一定现实状况和表现一定的社会责任和理想时。这一点与古代抒情诗相近而与西方抒情诗不同。

中国现代抒情诗既然有重意的表现，就必然也会有重象的刻画。后者的表现在于不再像古代抒情诗那样用单纯的"兴"的手法，而是运用多种手法。"兴"的手法其实就是重意轻象的手法，那兴象只起开头作用，甚至可以与诗的主旨无关，真有点"得意忘象"的意味。后来虽然兴象成了诗的有机整体的一部分，即成了意象，但往往仍重在意象的"寄托"即意上，而不重在象本身。中国现代抒情诗却运用比喻、象征、暗示以及幻觉、错觉、瞬间印象、冷漠描述等多种手法，这些手法及其所刻画的形象本身成了诗艺的重要目的乃至唯一目的。与刻画"象"的手法的转化和多样化相应，现代抒情诗对"象"的刻画较集中而细致，有的意象因而有一定的典型性，如郭沫若的"天狗"、闻一多的"死水"、徐志摩的"康桥"、戴望舒的"丁香姑娘"、艾青的"大堰河"等。

从意象与意象之间的组合关系而言，中国现代抒情诗已不是意象密集，而是意象疏朗；意象与意象之间不是并置和跳跃，而是具有逻辑和连续关系。主要原因在于现代诗构思方式已主要不是散点透视，而是选取一两个形象来细致刻画，并且不避分析和推理。另一原因是现代汉语中增添了关联词语并富有分析性。中国现代抒情诗中的某些现代主义和后现代主义诗中也有意象密集和并置、跳跃的情况。但这种情况与古代诗有所不同，即它往往由不同时空状态下意象的"立体交叉"所引起，或者由意象的无意识涌现和其他荒诞组合所引起。如北岛（1949—）《白日梦》中的一节："向日葵的帽子不翼而飞／石头圆滑、可靠／保持着本质的完整／在没有人居住的地方／山也变得年轻／晚钟不必解释什么／巨蟒在蜕皮中进化／……"

（二）意象与意境辨析

首先看意象中的"象"是原样的还是变形的。中国现代抒情诗意象显然一般是后一种情况。其直接原因是现代诗人一般已不运用直观性的"兴"的手法,而是依赖想象,运用在不同程度上改变对象的比喻、象征、梦幻等手法。徐志摩《再别康桥》一诗具有一定的意境性,它的一个特点就是其中的形象大多是原样的。

其次看意象是整体的、均衡的还是单个的、突出的。现代抒情诗意象一般也不是后一种情况。现代诗人已不采取俯仰远近的游目方式来观照和描写对象,而是聚焦于一两个形象。前一种方式能使诸意象大致均衡,并构成一个类似自然景观的整体,那就是意境,后一种方式则造成单个意象的突出,通常围绕这个意象也形成一个有机整体,那就是现代诗中经常出现的以一个意象为中心的意象群。例如闻一多的《死水》一诗,围绕"死水"这个中心意象,第一节用了"涟漪""破铜烂铁"等意象来描写,第二节用"翡翠似的铜绿""桃花似的铁锈"等意象来刻画,第三、四节又用"花蚊""青蛙"等意象来衬托。郭沫若的《天狗》和《凤凰涅槃》、戴望舒的《雨巷》、艾青的《太阳》和《大堰河》以及舒婷的《致橡树》用的意象描绘也是这样。

再次看意象中的意与象是浑然融合,还是存在着张力。现代抒情诗意象普遍是后一种情况。读现代抒情诗,我们能明显感到诗人是在着意用"象"来表现"意",这就使意与象不能浑融而是存在张力,或者说使意象具有二重性乃至多重性。如"死水"意象中的象是沉寂而肮脏的一潭水,其意则指某种丑恶、腐败和亟待变革的生活或社会或其他东西。北岛。《白日梦》中有诸多意象,每个意象有其自身的画面和意义,而全部意象又指向某种意义。古代诗意境显然不是这样。《再别康桥》中的意与象能达到较大程度的融合,所以有一定的意境性。但以下诗句:"那河畔的金柳 / 是夕阳中的新娘""在康桥的柔波里 / 我甘愿做一条水草""不是清泉, / 是天上虹 / 揉碎在浮藻间, / 沉淀着彩虹似的梦""夏虫也为我沉默"等,以及诗中不断出现的"我",使读者的头脑中同时出现康桥以外的意象如"新娘""彩虹似的梦"等,使诗的意与象不能完全融合,不能真正做到物我同一。读者会感到诗中流露的惆怅和别有深意的离情终究是诗人的感受,是通过对康桥景物的或多或少有所变形的描写而表现出来的,在物我关系中仍然偏向了"我"的心灵一端,与古代诗中典型的意境仍有较大的差别。

最后看意象是虚实相生,还是以虚生实。虚实相生的关键,一方面在于作为"虚"的"意"必须超越自我个体的普遍情感,另一方面在于对作为"实"的"象"的描绘必须是轮廓性的,以便使诸象构成的整体有充足的空间,让"意"涵容其间,与"象"相互生发、相互依存。现代抒情诗的情感主要是自我情感,所以在主观方面已失去造成虚实相生的条件,它在对物象的运思和描绘上已是焦点透视,仔细描写,所以在客观方面也失去了造成虚实相生的条件。它所能做到的,主要是从自我出发,化情思为形象，即以虚生实，而不大可能真正把自我融入物象，让物象自然流露情思，即不大可能真正做到以实生虚。

《再别康桥》一诗有无虚实相生的特点？若分节看，有些诗节的情绪主观，物象实在，不能有虚实相生的特点，如以下两节："那河畔的金柳，／是夕阳中的新娘；／波光里的艳影，／在我的心头荡漾。／软泥上的青荇，／油油的在水里招摇；／在康桥的柔波里，／我甘心做一条水草！"但由全部诗节组成的整体画面却是较空阔的，诗的情绪能涵容其间，显得空灵流动，在一定程度上具有虚实相生的特点。这是该诗具有一定意境的重要标志。

中国现代抒情诗中像《再别康桥》那样带有较多意境的诗很少。一般诗追求意象的新奇、精简，而不是追求意境的优美、空灵。所以从总体上看，中国现代抒情诗不是富有意境美，而是富有意象美。笔者曾指出，意境是以"天人合一"观念为根基的德行文化的产物，在以"主客二分"观念为基础的现代社会中，它已经不是抒情诗追求的目标。那么，像《再别康桥》那样带有一定意境性的诗，是否仍有发展的可能？这个问题下文将回答。

（三）意象的审美特性

中国现代抒情诗意象的审美特性已不是中和性，而是心灵性和形式性。这是因为，具有主客二分心态的现代诗人所创造的诗的意象已不可能具有真正的中和性，而只能具有或者偏于主体一方的心灵性，又或者偏于客体一方的形式性。即便诗人有意追求某种中和性，那也是建立在主客二分基础上的中和性，与古代诗意境所具有的那真正物我同一的中和性有所不同。

意象的审美心灵性一般与审美形式性结合着。也有偏于纯粹心灵性的意象，它出现在直抒胸臆的抒情诗中，这种意象主要是诗人的自我形象。中国现代抒情诗中有不少这样的作品，名篇如闻一多的《心跳》、北岛的《一切》等。与西方抒情诗比较，中国现代抒情诗意象偏于纯粹形式性的较少，也缺少相关的理论。"第三代诗"中的某些口语诗、荒诞诗有偏于纯形式的东西，虽然在他们自己看来也许别有深意，但给人的印象只是纯形式的创造。

主要由于古代诗传统的作用，现代诗人中也有自觉或不自觉地追求意象的审美中和性造成的意境，所以某些现代抒情诗也有一定的意境性。但这种中和性和意境性已经是在主客二分观念的基础上产生的，它实际上是在意象的审美心灵性和形式性两端之间寻求一种相对的平衡，所以往往在根本上仍然是偏向心灵性的，或者是偏向形式性的，对现代抒情诗来说前一种情况为多。上文曾指出《再别康桥》一诗的意境性终究是偏于诗人心灵一方的。

这种寻求意象的心灵性和形式性之间相对的中和性，可以成为中国现代诗的一种追求。不过，具有这种中和性的意象严格来说不宜叫意境，只宜说是具有意境性。其实，这种在主客二分基础上的相对中和性倒类似西方诗歌和文化中的古典性。古典性就是在主客二分基础上对理性与感性、主体与客体的统一性的追求，它是西方文学艺术乃至整个文化曾经多次试图复归的理想。在这种意义上，诗歌意象的这种审美中和性的追求可以成为中西诗歌艺术的共同理想。

意象的审美心灵性常常造成崇高风格。中国现代抒情诗意象的崇高风格比古代抒情诗更明朗，也更普遍。郭沫若、闻一多、穆旦、艾青、北岛、海子（1963—1989）等人的某些诗歌意象都存在崇高风格，甚至在女诗人舒婷的柔中带刚的风格中也有崇高的成分。20世纪80年代杨炼（1955—）等人的寻根诗意象也带有崇高雄浑的风格。但比较起西方抒情诗来，中国抒情诗意象的崇高风格则不算突出。究其原因，传统文化的阴柔性是潜在的制约因素，某些现代诗中不同程度存在的审美中和性也抵消着这种崇高、壮美风格。由其他审美心灵性造成的相关风格，如反讽、荒诞、幽默、无奈等，在中国现代诗中也存在，在"第三代诗"中特别突出。如第三代诗人提出"非崇高"口号，并付诸创作实践，韩东的《有关大雁塔》和《你见过大海》即是典型。后者中反复写道："你想象过大海／然后见到它／就是这样。"结尾则说："你不情愿／让海水给淹死／就是这样／人人都这样。"大海这最浩瀚最强有力的东西，在拜伦、普希金和郭沫若、舒婷等人的笔下都是崇高的象征，而在这里，大海就是大海，一点也不崇高，诗中充满了嘲弄的语调，体现了反讽的风格。意象的审美形式性造成新奇风格。中国现代抒情诗意象的新奇风格没有西方抒情诗突出，但比中国古代抒情诗突出得多。新奇风格可以概括属于心灵性的崇高风格以及反讽、荒诞和无奈等风格，因为崇高等心灵特征往往与新奇的形式特征同时体现。郭沫若笔下的把日月和"全宇宙来吞了"的"飞奔""狂叫"的"天狗"（《天狗》）、闻一多笔下的"能点得着火"的"一句话"（《一句话》）、艾青笔下的"誓向我滚来"的"太阳"（《太阳》）、北岛笔下的"飘满了死者弯曲的倒影"的"镀金的天空"（《回答》）、海子笔下的"站在太阳痛苦的芒上"的"我"（《麦地与诗人》）等新奇的意象，都出现在具有崇高风格的诗中。显示审美心灵性其他诸风格的新奇意象更多，有的新奇而精警，如"如残叶溅／血在我们／脚上，／生命便是／死神唇边／的笑"（李金发《有感》），有的新奇得近于怪异，如"我从耳朵里探出半个脑袋"（宋琳《兀鹰飞过城市》）。像后者那样通过荒诞组合而造成的怪异意象，在第三代诗中屡见不鲜。

既然审美心灵性的崇高等诸种风格可以概括进审美形式的新奇风格中，我们就可以说中国现代抒情诗意象的总体美学风格是新奇；它与西方抒情诗意象的新奇风格相近，而与中国古代抒情诗意境的优美风格不同。

第三节　中外抒情诗的手法和体裁

一、中外抒情诗的手法

抒情诗的手法用以选择和组织题材，熔铸意象。抒情诗的基本手法是描写和抒情，中外抒情诗皆如此。所不同的只是：就描写而言，中国古代抒情诗简约，外国抒情诗细致；中国古代抒情诗多用起兴、寄兴方法，外国抒情诗则多用赋形、变形方法。就抒情而言，中国古代抒情诗多为客观化抒情，外国抒情诗多为主观化抒情。中国现代抒情诗的手法类似外国抒情诗的手法，但仍保留了某些传统手法的因素。

（一）简约描写与细致描写

中外抒情诗手法上最容易感知到的差别是前者的简约描写与后者的细致描写。试比较白居易（772—846）的一首七律《赋得原上草》与美国诗人弗罗斯特的一首十四行诗《丝蓬》。前者为："离离原上草，一岁一枯荣。野火烧不尽，春风吹又生。远芳侵古道，晴翠接荒城。又送王孙去，萋萋满别情。"后者为："她，犹如田野里的一顶丝蓬，／正午，一阵和煦的夏日柔风／拂干了露珠，根根游丝变得温和／在牵索中自由自在地轻轻飘动，／它那中央的支撑柱——雪松，那伸向无垠天空的高高蓬顶，／那显示出这灵魂自由的蓬顶，／仿佛对每一根游丝都不欠情，／它不受任何约束，只是／轻轻地被无数爱与思想的丝带／与周围世界之万物系在一起，唯有当一根游丝微微拉紧／在夏日变幻莫测的空气之中／它才意识到最轻微的一丝束缚。"前者寥寥数语而形神兼备。后者14行仅为一个句子，刻画精细，惟妙惟肖，也相当传神。在艺术效果上可谓各有千秋，但描写的简约与细致判然有别。

外国抒情诗的描写可以分为内在心理描写和外在景物描写。心理描写一般以内心独白为主，往往与直抒胸臆的抒情方式结合着，这在西方抒情诗中最突出。有的心理描写还结合着一定的叙事和戏剧对白成分，以增强描写的细腻性和微妙性。典型的如英国诗人约翰·多恩（1572—1631）的某些诗。这种艺术传统在现代诗人艾略特、庞德、威廉斯（1883—1963）等的诗中被发扬光大。西南亚抒情诗的心理描写也较细致，如在波斯诗人哈菲兹的诗中,在印度古代抒情诗《云使》中。更多的当然是外在景物描写。西方抒情诗的景物描写大多结合着表现明显的主观情思,如上文《丝篷》一诗。有的景物或事物描写则相当客观,如前文说到的唯美主义诗歌《天鹅》,全诗32行,全是对天鹅外在形态的精细描绘。希伯来抒情诗中也有对人物进行细致描写的,如《雅歌》第4歌对男子美貌的刻画用了20行诗。印度抒情诗《云使》对景物的描绘细致、生动,如对一株无花果树的描绘用了两节8行。

中国古代抒情诗中《离骚》的心理描写稍多一些,其后汉代抒情诗中仍有一定的心理描写成分,但没有形成传统。景物描写在六朝时曾有过"期穷形而尽相"的求"形似"的倾向,如谢灵运(385—433)诗对自然景物的精细描摹,但很快被纠正。至唐诗宋词,简约描写已成艺术传统,求神形兼备和偏求"神似"成为风尚。

中国古代诗简约描写在艺术上根源于"兴"的手法。《诗经》时代的兴象仅起开头作用,往往一两句之后便不再着墨。如《关雎》一诗仅开首两句描写兴象,其后18句都不再提到它。后来,兴象虽然成为诗的有机组成部分,甚至靠它们来构成意境的"境",但往往也是刻画简约,只要能传情达意即可。既要能传情达意,又力求描写简约,必然要注重景物特征的描写,这就造成"写意"手法和贵"神似"的传统。

古代诗简约描写甚至与"天人合一"的文化观念有关。"天人合一"观在意境中体现为"物我同一",后者即是意境中意与象的浑然融合。要做到这一点,就只能对"象"做轮廓性的简约描写,如此才能使"意"显出既是诗人所表现的,又似乎是物象本身就具有的。如若对物象做细致描写,就多少会显现只属于那事物本身的即与人无关的意义,反之,如若对诗人的心理进行细致描写,对"意"详加阐发,就多少会表现只属于诗人本身的即与事物无关的东西。这样,就不能做到意与象的浑然融合,做到"物我同一"。西方诗歌对事物的细致描写最早体现于古希腊的"模仿"说,这个学说在中古时代曾影响过阿拉伯和波斯的诗歌艺术。模仿性描写经近代诗歌表现论的改造变成赋形和变形的诗歌表现手法。西方诗歌对心理的细致描写大约受过希伯来《圣经》诗歌中对诗人自我心理描写的影响。它的突出表现是近代浪漫主义诗歌对自我意识的细致描述。模仿事物形象的细致描写和表现自我心理的细致描写,体现了西方文化根基上主客二分的两极性。西南亚抒情诗的"入神二分"的宗教文化及相应"主客二分"的世俗文化,对诗歌描写艺术的要求也类似西方诗歌。

(二)起兴、寄兴与赋形、变形

中国古代抒情诗的手法总称"赋""比""兴"。若与外国抒情诗手法相比,赋、比实为两者所共有,唯有兴才是中国古代诗歌的独特手法。单就中国古代诗艺看,兴是最基本、最重要的手法。钟嵘（？—5187）似乎已见出这点，他在《诗品序》中对三者的次序做了调整："故诗有三义焉：一曰兴，二曰比，三曰赋。"

"赋"指直言陈述，"比"就是比喻。"兴"的说法最多，其中刘勰（465？—520？）说的"兴者，起也"（《文心雕龙——比兴》）、朱熹（1130—1200）说的"兴者，先言他物以引起所咏之词"（《诗集传》），意思相近，也较恰当。这些说法可以溯源至《礼记·乐记》中关于音乐起于"人心之感于物也"之说，后来刘勰的"应物斯感"说与之一脉相承。

兴是最基本的手法，它与比、赋最常见的关系是兴中兼用比、赋。如杜甫的《旅夜书怀》："细草微风岸，危樯独夜舟。星垂平野阔，月涌大江流。名岂文章著，官应老病休。飘飘何所似，天地一沙鸥。"整体手法是兴，其中包含着赋、比，前四句是起兴，"细草""危樯""星""月"等都是兴象，第五、六句陈述感慨，是赋；末二句自喻飘零的沙鸥，以抒悲怀，是比。古人说比、兴的差别在于"索物以托情谓之比，情附物也；触物以起情谓之兴，物动情也"。比、兴两者的关系多如此诗这样是整体手法与局部手法的关系，即先"触物以起情"，然后因所感发之情而"索物以托情"。有的诗通篇是对兴象的描写，并不兼用比、赋，如前引《辛夷坞》《江雪》等诗。那些兴象所引发的情思何在呢？尽在不言中，在由诸兴象构成的意境中。

兴手法有一个从初级发展到高级的过程。《诗经》是兴手法的开端，为初级阶段，是单纯的起兴。其兴象大多仅作为诗的开头，与诗的情思的关联不紧密，甚至没有什么关联。这是民歌的兴手法的特点，后代民歌乃至现代民歌中的兴手法仍然是这样。《离骚》主要运用赋、比，兴的成分其实不多。但在兴手法的发展过程中它起着重要的转折作用，即由民歌的单纯的起兴手法，变为兴象与情思紧密关联乃至相互融合的寄兴手法。西汉诗中的兴手法在《古诗十九首》中最突出，有的兴象已与诗的情思融合无间，如《庭中有奇树》等诗篇，但总的说来兴象还是较单一，还不能构成意境。经魏晋六朝至唐宋，寄兴手法已完全成熟。其标志有二：一是多视角起兴，由远近高低等诸多兴象构成一个虚实相生的艺术整体；二是情思与兴象浑然融合，往往形成意境。由此形成中国古代诗歌的借景抒情、托物言志的基本模式（通常是先景物后情志）。由此亦可知，成熟的兴手法即寄兴手法往往造成意境，或者反过来说，意境需要寄兴手法来造成。中国古代诗意境的独特性与其寄兴手法的独特性是统一的。

外国抒情诗的独特手法是赋形与变形。赋形指给抽象情思以具体形象，变形指对形象进行较大程度的改变。赋形、变形各自都是诸多手法的总称，或者说是诸多手法的共同特征。赋形主要有拟人性赋形和象征性赋形。此外还有比喻性赋形，即将抽象情思比喻为具体事物，但这种手法较少出现。拟人手法最古老，上古神话中的神就是由拟人手法创造的。印度《吠陀》诗集中就有许多拟人手法，其中大多数是把具体事物比拟为人，属于拟人性变形手法（详见下文），但也包括把抽象情思化为人格神的拟人性赋形手法。拟人性赋形手法在泰戈尔诗中更常见。希伯来《圣经》诗中也有这种手法，如将智慧拟人化为"我"在诗中说："人类呀，我要向你们诉说，／我要向地上的每一个人呼吁。"（《箴言》第8章）古希腊神话和史诗中的拟人手法很突出，其中就包括拟人性赋形手法，这种手法后来作为传统手法普遍地运用于西方抒情诗中。在西方抒情诗中，智慧、理性、信仰、道义、爱情、和平以及邪恶、伪善等抽象观念和相应的情感，常常被赋予人格形象。西南亚抒情诗中也有这种手法。而在中国古代抒情诗中这种手法却很少见。

象征性赋形是将抽象情思用相应的物象表征出来，使那情思形象化。这一手法在中外抒情诗中都有自觉或不自觉地运用，并各自形成若干固定的象征形象，如西方诗中玫瑰象征爱情、十字架象征受难和赎罪，中国古代诗中则有松、竹、梅、菊、兰、莲等人格象征形象。西方19世纪末与20世纪初曾有一个声势显赫的象征主义诗歌运动，产生了许多优秀的象征主义诗篇。象征主义诗歌的特点有二：一是所象征的意义往往具有神学尤其是哲学形而上学的深玄；二是象征形象具有随意性和奇特性，不像传统诗歌的象征形象那样是约定俗成的。由于有这两个特点，有些象征主义诗歌晦涩难解。

中国古代抒情诗中的象征手法不多，或者说不明显。如杜甫的《孤雁》一诗："孤雁不饮啄，飞鸣声念群。谁怜一片影，相失万重云。望尽似犹见，哀多如更闻。野鸦无意绪，鸣噪自纷纷。"读者既可以把孤雁看作象征形象，认为它象征某种心境或情境，也可以把它当作比喻形象，即诗人自比孤雁；还可以把它看作兴象，诗所表现的意绪由孤雁念群这情景本身所引发出来。前两种情况中意与象之间存在着一定的张力，寓意较明确；后一种情况中意与象有较强的融合性，虽有寄托却显得无所寄托，富有意境性。就此诗本身看，它更倾向于后一种情况，所以它也体现着中国古代诗意境和寄兴手法的独特性。若拿象征主义的咏物诗如叶芝的《天鹅》、里尔克的《豹》等来比较，即可见出《孤雁》这类中国古代诗的象征手法的不明显性和它独特的意境性。中国古代诗中也有较明显地运用象征手法的作品，如屈原的《橘颂》、李商隐的《锦瑟》等，但为数不多。

从上述可见外国抒情诗的赋形手法与中国古代抒情诗的兴手法的一个重要的不同点：前者从诗人自身出发，将已有的情思化为感性形象。后者从现实事物出发，从事物中感发情思。前者显然有较多的自我性、主观性，后者则有更多的社会性、客观性。尽管象征主义诗人艾略特提倡诗的"非个人化"和"寻找客观对应物"，但由于西方人文文化固有的自我特性，西方抒情诗实际上不可能真正普遍地做到"非个人化"和"寻找客观对应物"，艾略特本人就没有完全做到。其实，他的"寻找客观对应物"这一命题本身与中国古代诗学中的"应物斯感"和"触物以起情"等命题，在一定程度上也显示着上述赋形手法与兴手法的差异。

变形手法主要有比喻性变形、拟人性变形和扭曲性变形。比喻从类别上分为明喻、暗喻和转喻等。从方式上则可分为两种情况：一种是用具体事物比抽象情思，这即是上文说的比喻性赋形，诗中用得不多；另一种是用具体事物比具体事物，这是比喻性变形。后一种情况之所以叫"变形"，是因为说一事物"像"另一事物，或"是"另一事物，究竟是事物形式上的一定程度的改变，与中国古代诗中保持事物"原样"的兴手法有所不同。当然，这种变形一般不大，比起扭曲性变形来不算明显。

比喻性变形手法，中外抒情诗中都广泛运用，外国抒情诗中运用得尤其多。中国古代抒情诗中赋形和变形手法都不算很多，因为它更多地用了兴手法。中国古代诗中比喻的特点是多"近取譬"，即相互比较的事物之间的关系较近，类似点较明确，变形不大，喻象优美。外国诗中的比喻多"远取譬"，即相互比较的事物之间的关系较远，类似点往往是诗人的一个新发现，因而变形较大，喻象新奇。

拟人性变形指把事物比拟成人，这种手法外国诗中较多。上文所说的外国古代诗中的拟人手法，就大多是这种拟人性变形手法，如印度诗中的许多神（指自然神如太阳神、黎明神等）就是用这种手法创造出来的。近代西方诗中如"幽暗从那边的茂林之中／睁着无数黑眼睛张望"（歌德《相逢又离别》）把幽暗拟人化。中国古代诗中也有这种手法，如"相看两不厌，唯有敬亭山"（李白《独坐敬亭山》）、"数峰清苦，商略黄昏雨"（姜夔《点绛唇》），都是把山峰拟人化。

扭曲性变形在中外传统诗歌中就有，指用夸张或其他超现实的幻想手法的创造，李白诗句"燕山雪花大如席"即是。但扭曲变形作为一种普遍手法主要运用于西方现代主义和后现代主义诗中，主要由诗人的主观幻觉、无意识、梦幻和词语的奇特组合造成。例如艾略特的诗句："我知道女仆们潮湿的心灵／正向着地下室的铁门沮丧地发芽"（《窗前的早晨》）、"正当朝天空慢慢铺展着黄昏／好似病人麻醉在手术桌上"（《阿尔弗瑞德·普鲁弗洛克的情歌》）又如法国诗人艾吕雅（1895—1952）的诗句："她婷立在我的眼睑上"（《恋人》）。

变形与原样相对，可知外国抒情诗尤其西方抒情诗的变形手法与中国古代抒情诗的兴手法不同。这种不同的原因，如果结合西方抒情诗的赋形手法一起考虑，首先在于各自的出发点不同。西方诗人从自我出发，而自我意识中又包含着超越现实社会的纯主观的东西，如个人的生理、心理感受及超验的幻想和玄思等，这些不能单纯用现实物的原样形态来表现，而必须同时用与现实形象不同的赋形和变形的形象来表现，方能较完整地表现自我个体，这是西方重个体的智性文化的反映。而中国古代诗人从现实对象出发，对象的形象就能保存原样，从对象所感发的情思中虽然也有自我性，但那自我性是自我意识中已经消融在现实对象和社会群体中的那一部分。这是中国古代重群体德行文化的反映。

（三）客观化抒情与主观化抒情

情感在本质上都是主观的，但在对它的表现和抒发的方式上，却有客观化和主观化的分别。客观化抒情，指不是诗人情感的直接表露，而是用客观事物的形象来表现，并且那情感与事物形象融合一体，仿佛从客观事物本身中自然流露出来，而不是诗人的有意表现。总之，是偏于无主观的"我"的抒情。主观化抒情包括两种方式：一种方式是直抒胸臆式的直接抒情；另一种方式是借用事物形象来间接表现，但仍然显出诗人的主观意图及其他主观色彩。总之，是偏于主观的"我"的抒情。比较而言，中国古代抒情诗偏于客观化抒情，外国抒情诗则偏于主观化抒情。

中国古代抒情诗为什么偏于客观化抒情？有两个方面的原因：一方面是中国古代抒情诗的情感主要是人伦情感，人伦情感是一种群体意识，具有较大的社会性和现实性，在这种意义上，它也就具有一定的客观性，这是主体方面的客观性。另一方面的原因在抒情方式上，中国古代抒情诗的基本抒情方式是"触物以起情"。情感因事物而感发，它必然受制于那事物，因而必然是具有一定现实性和社会性的共同情感、客观性情感，而不可能是与客观现实无关的纯然主观的个人感受或者超现实的主观玄想。这一点与以上说的中国古代诗歌的情感因人伦性质而具有客观共同性是一致的。从事物形象方面看，由于兴手法对物象（兴象）的客观的、原样的描写，由于由此造成的意境中意与象的浑然融合，所以诗中的物象就能自然呈现，情感从物象中就会自然流露出来，由此显出抒情的客观化。中国古代抒情诗中最富客观性的诗，是那些仅仅由对物象的描写而构成纯粹意境的诗，如前列举的《辛夷坞》《江雪》等诗。其次是那些在对物象的描写中结合着一定的叙事和直接抒情的诗，这种诗也有意境，如前列举的《旅夜书怀》《孤雁》等。可见中国古代诗的客观化抒情是与兴手法及审美上的意境效果相统一的。它甚至与古代诗简约描写的手法有关，若对诗人的心理细致描写，那情感必显出较强的主观性；若对事物细致描写，那事物本身的意义（性质）会排斥诗人情感的融入。若仅对事物进行特征性简约描写，便能使诗人的情思显得似乎也为事物本身所有而被客观化。

中国古代抒情诗中也有主观化直接抒情的情况，先秦和汉魏诗中较多，屈原的《离骚》、汉代女诗人蔡琰（177—？）的《悲愤诗》和《胡笳十八拍》等最为突出。但这一时期更多的还是以"触物起情"的方式，运用起兴手法，用兴象来间接抒情，只是那兴象还较单一，与诗的情思还不能充分融合，主观抒情的成分仍然较重。晋宋时期对景物描写的偏重加强了客观化抒情，至唐便形成了客观化抒情的传统，虽然李白等人的某些诗中有较多的主观化抒情。唐以后的诗，尤其词和曲中，虽然对自我情感的主观表现有所增加，但并未改变中国古代诗客观化抒情的大局面。

与中国古代抒情诗相比，外国抒情诗的情感的主观性更强。西方抒情诗的情感主要是自我情感，主观性最大。西南亚抒情诗情感的特质在于其宗教性，宗教情感虽然也有群体性和社会性，但终因其超现实性而显得较主观。

外国抒情诗的主观化抒情有两种方式。一种方式是主观化直接抒情，这在西方抒情诗和西南亚抒情诗中都相当普遍。西方抒情诗直接抒情的特点是多为诗人内心的独白和感叹，这与其情感的自我个性有关；西南亚抒情诗直接抒情的特点，则多是向神祈祷和倾诉，这与其情感的宗教神性有关。直接抒情的手法常常与一定的说理结合着，这在西方抒情诗中较突出。直接抒情的诗虽然缺乏形象性，但由于其抒情性仍能成为名篇佳作。如俄国诗人普希金（1799—1837）的《我爱过你》："我爱过你，也许，我的爱情／在心底还没有完全熄灭，变冷；／可是让它不再把你打搅吧，／我不想以任何事使你烦闷。／我爱过你，不抱希望，不吐声息，／有时羞怯躲避，有时满怀妒忌，／我爱得如此温柔，如此真诚，／愿上帝保佑有另一个人这样爱你。"

另一种方式是主观化间接抒情，即用形象来抒情。为什么这种抒情仍是主观化的呢？这是因为，从根本上说，那情不是由事物所感发的，即不是"触物以起情"，而是诗人在先就已具有的，不过是创造一个形象或者"寻找一个客观对应物"来表现出来而已。因此，那形象与情感并不是融合的，而是存在着张力，那形象也不是真正客观的、原样的，而是被赋形或变形的形象。这样的形象化的抒情就仍然带着较强的主观性。这种借景物和事物形象来抒发主观情思的诗在西方抒情诗中最普遍，诗的名称常常是"致……"或"……颂"，著名的如雪莱的《西风颂》、普希金的《致大海》等。这种主观化间接抒情的诗在西南亚抒情诗中也很普遍，如哈菲兹在一首卡扎尔诗中写道："我心中埋藏着一座火山，／那火焰已把苍天点燃；／太阳射出的万道金光，／仅仅只是这火势的一闪。"激情的表现非常形象化，但也很主观。

由上述可知，外国抒情诗的主观化抒情与前述赋形、变形的手法及其所铸造的张力性意象效果是统一的。它甚至与前述细致描写的手法也是统一的，对抒情主体心理的细致描写必然会造成主观化抒情，对抒情对象的细致描写则有两种结果：一种结果是纯客观的细致描写导致无情可抒的冷漠的形式主义（事物本身的性质和特征阻止诗人情感的融入）；另一种结果是对事物的比喻或象征性细致描写造成主观化抒情，因为其实质是借以描写主体自身，如前举《丝蓬》一诗中的比喻性和拟人性描写。

外国抒情诗中也有客观化抒情的诗，如某些唯美主义和意象主义作品，如果读者能体验出某种情感的话。某些象征主义作品中，如果其象征意象类似中国古代诗中的象征性形象，其抒情也会显出是客观化的。印度抒情诗中那些具有一定审美中和性和意境性的诗篇，也是客观化抒情的作品，如前文列出的小诗《春季》。但在外国抒情诗中，这类客观化抒情的诗为数不多。

二、中外抒情诗的体裁

（一）抒情体与叙事体

为什么中国古代抒情诗发达而叙事诗不发达？有诸多原因。从中国古代诗歌艺术本身看，构成诗的古代汉语富有综合性而缺乏分析性，而这又是由中国古代思维的特点所决定的。中国古代思维是直觉性综合思维占优势，理智性分析思维较贫弱。古代儒、道、佛三家都主张直觉地把握事物整体乃至整个宇宙人生。其中以道家庄子的"心斋""坐忘"和佛家的自得心性、顿悟成佛的思维方式更突出，完全排斥概念分析和逻辑推理。这样的思维方式和相应的语言文字必然有利于抒情诗的创造，而不利于叙事诗的创造，因为叙事诗要描述人物行动和事件的细节和发展变化，需要理智分析和逻辑推理做潜在基础。总的说来，外国语言及相应的思维富有分析性，有利于叙事诗的创造。

古代汉语所造成的格律音韵也有利于抒情诗而不利于叙事诗。这可以从以下几点去考虑：第一，中国诗的节奏是音顿节奏，语音上的音顿与语义上的意顿是基本统一的。这于短篇的抒情诗有利，于长篇的叙事诗却不利，因为它会在后者中造成一种单调性，并不利于详细叙述事件，细致刻画人物。外国诗语言的节奏，无论是重轻节奏、长短节奏或其他节奏，都不必与语言的意义节奏相统一，语音上节奏的整一性并不妨碍语义的流转和变化，这就有利于在诗中叙事和说理。第二，中国古代诗的韵作为节奏是与诗的音顿节奏同质的，即它是诗的节奏的一部分，并且是在最重要的节奏点（行尾）上的那一部分，所以中国古代诗不能没有韵。韵有利于抒情诗，但在一定程度上却不利于叙事诗。外国诗的韵不与其节奏同质，它独立自主，所以它可以存在。如在许多抒情诗中，也可以不存在，如许多长篇叙事诗。第三，中国语言极富音乐感，由它构成的诗的节奏、韵、平仄、对仗等具有很强的、独特的音乐性，这样的音乐性只宜出现在短小的抒情诗中，而不宜出现在长篇的叙事诗中。这是使古代诗人迷恋抒情诗而忽略叙事的其中一个原因。

从诗歌艺术本身来看还有两个原因：一个是作为中国古代诗学的开山纲领的"言志"说出现很早，它的正统地位和定式作用显然有利于后来的抒情诗的发展，而不利于叙事诗的发展。西方诗学的奠基理论是"模仿"论，它的出现也很早，对其后叙事诗的发展也有促进作用。另一个原因是中国古代诗人大多是志在仕宦的知识分子，而不像外国诗人那样大多是专业诗人，即景即兴赋诗和抒怀尤其适合他们的志趣和创作心态，而虚构长篇故事以娱乐读者却不大适合他们。

从美学基础看，中国古代美学重视美善相兼，相应地也就重视诗的教化作用，抒情诗是达到这一目的直接而简捷的体裁，而叙事诗却没有那么直接和简捷，其故事的包容性和娱人性还可能附带有不利于教化的东西。此外，中国古代美学尚中和、喜优美，抒情诗尤其是富有意境的抒情诗是其理想体现之一。叙事诗尤其是史诗性叙事诗所具有的矛盾冲突、英雄行为、悲剧命运及相应的崇高风格等，都不是中国古代的审美趣味。从宗教资源看，外国叙事诗都始于史诗，史诗直接来源于宗教神话，而且宗教神话也是史诗之后各种叙事诗的永久性资源。中国古代没有丰富而系统的神话资源，史诗乃至叙事诗就失去了产生和充分发展的条件。从文化背景看，中国古代"天人合一"的德行文化应是最终根源，是以上诸多原因的原因。人与自然景观和社会纲常和谐一致的那种圆圆融融的理想境界，只有通过抒情诗尤其是意与象浑然融合的抒情诗才能达到，而西方的主客二分文化和西南亚的人神二分文化，则造成了偏于客体性的叙事诗的发达和偏于主体性的抒情诗的兴旺这样的双重景象。

我们无须问西方为什么叙事诗发达，因为上文已基本回答了这个问题。我们只需要问：西方为什么叙事诗很早就发达而抒情诗却在近代才繁荣？扼要说，西方哲学和文化基于主客二分观念。西方文化首先合理地偏重于客体，这就形成了科学传统，在文学上则发展出包括史诗在内的叙事文学传统和"模仿"理论。至近代，西方哲学和文化又合逻辑地偏重于主体，高扬主体性便是抒情诗繁荣的根本原因。总之，西方的主客二分文化及对客体、主体的依次偏重，便先后造成了叙事诗和抒情诗两者的发达。

西南亚地区两种体裁的情况如何？希伯来《圣经》诗歌主要是抒情诗，其次是哲理诗，无严格意义上的史诗。不过，其抒情诗中的叙事成分较重，如《哀歌》和《雅歌》。伊斯兰教产生后的阿拉伯诗歌中，可以说抒情诗和叙事诗同样发达，其叙事诗也出现了不少名篇。波斯是文明古国，但皈依伊斯兰教前，其抒情诗和叙事诗都不算发达。改信伊斯兰教后的中古波斯诗中，抒情诗与叙事诗也是齐头并进地发展着。印度上古的《吠陀》诗集中主要是抒情诗，但最著名的还是稍后出现的两大史诗《摩诃婆罗多》和《罗摩衍拉》。中古时代抒情诗和叙事诗都发达，代表诗人伽梨陀娑在这两种诗体上的成就都很高。近代泰戈尔的抒情诗和叙事诗也都有成就，但获得殊荣的是他的抒情诗集《吉檀迦利》。总的说来，西南亚的抒情诗和叙事诗都发达（希伯来除外），但不像西方那样有一个先叙事诗后抒情诗的次序，而是两者大体同时发展和繁荣。这当然与其人神关系的宗教文化有关，神是一精神客体，人对他的情感和信仰需要抒情诗去表现；然而，与神和宗教相关联的是丰富而又系统的神话故事，后者必然孕育出史诗和其他形式的叙事诗。

（二）体裁的一般特点

中外抒情诗的体裁在篇幅长短、格式宽严和体式多寡上各不相同。

从中国古代诗的主要诗体看，律诗 8 行（排律不算），绝句 4 行，词和曲以小令为主，也短小，古体诗长短不定，以短小的居多。西方抒情诗体最流行的是商籁体，每首 14 行（故又译名为十四行诗）。英美流行一时的意象诗一般较短小，但在很大程度上正是由于受中国古代诗体和日本俳句的影响。希伯来诗的平行体、贯顶体篇幅大多较长。阿拉伯和波斯抒情诗中常用的卡扎尔体大多在 20 行以上。只有波斯的鲁拜体每首 4 行，类似中国古代的绝句。总的来看，外国抒情诗的主要诗体的篇幅比中国古代抒情诗主要诗体的篇幅要长。抒情诗篇幅的长短有无优劣之分？这似乎很难定论。美国诗人兼批评家爱伦·坡（1809—1849）在其《诗的原理》一书中说只有短诗"留下最明确的印象"，因为"一首诗必须刺激"，让人激动，但是由于心理的规律，一切刺激都是短暂的。我们至少可以认为，像中国古代那样短小的诗体易于记忆和流传。许多中国古代抒情诗至今仍被人们熟记于心、吟诵于口，是外国抒情诗不能比拟的。

诗的格律的基本要素是节奏，其次是韵。诗的节奏是某种语音特征在诗行中有规律地反复。中外诗歌各自的语言不同，所以那语音特征就不同，从而形成不同质的节奏。中国诗语言的特征主要是音顿（音组及其后的顿歇），所以中国诗的节奏是音顿节奏。英、法、俄等诗语言的主要特征是重轻音，所以它们的节奏是重轻节奏。语音特征虽然不同，但在诗行中有规律地反复却是共同的。所谓"有规律地反复"，一是指每次反复的时间大致相等。二是指反复的次数一定。如中国古代诗以音顿作为节奏单位来反复，大多为双音顿，有的句末是单音顿，单音顿读长一点，带一点拖音，所以与双音顿大致等时。诗句（行）多由三个音顿或四个音顿组成，即每句诗内音顿反复三次或四次，这就是三顿五言诗和四顿七言诗。又如，英语诗以音步为节奏单位，音步大多由一个轻音和一个重音组成，若是先轻后重就是最常见的抑扬格，若是先重后轻就是扬抑格。每行诗一般包含四个或五个音步，即有四个或者五个音步的反复。法语诗的节奏单位称音段，它常见的十二音诗每行有三个或四个音段的反复。希伯来诗的节奏单位可以称为韵步，它的诗行通常有三个韵步的反复。可见不同语言的诗歌其节奏的性质和形式不同，但都具有某种语音特征的节奏单位的有规律的反复，它们（不同语言的节奏）的宽严是不大好比较的，实际上是大体相近。

韵是有规律地反复的同一声音。中外抒情诗在韵式的宽严上差异较大。作为有规律地反复的同一声音是韵：作为这声音的有规律的反复，又是节奏，这是一种音顿节奏。所以，在中国古代诗中，韵作为节奏是诗的整个音顿节奏的一部分，不可或缺。中国古代诗中不用韵的情况极少，这是与外国诗所不同的地方。如西方诗不但有许多叙事诗、剧诗不用韵，而且抒情诗也有不用韵的。又如，希伯来诗不押脚韵，印度古代诗歌也不押脚韵。但中国古代诗的韵式却较单一，大多押随韵。《诗经》的韵式较多样，但从楚辞起就变单一了，一直到后来的词才又变得丰富一些。为什么会如此？主要原因就是在中国诗中韵是节奏的一部分，韵式变化多样，就会损害节奏的整一性。所以我们看到，在律诗和绝句中不但只押随韵，只押平声韵，而且一韵到底。外国抒情诗的韵与节奏不同质，所以不用韵并不影响诗的节奏性。然而，它一旦用韵却可以韵式多样，因为这样也不会对节奏有多大影响。西方诗的韵式有单音韵、双音韵乃至三音韵之分，有阳韵、阴韵之分，有随韵、交韵、抱韵、遥韵之分。在具体诗中韵式的安排多种多样，如十四行诗的韵式就复杂多样而又严格。

诗的格律要素除节奏和韵外，还有双声、叠韵、象声、对仗及诗行的排列等，中国古代诗还有独特的平仄规律。中国古代古体诗的格律较宽，它只讲究节奏和韵，节奏形式也较为自由，可以五言、七言混用，有的还兼用三言、九言等，韵式多为随韵，不论平仄。但律诗、绝句和词的格律却很严格，因为除讲究严格的节奏和韵的规律外，还讲究复杂而严格的平仄规律，律诗还要求严格的对仗。律诗的格律大约是世界诗律中最严格的，它的音乐性也无与伦比。

比较起来，中国古代诗在格律上有三点为外国诗所不具有。一是平仄规律及由它和其他格律因素所造成的独特的音乐性。二是在意义、音响、结构和排列上的对称性，其中尤以律诗的对仗最为精美。希伯来诗中的平行体诗的对称性与这种对称性有某些类似之处，但没有那么规整和强烈。三是视觉上的"建筑美"，其中主要是均齐的美，如律诗、绝句的均齐形式的美；此外也有对称的美，如《诗经》中的某些诗的对称形式和词、曲中的某些对称形式。外国诗在格律上也有两点为中国古代诗所不及。一是在节奏的整一性中却能保持诗的意思的流转。典型的如前引《丝蓬》一诗，它是用一句话组成的十四行诗，可知其语义表达上的挥洒自如。中国古代诗的音顿节奏决定了一句（行）诗就是一个句子，偶尔有两句合起来才是一个句子的情况，一般也断在句子的半中。二是韵式的多样性和严格性。

诗的狭义体式是就诗歌形式的整体特征而言的，其形式较稳定。中国古代诗中常用的狭义体式是五言、七言律诗和绝句，五言、七言古体诗，此外还有词和曲，每首的句数一定，每句的字数一定（曲可以加衬字）。西方抒情诗中常用的诗体是十四行体。此外还有回旋体、板顿体、楼梯体等有固定形式的诗体，但用得不多。希伯来诗的主要体式是平行体，每节多为两行，节数不定，但要求两行的意思要对称。阿拉伯和波斯抒情诗的常用体式是卡扎尔体，一般由 7 ~ 15 个联句组成，一韵到底，最末一联出现诗人的名字。波斯抒情诗中还有每首 4 行的鲁拜体。中国古代抒情诗中常用的稳定体式较多，外国抒情诗常用的稳定体式较少。后者中的许多体式是不稳定的，是诗人写作时量体裁衣地创造的，它们是广义的体式。

仅以诗节的特征命名的体式为广义体式。每节两行的诗体叫做双行体。这种体式在中国古代诗中很难找到，在西方却运用较广泛。在英国诗中，每行五音步的双行体称为英雄双行体，是运用最多的双行体。每节四行的诗体为四行体，中国古代《诗经》中多这种体式，《离骚》全篇亦可划分为这种体式。四行体诗在西方诗中很普遍。在阿拉伯、波斯诗中亦如此。印度诗从《吠陀》诗集起就大多为四行一节，《云使》全诗即四行体。此外，每节三行、五行、六行、七行、八行乃至更多行数的体式，在外国抒情诗中也不时出现，大多是诗人根据自己的需要而创造。如邓恩的《早安》一诗就是每节七行，又如希伯来平行体诗大多为每节二行，但也有每节三行或四行的。中国古代诗中却很少用这样的体式。

（三）中国现代抒情诗的体裁

中国现代诗的体裁在总体上分为自由体和格律体。中国古代诗中并无真正的自由诗，只具有自由诗的某些因素。《诗经》中有少数作品的形式较自由，西汉乐府中的《铙歌十八曲》全是杂言诗，句式参差不齐，显得更为自由，突出的如《战城南》《有所思》等，但它们不是自由诗，因为一是它们有韵；二是它们的自由形式都是音乐的产物。如《铙歌十八曲》的曲调来自西北少数民族，较为复杂，于是合乐的歌词也不得不富有自由变化。自由体诗形式是西方诗人的创造。近代弥尔顿、布莱克（1757—1827）、歌德、雨果等人的诗中已出现某些自由诗因素。19世纪80年代，法国象征主义诗人兰波（1854—1891）、魏尔仑（1844—1896）等人为了突出象征主义诗歌的暗示性对诗的格律有所突破和创造，如突破诗行的固定音数，并提出"自由诗"（verselibere）这一术语，但他们的"自由诗"并不是真正的自由诗，因为仍然讲究诗行的音数，只是不一定是传统的每行10音或12音，仍然讲求诗的音乐性。自由诗的真正开端是美国诗人惠特曼（1819—1892）的诗，它全然不讲音步规律，不押韵，诗行长而散漫。自由诗形式成熟于庞德等人的意象诗，这种诗形式自由却不散漫。此后，自由诗在西方尤其美国便大量出现。

20世纪初，胡适等人创立新诗（中国现代诗）形式，包括自由体形式和格律体形式。这一创立并不是单纯引进，也有传统的根源，那就是他认为中国诗歌形式也是进化的（进化论也是西方思想）。曾经发生过三次"诗体大解放"，它们依次是从《诗经》到《楚辞》，再到五言、七言诗，最后到词和曲。现在从词和曲到新诗形式是第四次大解放。所以新诗的形式应像词和曲那样长短参差，但不要平仄和韵脚。不过，胡适在理论尤其创作上确实借鉴过英美诗的形式。首先是像英美诗那样分行、分节和用标点，其次也受到当时正蓬勃发展的意象诗的自由形式的影响（当时胡适正在美国）。稍后郭沫若模仿和借鉴惠特曼式的自由诗形式，在《女神》中写出了更成熟的自由体新诗。值得提及的是，翻译外国诗对创立和发展新诗形式也发生过作用。胡适承认其《尝试集》中只有14首诗是"真正的白话新诗"，其中就有三首是译诗。这三首译诗的英文原文其实都是格律诗，但胡适把其中两首译成白话自由诗形式，另一首则译成白话格律诗形式。稍后冰心译泰戈尔的英文散文诗《吉檀迦利》，对白话自由诗形式尤其白话"小诗"形式的产生和发展也有促进作用。

中国自由诗形式的最大特点，是可以有韵并用韵较多。一是汉语易于押韵，二是受传统诗歌普遍用韵的影响。西方自由诗一般是不用韵的。另一个特点是格律成分较多，有的自由诗形式实际上是半自由体或称半格律体。原因之一也是汉语易于构成一定的格律形式（但公认的最恰当的形式至今尚未探索出来），另一原因则是中国现代诗史上不断探索格律形式所发生的影响。

中西自由诗形式的地位差异较大。西方从自由诗产生以来，格律诗形式仍然是主流，自由诗只是在美国大约是占优势的。中国的情况则相反，新诗自产生以来自由诗始终是主流，数量比格律诗多得多。这种情况并不正常。

格律体新诗与自由体新诗几乎同时萌生。上文曾指出，胡适最早的白话新诗中，就有一首叫《关不住》的译诗大体上具有格律形式，它的绝大多数诗行都包含三个音顿，只是音顿所包含的音数还不很整齐，也押韵。可知它虽然是从一首英语格律诗翻译过来，但一旦译成汉语格律诗，它就具有了传统的音顿节奏的音律，而不再具有英语格律诗的重轻节奏的音律。在胡适的《尝试集》的后一部分中，这种具有雏形格律形式的诗就更多一些。郭沫若《女神》诗集中也有若干这种具有雏形格律形式的诗。这些雏形的格律诗一般都是新诗从旧诗词发展出来的过程中不自觉地创造的。

格律体新诗的自觉创造和初步成熟是在新月派时期，该派的闻一多、徐志摩、朱湘（1904—1933）等人进行了卓有成效的探索。闻一多的《死水》《夜歌》等诗的格律的完满性至今无人超越。他在著名的论文《诗的格律》中总结他的创作经验时指出，《死水》等诗每行由三个二字尺和一个三字尺构成，这是他最满意的试验。这里闻一多借鉴了英语诗的音步规律，借用"音尺"（"音步"）来作为诗行的节奏单位，但音尺的构成却不是英语诗音步中的重轻音形式，而是汉语的一个词或词组，即一个音顿，所以他的这种二字尺和三字尺构成规律实际上是汉语诗的二音顿和三音顿构成规律。从新月派之后至当今，不断有人自觉地探索着格律体新诗。最著名的是 20 世纪 50 年代的何其芳，他发表了《论现代格律诗》一文，提出现代格律诗应借鉴古代诗形式。他给现代格律诗下的定义是："按照现代的口语写的每行的顿数有规律，每顿所占的时间大致相等，而且有规律地押韵。"但他当时照此原则写出的现代格律诗并不成功。现代格律诗在理论和实践上都亟待更深入的探索。

第五章　中西方戏剧比较

第一节　中西方戏剧艺术概述

一、中西戏剧的起源与发展

中西戏剧都具有悠久的历史，无论是西方还是中国，戏剧都起源于民间，和原始人祭祀神灵、欢庆节日的仪式密切联系在一起。由于地理环境、社会经济、政治情况不同，中西戏剧在发展中走着不同的道路，在内容和艺术形式上呈现出很大的差异。

西方戏剧发端于古希腊祭祀大典上的歌舞表演。每年春季祭祀中有人化装成酒神的伴侣——羊人，众人通过载歌载舞来赞颂酒神的功绩，由一个演员轮流扮演几个人物，并与歌队长对话，至此，戏剧作为一种独立的艺术样式已然成型。中国戏曲正式形成较晚。北宋时，为了适应广大市民阶层的文化娱乐需要，各种民间技艺纷纷从各地汇集到城市来。其中，对戏曲形成影响最大的有说唱性质的艺术诸宫调；歌舞性质的艺术大曲；扮演性质的艺术傀儡戏、参军戏等，这三种艺术样式相互吸收，形成了戏曲的雏形阶段——宋杂剧、金院本。这些都是多种民间（或已经走向民间）的娱乐样式的杂合。北宋末南宋初，宋杂剧的一支演变为南戏，中国戏曲才发展成熟。

二、中西方文化背景及思维方式

1. 中西方文化背景决定了中西戏剧取材的差异

由于中西方历史状况和文化背景大不相同，中西方戏剧各自植根于不同的土壤。西方社会具有商业性和宗教性，有较深的哲学和浓郁的宗教情绪，古希腊的戏剧，特别是悲剧和宗教关系十分密切。古希腊悲剧多取材于神话和英雄传说，悲剧诗人借助它们表现自己对社会的观点。中国社会是伦理的世界，国人伦理观念很强，但哲学思想平易，宗教观念淡薄。中国戏剧是娱乐剧，也是道德剧，是典型的市民阶层的艺术。

2. 中西方思维方式的差异决定了中西方戏剧表现形式的差异

汉族重形象思维，习惯运用形象的手法表达抽象的概念，因此中国戏剧具有写意性；英语民族重抽象思维，擅长用抽象的概念表达具体的事物，因此他们用逼真的戏剧文学来调剂，其所讲全是严肃的人生道理。

西方戏剧遵循写真的原则，以压缩的方式，截取生活的片段，力求以最接近生活的形式来再现生活的内容，体现在舞台上便是直奔主题。中国戏剧强调"以形传神，形神相生"。中国戏剧意在表现生活，讲求神似，不仅仅是形似。

舞台结构上，西方戏剧尽可能掩饰舞台上"演"的痕迹，让观众在感觉不到的基础上创造艺术的真、善、美。中国戏曲突出虚拟性，呈现出"语言音乐化、动作舞蹈化、布置图案化"的特点。

三、中西方艺术审美习惯、文化心理依托

中西方戏剧观众的心态视角存在很大差异。中国戏曲观众采用俯视角，处在一种心态上的高位置，去俯视演出；西方戏剧观众则采用仰视角，处在一种心态上的低位置去仰视演出。在西方，"悲剧历来被认为是戏剧中的冠冕"。但丁认为喜剧是"从逆境与恐怖开始，但以幸福、欢乐与充满魅力的情调结束"。所以，"它的表现风格是卑下的"。丹尼诺认为"喜剧作家拈来素材都是人们熟悉的家庭琐事，虽不能说是低级的甚至邪恶的，但悲剧诗人处理的都是高贵帝王的死亡和庞大帝国的毁灭"。这些话的潜台词即强调悲剧高于喜剧。西方人推崇悲剧的重要原因是悲剧庄严肃穆的气氛与作为戏剧渊源的宗教祭祀的庄严气氛最接近，其仰视心态可见一斑。中国戏曲观众喜欢看喜剧。戏谚有"无丑不成戏"之说。清代流行剧集《缀白裘》中大半是喜剧。这与戏曲形成时的滑稽传统有直接联系，与其反映出的俯视心态也一脉相承。中国古典戏曲的演出场合多为农村的年节庙会、富贵人家宴请宾朋的堂会等喜庆场合。这影响了剧作家的创作，使悲剧也有许多喜剧成分，如大团圆结局、丑角插科打诨，甚至"苦戏笑唱"，难怪有人认为中国戏曲没有真正的悲剧。

西方悲剧情节讲求突变，大起大落，由喜到悲，再到大悲，结局往往是大悲。如人们熟知的《哈姆雷特》，哈姆雷特起初是个快乐的王子，是喜；继而父死母被霸，是悲；最后虽复仇但自己也中剑身亡，则是大悲。中国戏剧讲求渐变，波澜曲折，剧情一般由喜到悲，再到喜，又到悲，进而到大悲，最后是小喜。如中国最典型的悲剧《窦娥冤》：窦娥身蒙奇冤被处死，本是大悲，但后来由于窦娥感天动地，临刑前发下的

三宗誓愿一一应验，加之窦娥的父亲出仕后为其平冤昭雪，圆了人们所信奉的"善恶终有报"心理，淡化了其悲剧色彩。

四、中西方戏剧的艺术特征

中西方文化的不同使戏剧在其艺术特征上存在一定的差异。就本质而言，戏剧都是对劳动、战争的模仿，以矛盾冲突为生命，来源于生活，又高于生活。

西方古典戏剧以西方戏剧美学的最高规范诗学为本体。西方戏剧主叙述写实，重情节，强调摹拟再现，注重表现人的行动、人的命运，西方古典戏剧是叙述的"客观"的"人"的史诗。中国古典戏曲以曲论戏，渊源仍然是诗。但中国戏曲主抒情写意、重意境，主要采用诗乐亲合的形式，强调虚拟性的表现，执着于情调的玩味，表现中国戏曲文化的乐舞精神和人生的诗化情趣。中国古典戏曲是"主观"的"自我"的抒情诗。

就表现手法而言，西方戏剧表现手法比较单一，歌剧、舞剧、话剧各有规定，并不庞杂；而中国戏剧是唱、念、做、打、舞并举，说表并重，叙述与抒情相统一，塑造人物与创造意境兼顾，综合程度高。此外，西方戏剧以文学为本位，其他因素可即可离，而中国戏剧是以歌舞为本位，其他因素一经吸收，很难再分离，所以说中国戏剧是一种大杂烩。

中西方戏剧由于历史、文化的不同而存在差异性。目前，由于东西方的距离正在缩小，文化的相互渗透促进了对中西方戏剧的进一步融合与发展，也促进了中西方戏剧的相互渗透、相互交流、共同进步。

第二节 中西方戏剧的舞台比较

中国戏剧是写意戏剧，西方戏剧则是写实戏剧，两者仅一字之差，却让戏剧舞台出现了本质化的区别。尤其是中国戏剧中最为鲜明的写意特点，它所展现的虚拟性特征，不强调外在的客观，而是注重把握情境内的本质因素，更为直接和深刻地向观众表现出事物内在的精神实质，类似于中国画中所谓的"外师造化，中得心源""不似之似"等论说，从而达到一种"离形得似""得意忘形"的变形效果。

一、中国戏剧舞台的虚拟之美

（一）中国戏剧对戏剧表演的审美倾向，造就了舞台的虚拟性

中国戏剧舞台表演的最大特点就是虚拟性。演员创造动作时不拘于舞台布景的实物对象，而是通过戏剧中应有的布景形态进行想象、选择、展现，从而为观众展示出高度美化和变形的外部动作。例如，演员在表演开关门窗、抬轿子等动作时，舞台上并没有仿真的布景，完全依靠演员的手臂开合、身体的摇晃来补充舞台布景，最后还要由观众展开想象。又如，如果要表现战场上的千军万马，则会有专门的"龙套"来进行虚拟表演，通过队形的组合和变换来代替战争场景。正是由于中国戏剧演员高超的虚拟表演，使得中国戏剧舞台上不需要太多的实物布景，一定程度上的"留白"，更能突出中国戏剧的意境之美。

（二）中国戏剧舞台设计中的意境之美

舞台美术家琼斯说过："舞台布景的设计不同于建筑师、画家、雕塑家、音乐家的工作，这是诗人的工作。"这句话肯定了中国戏剧不追求"形似"而追求"意似"的舞台艺术形式。例如，历史剧《李白》，其舞台设计着重展现诗人感受中的山川和月色，而不是真实体现山河与月光。在表演过程中，甚至会将月亮直接放置在人物的后方，在戏剧舞台上缔造出一种虚中有实、实中有虚的境界，同时更将戏剧舞台加以虚拟化，寻求符合戏剧核心的诗意美感，用以"诗意"的舞台布景诠释人们心目中的"诗仙"形象，让观众在欣赏此剧时，思绪能够得到一定程度上的升华，并在感受戏剧的同时，享受该剧美的内核。

中国戏剧创作追求的是"诗情画意"的意境，是将情景交融的中国传统的文化和戏剧舞台之美相融合，在戏剧舞台中展现出中国传统文化的美。

二、西方戏剧舞台的写实之美

（一）西方社会发展的审美趣味，影响戏剧舞台的写实性

由于西方社会经济发展状况和思维方式与国人不同，东西方戏剧在舞台设计上有较大的差异。主要体现在西方戏剧舞台的真实性上。西方戏剧舞台更倾向于实用，真实和固定的布景方式和舞台道具，将剧场舞台最大化地还原为真实生活。同时，西方社会的工业革命也推动其戏剧的写实化发展，无论是观众还是戏剧创作人，更愿意在

戏剧舞台上表现出社会技术的发展和应用，从而造成了西方戏剧从布景、道具到灯光、表演所展现出来的效果，从整体上都呈现出一种真实而客观的模式。

（二）西方戏剧舞台空间设计真实化之美

为了使舞台空间能够得到合理、充分的运用，西方戏剧舞台在塑造写实感的同时，还非常重视舞台形式，会在除舞台之外，在观众席内也进行戏剧舞台的搭建或进行舞台布景工作，从而扩大舞台的可使用范围，并拉近和观众的距离。例如在《猫》中，舞台设计者在观众周边放置了很多垃圾桶，将整个戏剧场还原为猫的生存空间。另外，西方戏剧的写实之美，在莎士比亚的《仲夏夜之梦》中也有体现，如用人扮成"真实"的树木进行布景，还原戏剧中所出现的森林场景；舞台前端的"精灵"在表演，后方的树木同样也在不停晃动，模拟树木被风吹过的真实场景，从而全面诠释西方戏剧写实化的鲜明特点。

无论戏剧舞台的风格是虚拟化还是写实化，中西方戏剧舞台布景都在各个方面寻求一种统一的戏剧舞台风格，都是为了符合艺术规律，具有一定艺术美感的，在表演过程中，生动烘托其戏剧情调、气氛，使其形成不同的表现意境。可以说，中西方戏剧舞台的虚拟性和写实性都有其独特的美学观感，值得观众深入欣赏。

第六章　中西方小说比较

第一节　中西方短篇小说跨文化比较

一、关于小说类型的结构

中国古代短篇小说类型演变的轨迹很分明，即从魏晋六朝笔记小说到唐传奇再到宋、元、明话本及拟话本，到清代以《聊斋志异》和《阅微草堂笔记》为代表的文言小说。从魏晋六朝笔记小说到唐传奇，是一种类型接一种类型产生；从唐传奇到话本，也是一种类型接一种类型产生。自宋代始，白话小说与文言小说两种类型就在齐头并进。明拟话本是宋元话本的继续。清代文言小说是魏晋六朝小说与唐传奇的继续。《聊斋志异》是六朝小说与唐传奇的结合。《阅微草堂笔记》是笔记小说的循环。其发展的阶段甚为清晰，历史的线索也很清楚。

外国短篇小说类型演变的轨迹远远不如中国所分明。以古希腊、古罗马的"短篇小说"而论，雅典公元前 5 世纪的"说书"已失传，穿插在后来的历史散文及长篇小说中的短篇故事，成不了气候，因为这些长篇小说到公元 4 世纪忽然绝了种。

西方中世纪的"韵文故事"和"谣曲"是一种"类型"，但保留下来的并不多。西方短篇小说从古代到文艺复兴前一个相当长时期内得不到发展，连他们自己的学者也不甚明了，所以西方早期的短篇小说类型史是一个难写的题目。相对来说，中国短篇小说早期的类型史比他们好写得多。

从文艺复兴开始，西方短篇小说也有了明显的类型，那就是系列短篇小说，有一个"框形结构"，如《十日谈》。从文艺复兴到 19 世纪浪漫主义短篇小说兴起前，几百年内，西方短篇小说的主要类型就是《十日谈》式的类型。

西方短篇小说还有一种类型，就是依附在长篇小说中的，可称之为"不独立"的类型。这种类型早在古希腊、古罗马的长篇小说中就已经出现，当时虽不成气候乃至死灭，但文艺复兴以后的西方小说家又拾起来大用而特用之，此风一直延续到西方现代小说。

东方短篇小说也有"框形结构"的系列短篇小说和依附在长篇叙事文学中的短篇小说两种类型，如印度就有大量"框形结构"的系列短篇小说，又影响了阿拉伯各国。有人认为，西方的《十日谈》式的作品，也是学印度的。在印度两大史诗中，大量穿插着短篇故事，《摩诃婆罗多》穿插了 200 个，著名的如《沙恭达罗》《那罗传》《罗摩传》《莎维德丽传》。《罗摩衍那》中也有许多穿插性的小故事。印度在富有叙事性的佛教经典中也有不少小故事。日本的《源氏物语》《平家物语》均穿插了小故事。《伊势物语》是系列短篇小说。

以上两种类型是中国短篇小说所罕见的。《十日谈》式的小说，大概在中国古代短篇小说集中仅有一部，这就是清代艾衲居士的《豆棚闲话》，也有一个"框形结构"。至于依附于长篇叙事文学中的"不独立"的短篇小说类型，中国几乎没有。中国没有印度那样的长篇诗体叙事文学，也没有古希腊、古罗马那样的早期散文长篇小说。中国的长篇小说直到明清才发展起来，如《三国演义》《水浒传》《西游记》《儒林外史》，都可以说是短篇加短篇的结构，这种结构是学《史记》的，它把许多故事联在一起构成一部长篇，其中的故事已成为长篇小说不可分割的一部分，并不是依附在长篇小说之内的。就是《儒林外史》有些故事如王冕画荷花之类，看似游离，实则与小说主题一致，也与西方依附于长篇中独立的短篇不同。西方长篇小说（如《金驴记》《堂·吉诃德》《匹克威克外传》）中那些短篇故事可以随便抽去几个而无伤于小说，王冕画荷花的故事则绝不能抽去，它起画龙点睛的作用。《金瓶梅》《红楼梦》都不穿插短篇故事，"红楼二尤"看似游离，也与书中主要人物发生关系。中国古代哲学著作有穿插短篇故事的，但是哲学不是叙事文学，更不是长篇小说。中国短篇小说生长在长篇小说之中的写法，是从近代开始的。最典型的是吴沃尧（1866—1910）的《二十年目睹之怪现状》（1903—1910），全书共写了近 200 种"怪现状"，包括大量掌故、笑话、传闻、实录及短篇故事。书中主人公"九死一生"除了讲自己的大故事外，又常常说"他人之事"，他还喜欢"叫人家说故事"。他有个笔记本——"九死一生的笔记"——就是专门记别人的故事的。吴沃尧甚至干脆将书中的某些故事抽出来，放到杂志去单独发表。如《月月小说》第五号所登载的《快升官》，就是从小说五十四回"告冒饷把弟卖把总"中抽出的，连人物姓名都完全一样。

这样的"穿插"法并非中国长篇小说传统，而是是与近代报纸杂志兴起、长篇小说适应报刊分期登载有关。吴沃尧这部小说，就是在《新小说》上连载的，从 1903年到 1905 年，先发表 45 回，直到 1910 年才出齐 8 册，共 108 回。因为是定期连载，来不及考虑结构，大可以将短篇故事任意塞进去凑数。这与狄更斯写《匹克威克外传》近似。《匹克威克外传》也是"以月刊形式问世"的，因此作者自说"并不打算有什么精巧的结构，甚至作者当时并没有认为有这样做的可能，因为这部小说本来就是以散漫的形式发表的"。

中国古代短篇小说的结构变化多于西方，简单地说，我们是一种类型就是一种结构。我们短篇小说的类型多，结构变化也就多，文言与白话小说就是两种语言结构。六朝笔记体小说与唐传奇罕见以小故事引入大故事，话本及拟话本小说则大量以小故事引入大故事。六朝小说不知"描写"为何物，唐传奇的描写法则相当高明。六朝小说罕见以诗词入小说，话本及拟话本则多有诗词。宋话本《碾玉观音》开头就引了无名氏、黄夫人、王荆公、苏东坡、秦少游、邵尧夫、曾两府、朱希真、苏小妹、王岩叟等人共 11 首诗词入话。在同一类型中，也各有特色，传奇如《古镜记》以"古镜"将 12 个志怪故事串起来。传奇的叙事手法变化多于话本。话本如《南柯太守传》以蚁穴为人世间，叙事者站在人类世界之外看人类世界，陌生化的构思为传奇所无。

西方短篇小说的结构在一个相当长的历史时期内比中国的要简单得多。干脆一点说就是薄伽丘式的结构。"人家怎样说，我就怎样写下来"（《十日谈》跋）。"只是平铺直叙，不敢有丝毫卖弄"（《十日谈》第四天故事开首语），故事要"完整"（出处同上）。不大用描写法，不大写人物心理，故事往往是模式化的：某地，某人，发生了什么事，后来如何，结果如何。但《十日谈》的"评论"叙事却极为出色，为我国唐传奇、宋话本所不及。

这里便有一个问题可以讨论，国内一些论者认为中国古代短篇小说结构简单，这话要具体分析。若比之西方古代至 19 世纪浪漫主义前的小说，我们古代短篇小说的结构显然比他们更多姿多彩。我们不能只看到薄伽丘一部《十日谈》和它的"框形结构"，就自愧不如。

西方短篇小说结构发生大变化，是从 19 世纪初浪漫主义文学开始的，主要引入了心理结构及第一人称倒叙法。从浪漫主义以降，西方短篇小说的结构变化极为活跃，使东方瞩目。从此，西方就是东方短篇小说的老师了。由于引进了西方 19 世纪以降的短篇小说，中国现代短篇小说结构也发生了变化。小说家广泛借鉴西方，从莫泊桑、契诃夫式的，到"意识流"式的"新小说"，不一而足。但必须强调，不少优秀的短篇小说家，同时使用中西两种小说结构写作，如鲁迅的《狂人日记》是意识流加象征主义式的，而《阿Q正传》却是典型的中国传统结构。以鲁迅为代表的中国现代短篇小说家群，从来都没有抛弃中国古代小说的结构。中国作家要借鉴外来文学结构，更要以我为主，才有民族的生命。

二、关于叙事法

中外短篇小说叙事写人都有两种基本写法，一是片段叙事，二是完整叙事，这是共性。两种写法一开始就同时存在，没有先后之分，这也是共性。但是，在这个前提下，印度、中国、西方的短篇小说叙事法又各有民族的特性，不可不加以区别。

印度古代的"短篇小说"从时间之早、数量之多、艺术性之高方面说，都是世界第一。释迦牟尼不仅是佛教创始人，而且是世界上第一位伟大的讲故事的人。佛说故事数量之多难以统计，法国汉学家沈畹（Chavanes）教授曾辑《佛经中五百故事》。佛说故事当不限此数。佛说故事叙事法有 11 个特点：其一是虚构意识，从"轮回"说而来。世界三大宗教中只有佛教有"轮回"说，故以佛教故事虚构意识最为丰富，因为它可以生出无穷无尽的故事来。其二是拟人手法，尤其是以动物拟人，这大大有助于想象力的发挥，因动物可做人不可做的事，所思所想亦不受人的思想限制。其三是"串"故事的本领，尤其是故事套故事的本领。其四是以散文叙事，以诗对答，富有抒情性和幽默性。其五是多角度叙事，如《鹿夫妇》，第三人称叙事与第三人称限制叙事并用。其六是比喻丰富，如用比喻写神创造女人。其七是善于造气氛，如《投身饲虎缘起》。其八是富有喜剧情趣，如"傀儡戏"，中国《列子·汤问篇》中的"偃师戏"明显仿之。其九是浪漫、荒诞、哲理叙事三者并举，《龙女》可与中国《白蛇传》比较。《恶雨》可与法国荒诞名剧《犀牛》及张辛欣《疯狂的君子兰》、莫应丰《驼背的竹乡》比较。《瓮中影》《婢破瓮》均写认识自我非易事，正与古希腊哲学命题相同。《长寿王》与《圣经·新约》耶稣的主张相同，与《哈姆雷特》复仇观念相反。其十是善恶分明的塑造人物的原则，但"恶"的形象也绝非脸谱化，如《虬与猕猴》。十一是叙事有一定长度，数千言乃至近二万言的故事不少，如《长寿王》《太子须大拏》《罗刹国》《金城》《如意珠》《牢度差斗圣》《尸毗王舍身救鸽》《善财童子悦意》《神童大药》《妙容》等。但必须说明，佛说故事是依附在佛典之中的，是释迦牟尼借故事来讲经，并非独立的小说。

中国古代短篇小说的趋向是从记人一事到记人一生，《搜神记》《世说新语》多记一事，成熟期的唐人传奇、话本、拟话本及《聊斋志异》多记人一生。中国古代成熟期短篇小说的基本叙事法是"纪传体"，篇目多以传记为题，故事多完整。唐传奇不少是某传、某记，如《任氏传》《古镜记》。明清传奇亦如此，如《负情侬传》《珍珠衫记》。宋元明话本、拟话本亦如此，有的不用传记题目，也是写人物一生，如《碾玉观音》写了玉匠崔宁和璩秀秀一生，四个"鬼"的来龙去脉交代得一清二楚。《错斩崔宁》写崔宁和陈二姐完整的故事，从含冤下狱到结为夫妇。《杜十娘怒沉百宝箱》不仅写杜十娘生前，还写她死后报恩复仇，李甲与孙富的下场也一一交代清楚。即使到了近现代，苏曼殊四个短篇《绛纱记》《焚剑记》《碎簪记》《非梦记》，鲁迅的《阿Q正传》，也都是记人一生的故事。

中国古代短篇小说也有用第一人称法、倒叙法、旁知法的，但这多是在文言小说中。用第一人称法者如唐朝王度的传奇《古镜记》，由王度自述得镜与失镜经过。唐朝张鷟传奇《游仙窟》由作者自述他得识青楼女子十娘、五嫂，相与饮酒言欢留宿一夜的艳事。纪昀的《阅微草堂笔记》也常以自述方式写怪异事。沈复（1763—1808）在《浮生六记》中自述与妻子陈芸悲欢离合一生。用倒叙法者如唐李复言的《薛伟》、明宋懋澄的《珍珠衫记》等。《薛伟》先写薛病愈，再由薛倒叙梦中化鱼事。《珍珠衫记》先写楚商娶妻，结尾才补写新安人病死，楚商之妻原是新安人之妻一事。明文言小说《痴婆子》记写老妪倒叙她一生淫秽之事，首则标题便是"倾谈往事"。《聊斋志异》中的《促织》先写成名之子投井获救不醒，结尾才补写他醒后自言化为蟋蟀之事。旁知法如唐皇甫氏《崔慎思》从崔眼中写侠女。唐初无名氏《补江总白猿传》写欧阳纥之妻被白猿掳去生子事，由"补作者"写出。《聊斋志异》中的《崂山道士》，道士的本领由王生隙中写出。不过，在近两千年来的中国短篇小说历史长河中，直到新文学起来之前，"纪传体"都还是基本叙事法，上面所举的第一人称法、倒叙法、旁知法叙事仅是极少数的例外。

中国短篇小说的"纪传体"叙事法与中国史传文学及叙事诗文传统有关。《史记》写人物就是从头写到尾，因为是"实录"，开头多介绍人物姓名、籍贯、出身、朝代、家庭，然后再写其事迹。如《项羽本纪》的开头是"项籍者，下相人也，字羽"。《魏公子列传》的开头是"魏公子无忌者，魏昭王少子，而魏安釐王异母弟也"。中国叙事诗文受史传文学影响，起笔往往也要给读者交代清楚讲的是某时某地某人的故事，如《长恨歌》起笔是"汉皇重色思倾国"。《桃花源记》是"晋太元中，武陵人捕鱼为业"。若不知故事中的人物籍贯、姓氏名号，起笔便要加以说明。如《五柳先生传》起笔是："先生不知何许人也，亦不详其姓字，宅边有五柳树，因以为号焉。"中国有些短篇小说开头的写法与《史记》及叙事诗文几乎没有差别，如《杨谦之客舫遇侠僧》的开头是"杨益，字谦之，浙江永嘉人也"。《陈希夷四辞朝命》的开头是"话说陈抟先生，表字图南，别号扶摇子，亳州真源人氏"。日本小说的起笔方式与中国传统小说迥然不同。《竹取物语》的起笔是"古时有一伐竹老翁"。《伊势物语》的起笔是"昔有一男"。《源氏物语》的起笔是"某朝某代，于众多嫔妃之中，有一位出身虽不高贵却极蒙宠幸的更衣"。日本小说起笔喜欢"朦胧"，是由于日本人对汉字接受的"不求甚解"的文化传统决定的，而与中国小说的"纪传体"大相径庭。

中国短篇小说"纪传体"的叙事法还有民族心理方面的原因。"纪传体叙事法有两个特点，一是直叙，二是求全"。这两点最符合中国人民大众的接受心理。鲁迅写《狂人日记》就注意到中国汉民族心理，加上一个"某君昆仲"的前言，交代了"狂人"已经病好，赴某地"候补"，才能顺理成章写下去，这就是求"全"。《阿Q正传》的写法更是既直叙又求"全"，吴妈、举人老爷、赵秀才、未庄百姓的舆论，一一做了交代，写法充分考虑到民族的审美意识。还有一个文学现象能说明大众的接受心理左右着小说家手中的笔，文言小说中有用倒叙法者，白话小说家多改成直叙。如拟话本《薛录事鱼服证仙》（《醒世恒言》）是改编自唐传奇《薛伟》的，写法是直叙薛梦中化鱼被厨子一刀剁下惊醒坐起再写薛后来的故事，与《薛伟》先写薛后来的事再写薛倒叙他梦中化鱼被厨子宰杀事不同。《李沔公穷邸遇侠客》（《醒世恒言》)据唐皇甫氏传奇《义侠》改编，直叙侠客上了坏人的当要杀害李勉，而在《义侠》中，侠客上当不是直叙，而是由侠客倒叙出来。《蒋兴哥重会珍珠衫》（《喻世明言》）据明宋懋澄《珍珠衫记》改编，将宋本蒋兴哥休了王三巧再娶了陈大郎的寡妻的倒叙改为直叙。为什么说书人要把倒叙改为直叙？因为说书人要照顾到听众的接受心理，而传奇是文人写给读书人看的，与看不懂文言文的大众无缘。

西方短篇小说的叙事法一开始也是多记一事，如同中国的《搜神记》《世说新语》。中世纪的"韵文故事"《圣徒彼得和游方艺人》《农民医生》《撕开的马鞍垫褥》《修士丹尼丝》《吃桑葚的教士》《神父阿米斯》《驴的遗嘱》《康边的三盲人》《高利贷者的祷文》《救士的老黄牛》《一个经过力争进入天堂的农民》《阿麦尔的贡斯当》《隼》都是只叙一事。到了文艺复兴的《十日谈》，有两种叙事法，一种是有头有尾写人物的一生，多半写外国的、历史的故事，写得不好，又长，这类故事不多，多半是每天最后一个故事。另一种是只叙一事，多半写佛罗伦萨的现实生活，人物活灵活现，这类故事占多数，篇幅不长，译成中文5000~7000，写得又好。乔叟的《坎特伯雷故事集》也如此，那个令人喷饭的"磨坊主的故事"就写一个木匠上了大学生的当一事，至于那个大学生、木匠年轻的妻子及木匠本人后来怎样，全不交代。

可以这样说，西方的短篇小说从一开始就不注重写人物一生，越到后来，越是如此。这种叙事法可称为"片段"法，这就和中国的"纪传体"不同了。到了19世纪中后期，在批判现实主义短篇小说家手中，更将这"片段"法大大发展了，这就是鲁迅所说的"借一斑略全豹，以一目尽传精神"，茅盾所说的截取人生的一个横剖面，来表现人生的全体。虽写"段"，又有很高的典型性。莫泊桑的《归来》译成中文仅五千言，写失踪十三年的渔夫归来一事。十年前他出海捕鱼遇风暴失踪了，留下妻子和两个女儿。妻子等他十年后嫁给一个渔民，又生了两个孩子。小说只写了两天，第一天一个陌生老人在她屋前远远坐着不走，使她害怕，告诉了丈夫。次日老人又来了，丈夫把他请进屋内。一切都明白了，妻子哭了。两个男人上酒馆去了，小说就写完了。小说没写十三年，也没写矛盾如何解决。契诃夫的《香槟》无赖汉的故事写三角恋爱的悲剧。偏僻的小火车站，除夕的晚上，妻子开香槟酒庆祝新年到来，失手打碎了酒瓶。妻子说不吉利。站长望着妻子，心想在这个倒霉的地方，生活够乏味的了，还会有什么不吉利的事发生呢？外边有人敲门，来了一位"婶娘"，年轻、活泼、美貌。"我不记得后来怎样了，凡是想知道恋爱怎样开始的人，请他去看长篇小说和冗长的中篇小说吧。"结尾是："一切都颠三倒四了，我记得起了一场可怕的大旋风，把我像一片羽毛似的卷上了半天空。这阵旋风刮了很久，从世界上刮走了我的妻子、婶娘本人、我的精力。"契诃夫是连三角恋爱的开始也不写的，别说恋爱的过程了。"旋风"如何"刮走"了两个女人，读者去想象吧，总之，只剩下一个颓唐的男人，真是"片段"到了极点。

三、关于故事和性格

短篇小说离不开故事和人物，古代印度佛说故事、阿拉伯《一千零一夜》、中国从唐传奇算起的古代小说、西方文艺复兴时期的《十日谈》无不如此，这是世界短篇小说的共性。不过，这里面有一个从幼稚到成熟的发展过程。西方中世纪的"韵文故事"及"谣曲"多数谈不上有什么完整的故事和鲜明的性格，而且是用诗写，不是散文。中国魏晋六朝的志怪志人笔记体小说，用鲁迅的话说是"非常简单"。《搜神记》包括佚文共498篇，多数一二百字，像《梦人蚁穴》仅27字："夏阳卢汾，字士济，梦人蚁穴，见堂宇三间，势其危豁。题其额曰：审雨堂。"《搜神记》以《卢充幽婚》为最长，仅709字。个别作品如《三王墓》（鲁迅用作《故事新编·铸剑》素材）、《相思树》《宋定伯卖鬼》《紫玉韩重》是有好故事好性格的，《紫玉韩重》故事完整、人物鲜明、富有奇想，不逊于唐传奇。《世说新语》虽然也是"丛残小语"（鲁迅语），但因为是写历史人物的，继承了史传文学以事写人的笔法，如写曹植的诗才、孔融之口才、石崇之残暴、王蓝田之性急，都很形象性。曹植的"死牛诗"及"煮豆持作羹"不见诸《曹子建集》，或许是刘义庆的创作。又如写曹操、嵇康，都由旁人眼中写出。再如写荀奉倩对妻子的感情也很动人："荀奉倩与妇至笃。冬月妇病热，乃出中庭自取冷，还以身熨之。妇亡，奉倩后少时亦卒。"这真是对"男尊女卑"观念的否定，充分写出了人物性格的本质。所以，《世说新语》也有好故事、好性格。但总的来说，《搜神记》《世说新语》记事写人还较幼稚，只能说是中国短篇小说的起步阶段，与西方的"韵文故事""谣曲"处在中外小说发展的同一水平上。

短篇小说中的好故事与好人物不是一个共生的现象。比较来说，西方文艺复兴至19世纪浪漫主义短篇小说家多注重写故事，不注重塑造性格。《十日谈》是在民间故事的基础上生成的，民间故事多以故事的趣味取胜，性格并不突出。《十日谈》100个故事中没有几个脍炙人口的性格流传下来。自《十日谈》问世后，西方短篇小说受其"框形结构"束缚，几百年裹足不前，那一大批"十日谈"式的仿作，多无性格可言。西方 19 世纪浪漫主义短篇小说虽冲破"框形结构"樊篱，但也重情节轻性格。霍夫曼、爱伦·坡的小说以情节曲折惊险恐怖神秘著称，不以性格著称。霍桑说："传奇浪漫小说作家的小说世界里充斥着一些不冷不热的发育不全的角色。"（《羽毛盖：一个有寓意的传说》）。去看看爱伦·坡的《黑猫》《鄂榭府崩溃记》、霍夫曼的《赌运》《封斯居德莉小姐》，里面写的确实是变态的人物——"发育不全的角色"。浪漫主义短篇小说家的十八般武艺都用在编情节、写变态心理、宣扬宗教观念上，如《黑猫》写人性恶、《威廉·威尔逊》写人格分裂、霍桑的《教长的黑面纱》写原罪与认罪。浪漫主义短篇小说的模式是：情节—心理，而不是情节—性格。

中国从唐传奇到《聊斋志异》的短篇小说比西方《十日谈》到浪漫主义小说多了一个优点，就是好故事与好人物并重，尤其重视写人。写男女戏谑之情我们不如薄伽丘，写纯心理我们不如西方浪漫主义小说家，但写人物我们胜过他们。唐传奇作家很重视人物的塑造，写出诸如霍小玉、崔莺莺、李娃、张生、唐明皇、杨贵妃、柳毅、钱塘君等一系列具有鲜明性格的人物形象。唐人传奇尤其善于塑造悲剧女性，如霍小玉、崔莺莺、杨贵妃等。从共时性的视点加以比较，这些女性形象在当时世界短篇小说领域中独一无二。唐传奇的故事也有写得很好的，如《南柯太守传》，主人公梦入蚁穴及以蚁穴寓世的新奇构思，堪与卡夫卡的《变形记》媲美，都是拉开距离，具有陌生化艺术魅力。宋元话本、明"拟话本"、《聊斋志异》也有不少好故事、好人物。如《碾玉观音》《错斩崔宁》《杜十娘怒沉百宝箱》《蒋兴哥重会珍珠衫》《婴宁》。话本及"拟话本"善于写市民，蒲松龄善于写拟人化的狐鬼花妖。写小狐婴宁"笑"的笔法，足以使莫泊桑、欧·亨利拍案叫绝。在一千多年中，中国古代短篇小说家塑造了数以百计的人物典型，这是世界上许多国家的短篇小说所无法比肩的。由于中国的戏曲、长篇小说与短篇小说关系极为密切，短篇小说可以说是戏曲、长篇小说之母，戏曲 90%以上的素材来自短篇小说，《三国演义》《水浒传》《西游记》以至一系列历史演义也都是先有短篇后有中篇而后才有长篇的。因此，中国短篇小说中的许多生动鲜明的人物又成为戏曲与长篇小说的人物原型，经过历代戏曲家、长篇小说家的再创造，更加栩栩如生，千百年来为广大民众所熟悉与喜爱。西方短篇小说向戏剧、长篇小说提供的人物原型远不如中国的多。

中国古代短篇小说家同时重视故事与性格塑造的原因有四：第一是继承了司马迁等史传作家的写作传统。《史记》可作为历史短篇小说来读，十二本纪、三十世家、七十列传既叙事又写入。司马迁有以事写人的高超本领,《史记》作为典范的叙事作品,对中国小说家影响很大。

第二是继承了先秦以后散文的传统。《论语》中有如闻其声、如见其人的孔子和他性格各异的门徒,还有神态毕现的反对派长沮、桀溺、荷蓧丈人;《孟子》中有揠苗助长的急性子、夸口的齐人及羞愧的妻妾;《墨子》中有《公输》篇(鲁迅用作《故事新编·非攻》素材);《庄子》中有望洋兴叹的河伯和提刀而立、踌躇满志的庖丁;《韩非子》中有守株待兔的经验主义者;韩愈作《毛颖传》,柳宗元写了著名的《三戒》。

比较说来,这个时代(按,指汉唐)的散文短篇小说还须提到陶潜的《桃花源记》。这篇文字,命意也好,布局也好,可以说是一篇用心结构的"短篇小说",此外,便须到韵文中去找短篇小说了。《孔雀东南飞》是一篇很好的短篇小说,记事言情,事事具到。但比较起来,还不如《木兰辞》更为"经济"。《木兰辞》记木兰的战功,只用"将军百战死,壮士十年归"十个字,记木兰归家的那一天却用了一百多字。十个字记十年的事,不为少。一百多字记一天的事,不为多。这便是文学的经济"。但是比较起来,《木兰辞》还不如古诗《上山采蘼芜》更为神妙。到了唐朝,韵文散文中都有很妙的短篇小说。韵文中,杜甫的《石壕吏》是绝妙的例子。白居易的《新乐府》五十首中,有不少很好的短篇小说。

西方则不同,他们有《荷马史诗》的传统、希腊戏剧的传统,就是没有如中国《史记》以降的史传文学的传统、先秦以降的散文传统、《诗经》以降的短篇叙事诗的传统。西方作家擅长在长篇小说、长篇诗体叙事文学和戏剧中塑造性格,而且积累了大量宝贵的经验,但他们在很长一个时期内没有在短篇小说中塑造人物性格的经验。《十日谈》的"框形结构"及小说家热衷于在长篇小说中穿插短篇故事的写法都使小说家一心二用,顾此失彼,束缚了短篇小说的独立发展。西方的文学理论也是重情节而轻性格,亚里士多德在《诗学》中说:"情节乃悲剧的基础,有似悲剧的灵魂,性格则占第二位。"首创浪漫主义短篇小说理论的爱伦·坡也不谈性格塑造,这是他的论文明白说了的。

西方短篇小说重情节不重性格的情况到19世纪后期批判现实主义短篇小说崛起便有了大改观。这时,莫泊桑、契诃夫等一批小说家就同时重视情节构思与性格塑造,因为到了这时,"文学是人学"这个观念已成为小说家的共识,西方短篇小说经过浪漫主义的准备也达到了古典艺术的高峰。仅以法国普法战争的短篇小说为例,《磨坊之役》《柏林之围》《最后一课》《打完这盘台球》《做间谍的小孩》《保卫达拉斯贡》《步兵团旗手》《羊脂球》《疯女人》《菲菲小姐》《两个朋友》《一场决斗》《米龙老爹》《蛮子大妈》《俘虏》《瓦尔特·施那夫斯的奇遇》《圣安瑞》《通布图这个人》《第29号病床》就多有好故事、好人物。尤其是《羊脂球》以小城—马车—旅馆—马车的路上结构写活了10个人物，主人公羊脂球的塑造尤为出色。在两万多字的篇幅中写了如此众多的人物，还塑造了"典型环境中的典型性格"，以短篇小说的形式达到了长篇小说的成绩，大概只有鲁迅先生的《阿Q正传》堪与相比。其中两次马车场面似与不似的写法；旅馆五天与两次马车情节同与不同的写法；羊脂球三次心理飞跃的写法。人物对比、情节对比、心理对比、细节对比、光线对比、气氛对比、喜剧性与悲剧性对比的手法出色的运用，都令人叹绝，成为世界短篇小说的精品。

正当西方19世纪批判现实主义短篇小说家施展他们写故事、写人物的本领时，东方的短篇小说却一齐衰落了。印度的短篇小说在中古后期就衰落了，再也没有《莎维德丽传》《佛说故事》《五卷书》的辉煌。日本的短篇小说从井原西鹤以后到"明治维新"前也式微了。中国自蒲松龄以后就没有出过著名短篇小说家。纪昀与蒲松龄唱对台戏，他的《阅微草堂笔记》倒退到六朝的文体。

现当代世界短篇小说日趋多元化，不再是现实主义一家称雄。这正应了赵翼"江山代有才人出"一诗。西方反小说派鼓吹写淡化故事、人物、主题的小说，要走一条与传统不同的路。受此影响，中国新时期以降的短篇小说，也出现了这类作品。于是，短篇小说是否必须要有故事和人物的问题便被提出来争论了。对于这个问题，我们应该怎样看待呢？

第一，淡化故事是可以的。在世界短篇小说林中有一类诗化的、散文化的、哲理化的、意识流的短篇小说，在这类小说中，淡化故事的写法是存在的，也有很好的作品，如英国伍尔芙的《墙上的斑点》（1917），是英国第一篇"意识流"短篇小说，"我"（也就是女作家自己）最终发现"墙上的斑点"是一只蜗牛。但起先她不知道它是什么，又不想站起来看，以为它是一根钉子、一片玫瑰花瓣、木头上的一个裂缝。最后，有人进来打乱了她的思路，对她说：怎么墙上竟有一只蜗牛？她才知道："啊，那墙上的斑点！原来它是一只蜗牛。"小说有回忆的、幻想的、哲理的、艺术的、探讨人性弱点的、反传统的层次，一层深似一层。伍尔芙用"意识流"的技巧表达了自己的文艺观点，开创了用"意识流"手法形象地写文论的小说。鲁迅的《狂人日记》就写狂人"想什么"，不写狂人"做什么"。王蒙的《夜的眼》也没有多少故事。

第二，取消人物不可以。《墙上的斑点》《狂人日记》《夜的眼》虽淡化故事，然而强化了人物。海明威的《杀人者》亦如此。有的作家以字母代替人物，如日本安部公房的《闯入者》，但字母也是人物的代号，不过没有人物姓名而已。此小说实写世界的荒诞性，"K"是弱者的类型概括。

第三，完全无故事、无人物的"短篇小说"也是有的，但为数不多。在法国"反小说"派及美国的"实验小说"中有几篇，如罗布·格里耶的《咖啡壶》就写一把"咖啡壶"、一块"大镜子"、三个"人体模型"。法国"反小说"派是主张写物而不写人的，《咖啡壶》就是一个例子。当然，小说不是静物画，这类"小说"自诞生之日起就已经死亡了。

第四，当前要反对的是这样一种倾向：不是完全没有情节，但故意把情节淡化到极点或把情节写得支离破碎；不是完全没有人物，但故意把人物写得如烟雾中的人影，读者虽然读懂了小说的文字，但很难读懂作者在写什么。在法国"反小说"派及美国"实验小说"中这类作品不少，也最易使仿效者因"趋时"而走上迷途。因为不仅脱离大众，尤其重要的，是会扼杀作家本来有的创造才能，使之难以施展。罗布·格里耶的《海滩》还有点艺术性，等而下之的就是《舞台》《在迷宫里》。我国新时期以降的小说中也有这样的作品。"反小说"的理论也推波助澜，如提倡写"可写的小说"，如果说写小说的秘诀不在于"写什么"，而在于"怎么写"之类，这是似是而非的理论，因为走过了头。我们认为故事和人物是短篇小说赖以生存的两个基本要素。从世界短篇小说的发展史来说，先有诗中的故事和人物，再有散文中的故事和人物，然后才有小说中的故事和人物。为什么说小说发展的轨迹是诗—散文—小说呢？为什么要把小说与诗、散文联系起来去追本溯源呢？这是因为只有诗与散文中含有故事和人物，才能成为小说的源头。又因为诗与散文不一定非要有故事和人物，而且完全可以不写，到后来才成为文学的三种独立的类型。取消故事和人物，就是取消短篇小说。并非好故事已经写完，文学已经不是人学，中国当代短篇小说家要想超越前人和外国人，还应该在写故事和写人物两方面下功夫，多创作一些"可读"的精品，这是比较的结论。

四、关于浪漫主义精神和"大团圆"结局

东方古代短篇小说多有积极浪漫主义精神：主观性强，鬼怪故事很多，"大团圆"小说不少。鬼怪故事和"团圆"小说不是宣传恐怖主义，不是美化统治阶级，而是寄托着作者进步的道德观念，寄托着人民追求幸福生活的美好信念，所以这种"主观性"是一种积极的浪漫主义精神。

中国古代短篇小说的积极浪漫主义精神最突出、最集中地表现在"女鬼"的艺术构思上。中国古代短篇小说女鬼之多，是西方及东方其他国家的短篇小说所难以相比的。《搜神记》就有《紫玉》篇，仅497字（在六朝志怪小说中属相当长的篇幅了），写得相当动人，不妨全文照录，以供欣赏。

吴王夫差小女，名曰紫玉，年十八，才貌俱美。童子韩重，年十九，有道术。女悦之，

私交信问，许为之妻。重学于齐、鲁之间，临去，属其父母使求婚。王怒，不与女。玉结气死，葬闾门之外。三年，重归，诘其父母，父母曰："王大怒，玉结气死，已葬矣。"重哭泣哀恸，具牲币，往吊于墓前。玉魂从墓出，见重，流涕谓曰："昔尔行之后，令二亲从王相求，度必克从大愿。不图别后，遭命奈何！"玉乃左顾，宛颈而歌曰："南山有鸟，北山张罗。鸟既高飞，罗将奈何！意欲从君，谗言孔多。悲结生疾，没命黄垆。命之不适，冤如之何。羽族之长，名为凤凰。一日失雄，三年感伤。虽有众鸟，不为匹双。故见鄙姿，逢君辉光。身远心近，何当暂忘。"歌毕，放歃流涕，要重还冢。重曰："死生异路，惧有尤愆，不敢承命。"玉曰："死生异路，吾亦知之。然今一别，永无后期。子将畏我为鬼而祸子乎？欲诚所奉，宁不相信。"重感其言，送之还冢。玉与之饮宴，留三日三夜，尽夫妇之礼。其名，又绝其愿，复何言哉！时节自爱。王，自说其事。王大怒曰："吾女既死。"临出，取径寸明珠以送重，曰："既毁若至吾家，致敬大王。"重既出，遂诣而重造讹言，以玷秽亡灵。此不过发冢取物，托以鬼神。"趣收重。重走脱，至玉墓所，诉之。玉曰："无忧。今归白王。"王妆梳，忽见玉，惊愕悲喜，问曰："尔缘何生？"玉跪而言曰："昔诸生韩重来求玉，大王不许，玉名毁义绝，自致身亡。重从远还，闻玉已死，故赍牲币，诣冢吊唁。感其笃，终辄与相见，因以珠遗之。不为发冢，愿勿推治。"夫人闻之，出而抱之，玉如烟然。

这是距今 1600 年前的一篇"女鬼"作品。紫玉由于父亲的蛮横反对，不能与韩重结婚，含恨而死，但死后仍要与韩重做夫妻。她为了保护爱人，重返家中，面对父王直陈所爱，又为韩重洗刷不白之冤，然后化烟消逝。在所爱的韩重面前，在威严的父王面前，紫玉的品格何等高贵。韩重是害怕了，竟不敢跟她到坟墓中去。吴王夫差应该惭愧，虽然高明的作者不再写他，但读者看得出来，胜利最终属于紫玉这个弱女子。尽管夫差断送了紫玉的幸福，但紫玉仍以父女情义为重。紫玉生前死后都执着地追求真挚的爱情，这位鬼而人、理而情的"女鬼"的形象，何等动人！

《搜神记》中还有一篇《东海孝妇》，是关汉卿名剧《窦娥冤》的一个素材来源。东海孝妇周青蒙冤被处决，临刑前立誓于众曰："青若有罪，愿杀，血当顺下；青若枉死，血当逆流。"既行刑已，其血青黄，缘幡竹而上标，又缘幡而下。也有女鬼的色彩。在《窦娥冤》中，窦娥就以"女鬼"形象出现，向父亲窦天章鸣冤。

唐宋传奇中也有"女鬼"形象，《霍小玉传》及北宋无名氏的《王魁传》都写了复仇的女鬼，尤其是《王魁传》中的桂英，写得坚定凛冽。负心郎王魁不仅得到了妓女桂英的爱情，而且还接受了她的资助，中了状元，做了官后却背信弃义，另娶崔氏。桂英遣仆传书，王怒叱不受。桂英愤而自刎，鬼魂找他报冤，不要什么佛书纸钱，坚决要他偿命，毫无妥协的余地。《王魁传》成为不少话本、戏曲的素材。桂英是中国古代短篇小说中最著名的"女鬼"之一。在宋元话本、明拟话本、《聊斋志异》中"女鬼"的形象更多。《碾玉观音》中的璩秀秀、《王魁负心》中的桂英、《金明池吴清逢爱爱》中的爱爱、《杜十娘怒沉百宝箱》中的杜十娘、《闹樊楼多情周胜仙》中的周胜仙、《郑意娘传》中的郑意娘、瞿佑《绿衣人传》中的绿衣人（李慧娘的原型）以及《聊斋志异》中的聂小倩、秋容、小谢、连城、连琐都是"女鬼"。宋话本《碾玉观音》写璩秀秀与玉匠崔宁恋爱（崔宁有一门好手艺，能碾出玉观音，书名由此而来，在中国古代白话小说中，此小说书名颇有特色），两个奴隶相爱，王爷不许，坏人郭排军太多事，人家双双逃走了，他却两次告发上去。王爷把秀秀抓回来，打死后埋在花园里。秀秀成鬼后，也要和崔宁做夫妻。她的鬼魂回去报了仇，又勒死了丈夫——为的是一齐做鬼夫妻。她父母也是鬼，生前被迫投河自杀，是水鬼。两个水鬼找到崔宁家，与女婿同住，生不能团聚，死后也要团聚。

狐女花妖则是另一种女性的变形。唐朝沈既济的传奇《任氏传》的女主人公任氏是一个狐女，为郑六所爱，后因郑已知其为异类，避而不见。郑六找到了她，发誓与她相爱，她始托以终身。郑之亲戚韦崟乃好色之徒，闻任氏美，趁郑外出，欲对她施暴。任氏拼死力拒，责以严词，韦崟为其坚贞所动而罢。此后经常过往，每相狎昵，唯不及乱。任氏生活所需，皆由韦崟供给，为答其厚意，她多次觅美让韦寻欢。任氏还施术使郑六致富。一年后，郑六任槐里府果毅尉，要求任氏同往，她预卜此行对她将有杀身之祸，但郑六再三恳请，并邀韦崟相劝，任氏不忍逆郑意，遂行。经过马嵬坡时，遇圈人训练猎狗，苍犬腾出于草间，任氏惊而坠马，复本形而南驰，苍犬逐之，里余，为犬所获。沈既济笔下的女狐，是一个非常动人的女性形象。她美丽多情，聪明勇敢，虽地位卑下，但很有志气，对爱情忠贞不渝，在反抗韦崟的斗争中，她不畏强暴的品德和刚柔结合的性格特征表现得颇为充分。作者对任氏给予高度赞扬和深切同情："嗟乎，异物之情也有人道焉。遇暴不失节，徇人以至死，虽今妇人有不如者矣。"任氏的身上实际上概括了民间教坊女优的许多性格特征，作品所写的"情"，既是"异物之情"，也是人间下层受苦女性之"情"。在蒲松龄笔下，这类女性的变形尤多，婴宁、青凤、丫头、娇娜、莲香、红玉都是狐变的，大多通情达理、美丽动人，与《任氏传》一脉相承。

所有这些"异物"、这些"女鬼"和"狐女"，都是被压迫的女性、向统治者或负心人复仇的女性、执着追求爱情幸福的女性、为了爱人可以自我牺牲的女性，她们可怜、可叹、可敬，品行多在男性之上。这些女性的特点各不相同，但追求爱情十分主动，蔑视封建礼教，凭自由意志行事，是她们共同的性格特征，反映了封建社会最底层的妇女的反抗愿望。杜勃罗留波夫说："从最软弱最忍耐的人们心中所提出来的抗议，也是最有力的。"这句话以评价中国复仇的"女鬼"形象，是最合适不过了。在中国漫长的封建社会中，妇女深受政权、神权、族权、夫权的压迫，几千年来，中国是一个以男性为中心的社会，而历史上最早的阶级压迫，就是和男性对女性的压迫相联系起来的。中国古代短篇小说家把这些变形的女性写得这样美好，这是中国古代短篇小说的积极浪漫主义精神最突出的表现。

中国古代短篇小说家写女性的反抗，只能用"变形"的手法，间接地加以表现。这是因为中国社会的真实情况是妇女的命运极其悲惨，如唐皇甫枚的写实小说《飞烟传》中的步飞烟被丈夫活活打死。只有在想象的艺术世界中，用"变形"的手法去表现她们，把她们变成狐女花妖，她们的命运才能改变，社会舆论才可以认可。既然写的是狐女花妖，并非人间女子，封建礼教那一套吃人的标准也就失去了权威性。必须指出，变形是很痛苦的事，好端端的女人，却要变狐、变鬼，这是多么痛苦。中国妇女在生活现实中的实际情况与中国作家理想之光的巨大反差，更突出了中国作家积极浪漫主义精神的可贵，这种积极浪漫主义精神是深深扎根于千千万万妇女的血与泪所浇注的中国封建社会的土壤上的。

西方短篇小说多缺乏浪漫主义的反抗精神，在女性描写上尤其如此。薄伽丘擅写女性偷情，往往如愿，如第七天的故事多如此。偷情是人文主义享乐因素的体现，不是积极浪漫主义，与中国小说中追求爱情幸福的女性不可相提并论。薄伽丘很少写女性为了爱情而反抗，以《十日谈》为例，在100个故事中，只有"第四天故事"写了女性反抗。萨莱诺的亲王唐克烈的女儿绮思梦达死了丈夫，但亲王要她守节。绮思梦达爱上了出身微贱，但人品高尚的侍从纪斯卡多。亲王将侍从抓起来，又训斥女儿说："即使你要做出这种无耻的事来，也得挑一个身份相称的男子才好，多少王孙公子出入我的宫廷，你却偏偏看中了纪斯卡多——一个下贱的奴仆。"绮思梦达很有礼貌地反驳说："贫穷不会磨灭一个人的高贵品质。"亲王才知道女儿有一颗"伟大的灵魂"。但亲王是顽固而且残忍的，他吊死了纪斯卡多，叫人挖出他的心脏，用一只大金杯，把纪斯卡多的心装在里面，吩咐仆人把金杯送给女儿，并叫仆人传话说：你的父王把你最心爱的东西送来安慰你了。绮思梦达虽然悲恸欲绝，但是说："只有拿黄金做坟墓，才算不委屈了这颗心脏，我父亲这件事做得真得体。"她紧拿金杯，低下头去，注视那心脏说：你等一等吧。她早已准备好毒酒，便将毒酒倒入金杯内，送到嘴边，把毒酒一饮而尽，然后上床，手里依然拿着金杯，把情人的心脏按在自己心上，静待死神的降临。

亲王闻讯赶来了，女儿要求把她与情人的遗体公开葬在一起。"这就是纪斯卡多和绮思梦达这一对苦命的情人的结局。"这确实是《十日谈》中一个富有浪漫主义反抗色彩的爱情故事，但遗憾仅此一则而已。

西方 19 世纪初的积极浪漫主义诗歌富有反抗精神，鲁迅誉之为"摩罗诗力"，这是众所周知的事。但是，在浪漫主义短篇小说领域中，尤其是在描写女性的作品中，这种反抗精神就很少。法国梅里美写了《嘉尔曼》及《伊尔的维纳斯铜像》，前者歌颂女性追求自由，后者歌颂女性复仇。《伊尔的维纳斯铜像》写一个纨绔子弟在结婚前夕随意地把自己的订婚戒指套在一尊新出土的青铜铸成的美神维纳斯像的手指上。在这个青年的新婚之夜，美神塑像闯进了房间，把这个青年活活地吻死了。作者的立意是十分明确的：爱情是认真而严肃的，它要求人对它绝对忠实。作者同情并赞美维纳斯，她脸上的"凶恶的狡黠"是雕刻家硬加上去的，并不是她的原来面目；艺术家在她的座台上刻上的拉丁文"如果她爱你，你得小心提防"的话是对她的侮辱，颠倒了是非。她被过路人扔石头，胸、右手手指上都有伤痕。但她捍卫自己的尊严，石块从她金属的身体反弹过去，处罚了侮辱她的人。小说的主人公极不负责地把结婚戒指套在她手上，又把另一枚戒指（他口袋中不止一枚戒指）套在新娘手上和她结了婚，维纳斯于是采取了复仇的行动，她的行动完全是正义的。作者借这个恐怖的浪漫故事表现了受压迫、受侮辱的女性的复仇主题，借歌颂维纳斯铜像歌颂了认真、严肃对待爱情，捍卫自己人格尊严的女性，谴责了一贯不忠于爱情的男主人公，他的死亡是咎由自取。

像这样的小说，在西方浪漫主义短篇小说中是不多见的，而普希金的《驿站长》就不是这样的了。贵族明斯基拐走了驿站长的女儿杜妮亚，使驿站长孤独、悲哀地死去。结尾是明斯基和杜妮亚在彼得堡生活得很好，明斯基给了她幸福。若干年过去了，一辆六匹马拉的四轮马车来到驿站长的故乡，车上坐着一位穿得十分华丽的年轻太太，带着三个孩子、一个保姆，还有一条小黑狗。一个乡下孩子看见这位贵妇下了马车，直奔驿站长的坟地，伏在墓前哭了半天。临走时，还给了这个孩子五个银币。很明白，普希金是在美化贵族，给这个故事的结局披上一件虚伪的、温情脉脉的浪漫主义的外衣。

西方浪漫主义小说家擅长写"离魂"，勃兰克斯说："浪漫主义的幻想的离魂说几乎贯穿着霍夫曼的全部故事。"但西方浪漫主义小说家笔下的"离魂"多用以写人格分裂，多为可怕、可恶的形象，与唐传奇陈玄祐《离魂记》中张倩娘追求爱情的美丽的离魂故事不可比拟。美国爱伦·坡笔下的"女鬼"十分可怕。前妻的鬼魂在后妻尸体上重生，竟张开了滚圆的眼。高大的女鬼从门外出现，穿一身白衣服，抱着她的哥哥同归于尽，房子于是倒塌。而蒲松龄笔下的女鬼，却是美丽的处子，会弹琴，会唱歌，会写诗，写得一手好字，既多情，又爱国（《林四娘》），和爱伦·坡笔下的女鬼大异其趣。在爱伦·坡的短篇小说中，写"女鬼"复仇以示对男性中心社会的抗议是没有的，在西方其他浪漫主义短篇小说家的作品中，这个主题也极为罕见。

在西方批判现实主义短篇小说中，也难以找到女性反抗的精神。西方批判现实主义小说家善于深刻地、真实地描写妇女悲惨的命运，把人道主义的光环套在女性头上，如莫泊桑的《铃子大妈》，契诃夫的《宝贝儿》《嫁妆》，福楼拜的《纯朴的心》。屠格涅夫在《猎人笔记》中把女农奴唱着哀歌平静地死去的场面写得十分富有诗情画意。虽然莫泊桑写过一批普法战争的短篇小说，其中有《疯女人》《菲菲小姐》《蛮子大妈》及《羊脂球》这样一些歌颂法国妇女的爱国主义名篇，但总的来说，歌颂反抗的女性不是莫泊桑小说的主要主题。

西方文学中并不缺乏叛逆的、反抗的女性形象，但多半在戏剧、长篇小说中，如《美狄亚》《阴谋与爱情》《大雷雨》《玩偶之家》《红字》《简·爱》《德伯家的苔丝》《安娜·卡列尼娜》及屠格涅夫的几部长篇小说，这些都不是短篇小说。在 19 世纪末叶欧洲的短篇小说中，放声歌颂女性的高傲与不屈，倒是高尔基首先发出的声音。他的成名作《马卡尔·楚德拉》（1892）就写了少女娜达的故事。情节是这样的：老茨冈马卡尔·楚德拉对作者"我"讲了一个故事。从前，在草原上，有一个长得绝美的少女娜达，谁也配不上她，谁也追求不到她。一天，来了一个美青年罗伊可，这是一只自由的鹰，弹琴唱歌都没有任何男青年比得上。娜达爱上罗伊可，但对他提出一个条件：你和我亲嘴后你就得丢掉自由，不弹唱自由的歌，只给我弹唱爱情的歌。明天，你当着众人的面跪下来吻我的手，我就答应做你的妻子。第二天，罗伊可果然来了。他带来了一把尖刀，一下子插在娜达心上，说："我要看看你的心，是否也是这样坚硬。"娜达死了，死时说："再见了，罗伊可，我知道你要这样做的。"罗伊可跪在她尸身前，说："啊，骄傲的皇后，现在我要跪在你脚跟前了！"娜达的父亲拿起地上的尖刀，也刺死了罗伊可。罗伊可回头看他一眼，说："做得好！"他的灵魂随娜达去了。夜深，雨急，草原静悄悄。"我"却不想睡，望着草原上的黑暗，眼前仿佛出现了两个人影，那是美男子罗伊可和骄傲的娜达，他俩在黑暗的夜空中飞旋，罗伊可怎么样也赶不上娜达。

西方短篇小说缺乏女性反抗的主题或许与作家的想法有关。浪漫主义短篇小说家选材的眼光不在于女性的反抗，批判现实主义短篇小说家或许认为短篇小说篇幅短小，难以装下女性反抗的题材，因为用现实的笔描写女性从受苦受难到反抗，需要一个长过程，这不是短篇小说所能承担的——长篇小说已证明这点。总之，这个问题值得探讨。

中国古代短篇小说有大量歌颂女性反抗复仇的作品，这应该是中国古代短篇小说的精华。这种积极浪漫主义精神又传给了中国的戏曲，脍炙人口的《牡丹亭》就是以话本小说《杜丽娘慕色还魂记》为素材的，杜丽娘也是一个为追求爱情幸福而战胜死亡的"女鬼"。中国古代短篇小说与古代戏曲歌颂女性大胆追求真挚爱情、反抗恶势力的主题相互映照，相得益彰，是中国文学的一个优秀传统。

中国现代短篇小说与古代短篇小说不同，缺乏积极浪漫主义精神。鲁迅的《呐喊》《彷徨》是没有一篇"大团圆"的，《狂人日记》《孔乙己》《药》《明天》《阿 Q 正传》《白光》《祝福》《长明灯》《孤独者》《伤逝》的结局，都令读者透不过气来。鲁迅自己说过："我写的小说极为幼稚，只因哀本国如同隆冬，没有歌唱，也没有花朵，为冲破这寂寞才写的……今后写还是要写的，但前途暗淡，处此境遇，也许会更陷于讽刺和诅咒吧。"有学者说，20 世纪的中国小说"贯穿着悲壮与悲凉的色调……更多的优秀小说的美感色调却是悲凉……上面说的还是那些以现实主义为主体的作家。至于一些有代表性的现代派作家……他们小说中的悲凉色调更为明显"。

鲁迅是意识到积极浪漫主义精神在短篇小说中的重要性的，他曾提醒自己要加强作品的亮色。他说："但既然是呐喊，则当然须听将令的了，所以我往往不恤用了曲笔，在《药》的瑜儿的坟上凭空添上一个花环，在《明天》里也不叙单四嫂子竟没有做到看见儿子的梦，因为那时的主将是不主张消极的。"

中国现代短篇小说缺乏积极浪漫主义精神的问题，论者多从时代、社会去找原因，其逻辑也很简单：因为时代、社会黑暗，所以文学也就要写黑暗。但是，能不能从另外一些方面去找找原因呢？中国现代文学，包括它的理论，都深受西方的影响，而主要的，还是受批判现实主义乃至现代主义的影响，这种影响是审美的影响，非同小可，落实到短篇小说领域来，既有正面的效果，就是大大加强了中国作家写实笔力的深度，也有负面的效果，那就是丢掉了积极浪漫主义精神。

比较中西短篇小说，借西方这面镜子，可以照出我国古代短篇小说的积极浪漫主义精神是优秀的民族传统，也可以照出我国的现代短篇小说和这个优秀的民族传统割裂了。"五四"精神是批判传统的精神，我国把传统，如对小说中的"大团圆"模式批判过头了，把婴孩连同污水一齐泼出去，没有看到中国古代短篇小说家正是用"大团圆"手法，来"删削些黑暗，装点些欢容，使作品比较的显出若干亮色"。这个比较的题目给我们的启示是，重新接上中国古代短篇小说积极浪漫主义的传统，扬弃西方短篇小说的低沉调子，写出既深刻反映生活又有充足"亮色"的当代短篇小说来。

第二节　中西方长篇小说跨文化比较

一、《史记》与《荷马史诗》

《史记》和《荷马史诗》是中国和西方长篇小说的源头，关系着中国和西方长篇小说的走向和特点，值得比较。

（1）诗的源头与散文的源头。《荷马史诗》用诗写成。西方诗体长篇叙事文学源远流长，历经古罗马、中世纪、文艺复兴，至17、18世纪而不衰，19世纪还有拜伦自称为"史诗"的《唐璜》，普希金自称为"诗体小说"的《欧根·奥涅金》。西方长篇小说也是从诗演变而来的，自中世纪始，文体演变轨迹分明，就是诗体骑士传奇、韵散结合的骑士传奇、散文骑士传奇。中国则不同，《史记》是散文体，明清的长篇小说全是散文体。中国长篇小说的源头是散文，后来也是散文，没有一个从诗到散文的文体演变过程。

（2）神话的源头与历史的源头。《荷马史诗》是神话，特洛伊战争在史诗中披上了神话的外衣。亚里士多德说荷马的本领是"把谎话说得圆"，已说明史诗的神话特点。《史记》则不同，司马迁说："至《禹本纪》《山海经》所有怪物，余不敢言之也。"司马迁在《五帝本纪》及《夏本纪》中不写神话，夔、龙、虎、熊这些本来是神话传说中的异兽通通变成了舜的臣子。荷马把历史神话化，司马迁把神话历史化。西方人认为神话美，中国人认为不美。孔子不语怪力乱神。《穆天子传》把《山海经》中"豹尾虎齿而善啸"的西王母改写成有礼、多情、用诗与周穆王对答的历史传说人物。儒家把神话历史化是把通过不美的事物变成美的事物。希腊神话神人同形同性，无论在"形"或虬陛"方面，神均美于人。古希腊人把历史神话化，是出于他们的审美意识，这正与中国相反。西方人的历史意识淡薄而神话意识强烈。西方文化圈以"二希"文化为土壤，"二希"文化的特点正是神话文化极丰富而历史文化相对薄弱。西方人向"二希"神话寻求历史、现实、未来的答案是一种"集体无意识"。普鲁塔克的《希腊罗马名人列传》第一对名人比较就是神话人物忒修斯与罗慕洛的比较，从神话去追溯雅典和罗马的起源，和《史记》大不相同。西方小说的神话因素很强，时至今日，又有一个向神话回归的趋势。中国则不同，历史悠长而神话不发达，儒家从不向神话寻求历史、现实、未来的答案。孔子说"温故而知新"。鲁迅说"我们看历史，能够据过去以推知未来"。北宋司马光有一本书叫《资治通鉴》。中国第一部长篇小说《三国演义》

的素材百分之七十来自陈寿的《三国志》及裴松之注。中国现代长篇小说不向神话回归，新中国成立后的革命小说更排斥神话。新时期有几部小说有点神话因素是受西方及拉美文学影响，中国和西方长篇小说的内容不同也可从源头上找到原因。

（3）叙事法不同。《荷马史诗》是戏剧叙事、"一条绳子"叙事、第一人称倒叙叙事三者并举。所谓"戏剧叙事"，就是只选择事件的一部分，并不把这个事件全部写出来。亚里士多德说："唯有荷马的天赋的才能，如我们所说的，高人一等。从这一点上也可以看出来：他没有企图把战争整个写出来，尽管它有始有终。因为那样一来，故事就会太长，不能一览而尽，即使长度可以控制，但细节繁多，故事就会趋于复杂，荷马只选择其中一部分，而把许多别的部分作为穿插。"《奥德修纪》则采用"一条绳子"（歌德语）及第一人称倒叙法。古罗马的《金驴记》、文艺复兴时期的《堂·吉诃德》、18世纪《吉尔·布拉斯》等大量小说、19世纪的《匹克威克外传》《死魂灵》等、20世纪马克·吐温等所写的小说，均用"一条绳子"法。《呼啸山庄》《双城记》《复活》《洛丽塔》都用第一人称倒叙法，可见《荷马史诗》叙事法的深远影响。《史记》则不同，用直叙法及"短篇＋短篇"法。司马迁在《苏秦列传》中说他写苏秦的方法是"列其行事，次其时序"（列出他的事迹，依照正确的时间顺序加以陈述）。《史记》除了个别纪传有补叙（《孟尝君列传》中冯谖客孟尝君部分）外，全用直叙法。纪传体必须用直叙法才符合人物一生的经历顺序。中国的长篇小说几乎全都用直叙法写成，不能不说是受了《史记》的影响。《史记》每篇纪传都是独立的，又用历史朝代及"互见"法串连起来，是短篇加短篇构成长篇的叙事结构。中国古代至近代的长篇小说，除了《金瓶梅》《红楼梦》，几乎都是纪传体结构、《儒林外史》式结构，也就是缀合短篇而成长篇的结构。现当代长篇小说，如《芙蓉镇》《钟鼓楼》及韩少功的《马桥词典》也是这种结构。王蒙说："韩书的结构令我想起了《儒林外史》，它把许多各自独立又味道一致的故事编到一起。"

（4）戏剧性的不同。《史记》和《荷马史诗》都有很强的戏剧性，但功能不同，一是结构功能，二是描写功能。《荷马史诗》的戏剧性是宏观性的，《史记》是微观性的，一以气势见长，一以雕龙取胜。《伊利亚特》不写特洛伊十年战争，只写最后一年，又只写一年中的五十天，又重点写五十天中的四天，既不写战争起因，也不写战争结束，但通过阿喀琉斯杀死赫克托的描写，实已写出战争胜负。荷马写特洛伊战争于不完整中见完整、于局部中见全局的结构，非常富有宏观戏剧性，部分近似古希腊锁闭式戏剧结构，确实很有气势。亚氏很称赞《荷马史诗》的"戏剧性"，说荷马不仅是第一个伟大的史诗诗人，还是第一个伟大的戏剧诗人。日后西方的长篇小说家多自觉地用戏剧法去写小说，如塞万提斯、菲尔丁、司各特、雨果等，都受了荷马的影响。《史记》的戏剧性不表现在宏观结构上，而表现在用肖像、语言、动作塑造人物上，与《荷马史诗》恰成对照。司马迁写人，多写相貌身材的特征，如写孔子："孔子身高有九尺六寸，人家管他叫长人。"孔子刚生下时，头顶中间是凹下的，所以就给他取名叫丘。如写勾践，用范蠡语写出："越王这个人的长相，脖子很长，嘴巴尖得像乌鸦。"如写张良，用作者口吻写出："我以为他一定是相貌魁梧，高头大马，等到看见他的画像，相貌很像标致的妇道人家。"司马迁写人物肖像就有三种写法，一是客观写出，二是从别人眼中写出，三是从作者眼中写出。相比之下，《荷马史诗》的肖像描写就大为逊色了，写阿喀琉斯就是"敏捷而卓越的阿喀琉斯""捷足的阿喀琉斯""高贵的阿喀琉斯"；写奥德修就是"足智多谋的奥德修""久经考验的奥德修""英雄奥德修"；写赫拉就是"白臂女神赫拉""牛眼睛的天后"。荷马这种程式化的修饰源于口头创作，是原始的。《史记》写人物对话则极其精彩。《陈涉世家》中陈涉对长工们说："苟富贵，毋相忘。"后来长工去找他，进门惊呼道："伙颐！涉之为王沉沉者。"《项羽本纪》写楚汉对阵，项羽向刘邦挑战说："一人对一人，一决雌雄。"汉王笑着推辞说："我这个人，宁肯斗智，不肯斗力。"人物口吻何等传神。《荷马史诗》的人物对话，一般都长，有长达数百字的，语言的个性化远不如《史记》。司马迁尤擅以动作写人，《李将军列传》写李广看见草里一块石头，以为是老虎，一箭射去，射中石头，把整个箭头都射了进去。过去一看，原来是石头，再射，便射不进石头里去了。"鸿门宴"是写人物动作的典范，范增三次使眼色，又三次举所佩玉块做杀状以示项羽，项羽像木头一样毫无反应；项庄舞剑，项伯亦拔剑起舞；樊哙闯入军门撞倒卫兵，项羽大吃一惊，按剑跪起；张良献白璧玉斗，项羽接璧放在座上，范增接过玉斗摔在地下，用剑击碎。全是戏剧动作。中国古典长篇小说家深得《史记》以肖像、语言、动作写人物的戏剧性手法的三昧，曹操、鲁智深、猪八戒、范进等人物的戏剧性写法全是学《史记》的，这是中国长篇小说中很大的艺术特色，很值得今人继承与发扬。

（5）阳刚之美与阴柔之美。《史记》只有阳刚之美，写帝王将相龙虎之威，写农民领袖、游侠刺客的熊胆铁骨。《荷马史诗》除有阳刚之美外，还有阴柔之美。司马迁极少为女性立传。西施他不写，或许认为史无此女，但如姬是有的，"窃符救赵"，事关重大，然而司马迁在《魏公子列传》中写她仅数语："公子从其计，请如姬。如姬果盗晋鄙兵符与公子。"在《司马相如列传》中写卓文君亦仅数语："文君窃从户窥之，心悦而好之""文君夜亡奔相如"。司马迁擅长写男性人物，几乎不写女性人物，要写也是寥寥数语，惜墨如金，极少注入美好的感情色调，唯一一篇《吕太后本纪》，把吕后写得极为可怕。荷马则不同。他在《奥德修纪》中把好几个女性写得美丽而且富有人情味，西方一些批评家因此断定《奥德修纪》出自女作家手笔。西方小说几乎离不开爱情和女性，而其源头《奥德修纪》就是第一部写爱情和女性的作品。中国长篇小说在《金瓶梅》《红楼梦》以前，几乎不写爱情与女性，如果写，几乎没有好感情，这或许与中国纪传体文学的正统有关吧。

（6）预言法的取舍。所谓"预言法"，是将人物未来之事先行写出，引起读者的期待心理。《荷马史诗》是神话，神话多有预言。《荷马史诗》有重要的预言文字，如《奥德修纪》第十一卷写塞拜城先知泰瑞西阿的鬼魂向奥德修预言他日后的事，凡570字，简直是奥德修未来故事的提纲。古罗马维吉尔继承了荷马的预言法，在《埃涅阿斯纪》中预言古罗马开国后几百年的事，用"预言"来歌颂当政者。《史记》非神话，是"实录"，原则上摈弃预言法。也有一点，如《淮阴侯列传》写韩信请蒯通为他看相，蒯通说："相君之面，不过封侯，又危不安，相君之背，贵乃不可言。"这是《史记》中字数最多的"预言"，仅21字。中国古典长篇小说家，如罗贯中写《三国演义》很少用"预言"法，是《史记》的嫡传。后来的小说，如《水浒传》《西游记》《红楼梦》，多用"预言"法，是受其本土道教及外来佛教的影响。

在比较中西长篇小说源头时，《史记》有三种叙事法要强调，即直叙法、用故事写人物、互见法。

《史记》的直叙法是一种很好的叙事法，最能讲好故事，写好人物。中国几部古典长篇小说无不以直叙法写成，《红楼梦》基本上也是如此。中国现代几部已有定评的长篇小说也用直叙法写。直叙法是古今中外小说家最常用、最爱用的叙事法，《四福音书》《源氏物语》《战争与和平》都是直叙。若问用什么叙事法写小说最好？小说家最有发言权，而小说家是以作品发言的。去统计一下古今中外的长篇小说名著，有多少部是用直叙法写成的，答案就有了直叙法是古今中外长篇小说家的"集体无意识"。一部世界小说史的事实证明，直叙法能产生最多最好的作品。理由很简单，因为用直叙法写故事最容易让读者看懂、记住，最符合读者的思维方式，是全世界广大读者最乐于接受的叙事形式，它的价值正在于它恰恰不是"可写的作品"而是"可读的作品"。中国两千年前就有《史记》这样一部直叙法的散文叙事巨著，是司马迁对世界文学的伟大贡献。新时期以来，中国小说家竞相探索新的小说叙事技巧，将西方人这方面的理论著作、文学术语大量引进中国文坛。但是，引进与研究应以中国文学为主体，倘若引进与研究导致贬低，甚至否定直叙法，便不利于弘扬我国优秀的民族文化传统。

《史记》善以故事写人物，生动的故事和鲜明的性格是分不开的。我们在中外短篇小说比较中谈过这个问题，曾指出中国短篇小说二者并重。现在再从长篇小说比较的角度进一步探讨。中国长篇小说家受《史记》的影响，历来就重视好故事与好人物的统一。《三国演义》《水浒传》《西游记》就不用说了，就算是《儒林外史》也有"范进中举"。好故事与好人物的统一，关键在于情节与性格并重，构思情节时不能丢掉性格，构思性格时不能离开情节。还有一个关键，就是不进行纯心理描写，如果大段地写人物的心理，如同戏曲的唱段那样，情节就陷于停顿，人物性格从情节中的表现便无从说起。司马迁写《史记》，十分重视好故事与好人物二者并重，也绝不写人物的纯心理，"鸿门宴"就是一个绝好的例子。"鸿门宴"一个故事写了多少个性格鲜明的人物，人物的心理在尖锐的戏剧冲突中又有多么复杂，但情节与性格结合得那么好，而且一句纯心理描写的话也没有。中国长篇小说家就学了司马迁的写法，古代的不举例了，现代的，如巴金、茅盾、老舍；当代的，如贾平凹、陈忠实，大都如此。新时期虽有几部"意识流"小说，也不是主流。西方的长篇小说则不同，有一个从情节到性格，从写外部世界到写内部世界（也就是苏联批评界批评西方小说"向内转"）的经过。早期的小说多以情节取胜，如《金驴记》，只见故事，不见人物，不能做到好故事与好人物的统一。20世纪"意识流"小说兴起，在一些作品中，心理结构取代了情节结构，只见心理，没有故事，如伍尔芙的作品，包括乔伊斯的《尤利西斯》，也不能做到好故事与好人物的统一。所以，中西方长篇小说的个性是确有不同的，以故事写人物是我们的好传统，我们的小说并没有如西方那样，有一个从情节到性格，从写外部世界到写内部世界的二元过程，情节和性格、外部世界和内部世界，在中国长篇小说家笔下是统一的，而不是分裂的。西方长篇小说的艺术高峰是19世纪的小说，尤其是批判现实主义的小说，情节与性格二者是完美的统一。20世纪也有好小说，也是完美的统一，如《喧哗与骚动》。但若论其发展走向，则确有上述的过程，而与中国不同。这里便有一个理论问题可以探讨，国内外都有一些研究者认为中国小说的发展是从情节到性格，从写外部世界到写内部世界。有的学者说中国小说是"以情节结构中心转以人物心理为结构中心""中国古典小说家大都以情节为结构中心""'五四'作家的心理学知识，影响于中国小说叙事模式的转变最明显的有两点：一是小说结构的心理化，以人物心理而不是以故事情节为小说的结构中心"。这种理论观点是用西方小说不完全的演变模式来套中国的小说，一点也不符合中国小说发展的实际情况。

《史记》还有一种叙事法要加以强调，就是"互见"法。《史记》的人物故事在不少传记中"互见"，是由《史记》的结构决定的。司马迁用"纪传体"写史，从黄帝写到汉武帝，这上下三千年的历史是由"十二本纪""三十世家""七十列传"等人物传记写出的。因此，在同一朝代或上下朝代的人物传记中，人物互见、情节互见乃是必然的。《史记》重点写汉朝，有关汉朝的"本纪""世家""列传"中的人物情节互见最多。司马迁经常提醒读者，此事又见诸谁的传记，如《秦本纪》略写胡亥自立太子一事。司马迁紧接着就说："其语在《始皇本纪》中。"（这些事情在《始皇本纪》中有详细的记载）。"互见"写法不同，有略写、详写、补写法。例如，《项羽本纪》写"鸿门宴"是详写，洋洋洒洒，计1476字。《高祖本纪》是略写，仅有"沛公从百余骑，驱之鸿门，见谢项羽。项羽曰：'此沛公左司马曹无伤言之，不然，籍何以生此？沛公以樊哙、张良故，得解归。归，立诛曹无伤"，计50字。再如，在《孔子世家》中不写孔子向老子问礼，而在《老子韩非列传》中补写之，不仅写了问礼，还写了老子讽刺孔子的话及孔子对老子的印象。鲁迅写《出关》用的素材，就是司马迁补写的事。西方、拉美小说家用"互见"法是近、现代的事。在巴尔扎克、左拉、高尔斯华绥、海明威、福克纳、马尔克斯的系列小说中，不乏人物、情节互见，但比司马迁的《史记》晚了两千年。"互见"法不是西方人的发明，而是东方人的智慧，是距今2100年前司马迁的创造。中国现当代小说家也用"互见"法写小说，可千万别数典忘祖，看不见《史记》的本土文学渊源。

二、性格塑造

世界长篇小说家塑造了各种性格，道德标准审美评价大致相同，可归纳为三句话：女性美于男性、善恶性格分明、复杂与单纯性格都有审美价值。

在古代一夫多妻制的各国文学中，男性中心主义的作品是大量存在的，但已见女性美于男性的描写。印度两大史诗《摩诃婆罗多》中有《那罗传》和《莎维德丽传》，它告诉人们：女性是男性幸福和生命的依靠。《罗摩衍那》中的罗摩把怀孕的妻子悉多遗弃在恒河边的森林，一再怀疑她的贞操。悉多投火自尽，火神把她救出来。她带着两个儿子去认夫，罗摩仍拒绝她。悉多求救于地母，大地裂开，悉多跳入地母的怀抱。印度后代的作家为了神化罗摩，删去这些不利于罗摩的情节，从反面说明悉多在道德上美于罗摩。日本的《源氏物语》是东方最早的长篇小说，尽管紫式部百般美化源氏，但她不得不写出空蝉、夕颜、六条妃子、末摘花、藤壶、紫上、女三富等众多女性的死亡和悲惨命运是生来好色的源氏所造成的。川端康成对《源氏物语》崇拜得五体投地，他出色地继承了这部小说写女性美的传统，他说，"女人比男人美"是永恒的基本主题。

《荷马史诗》的妇女观是大男子主义，其中的英雄绝大多数是女性的奴役者。恩格斯曾用《荷马史诗》说明"最初的阶级压迫是跟男性对女性的奴役相一致的"。但是，我们拨开史诗男性中心主义的乌云，也可以看见女性美德的闪光在《奥德修纪》中尤其夺目，以至于有人认为它出自女性作家之手，如卡吕蒲索的"怜悯之情"，劳西嘉雅的细心、多情、知礼，潘奈洛佩拒婚试夫的坚贞机智，都令人击节叹赏。西方文学到骑士传奇时男女地位便发生明显的变化，不是男性高于女性，而是相反。骑士道德的一条重要原则就是崇拜女性。是忠于亚瑟王还是忠于王后桂乃芬，使中世纪骑士文学中最著名的骑士郎世乐内心发生了尖锐的矛盾，他完全倒向了女性一边。18、19世纪感伤主义、浪漫主义、批判现实主义、唯美主义文学中的女性地位相当高。一部英国19世纪小说史大概只有萨克雷在《名利场》中写了一个坏女人，而利蓓加·夏泼无损一批女作家及狄更斯、哈代小说中女性形象的光辉。狄更斯在自传体小说《大卫·科波菲尔》（狄更斯最心爱的长篇小说）中把女性视为"指路明灯"。哈代的代表作《德伯家的苔丝》以"一个纯洁的女人"为副标题。俄国屠格涅夫以塑造系列正面女性形象著称于世。巴尔扎克、陀思妥耶夫斯基、托尔斯泰小说中有大量美好的女性，体现了作家理想化的道德观念与审美观念，几乎所有的男性主人公都向女性忏悔。西方现当代长篇小说把"性""美""女性"连在一起写是最常见的写法。福克纳《喧哗与骚动》的主题是"美的丧失"。凯蒂是美的化身，凯蒂穿着婚纱飞奔出门去安慰号啕大哭的白痴弟弟班吉那段镜中写人的优美文字使我们立刻想起川端康成的《雪国》。马尔克斯写了布恩蒂亚家族之母乌苏娜和白日飞升的俏姑娘。他说，我认为，妇女们能支撑整个世界，以免它遭受破坏，而男人们只知一味地推倒历史。福克纳笔下的黑人迪尔西是康普生家的精神支柱。福克纳说："迪尔西是我自己最喜爱的人物之一，因为她勇敢、大胆、豪爽、温存、诚实。她比我自己勇敢得多，也豪爽得多。"德国伯尔（1917—1985）的代表作《以一个妇女为中心的群像》（1971）写了一位德国劳动妇女莱尼无私奉献的一生。作者喻她为"圣母"，并说："我试图描绘或写下一个五十岁不到的德国妇女的命运，她从1922年至1970年承担了历史的全部重负，而世人却把脏水泼在她身上还昂起了头。"苏联名作家瓦西里耶夫（1924—　）的《这里的黎明静悄悄》（1969）的崭新意义在于，即使在战争题材小说中，"穿大衣的女兵们"也取代了男性成为小说的主人公。以女性为中心的写法在苏联名作家艾特玛托夫（1928—2008）的《断头台》（1986）中有特殊的表现方式。这部长篇小说描写了母狼阿克巴拉的故事，它具有优美的人性，它的爱崽之情与失崽之痛，在梦中对月悲嗥，祈求月神把它带到无人居住的月亮上去的悲哀，极富有艺术魅力。作家用人间的美女和月亮中的女神衬托它，把它写成是善良、美丽、受难、悲哀的女性的化身，赋予它很高的悲剧审美价值。

中国古代长篇小说家对女性的态度觉悟较晚，不如诗人、短篇小说家、戏曲家。罗贯中、施耐庵都认为女人是祸水。《三国演义》中的貂蝉是"礼品"，王允将她同时送给吕布与董卓，又让李儒仰天长叹"吾等皆死于妇人之手矣"。《水浒传》的妇女观十分落后，妇人大都是小人、贱人、坏人。宋江、武松、杨雄、卢俊义都残杀过女性。到《金瓶梅》，以女性为书名，有同情女性倾向（如写李瓶儿之死），武松杀嫂的写法重点写武松的凶狠。中国的女权主义批评家认为此书是让女性扬眉吐气之书。到《红楼梦》又一变，曹雪芹与前人的妇女观针锋相对，他写《红楼梦》的目的就是要歌颂女性，在小说第一回中已宣布过，还借贾宝玉之口说："天地间灵淑之气只钟情于女子，男儿们不过是些渣滓浊物而已。女人是水做的骨肉，男人是泥做的骨肉，我见了女儿便清爽，见了男子便觉得浊臭逼人。"《红楼梦》是中国长篇小说反男性中心传统的开山之作，第四回"贾宝玉神游太虚境，警幻仙曲演红楼梦"是全书女性人物的提纲。警幻仙子带宝玉来到女子的档案司，那"金陵十二钗正册""副册""又副册"全是书中女性的暗写。《红楼梦》除了林黛玉、薛宝钗那一批著名女性人物外，仅大小丫头就超过一百。女性形象如此之多，写得如此之好，在世界小说中独一无二。李汝珍（1763？—1870？）的《镜花缘》堪称一部"女权主义"的书，胡适说："他的'女儿国'一大段，将来一定要成为世界女权史上的一篇永远不朽的大文，他对于女子贞操、女子教育、女子选举等问题的见解，将来一定要在中国女权史上占一个很光辉的位置，这是我对于《镜花缘》的预言。"

"五四"新文化的精神成果是"人"的发现，周作人在《人的文学》中把"人"的发现与女性的发现同等齐观，认为"人"的发现最突出的贡献是女性的发现。在中国新文学中，茅盾和巴金继承了曹雪芹同情与歌颂女性的传统。茅盾写《蚀》三部曲的动机就是因几个女性引起的。他说："我又打算忙里偷闲来试写小说了。这是因为有几个女性的思想意识引起了我的注意。她们给我一个强烈的对照，我那试写小说的企图也就一天一天加强。"有学者指出："女性知识分子在《蚀》和《虹》中占了主要地位，这在中国小说史上是第一次，这也是茅盾对中国现代文学的重要贡献。"曹雪芹同情与歌颂女性的传统在巴金的小说中尤其得到了继承和发扬。巴金说："我写梅，我写瑞珏，我写鸣凤，我心里都充满着同情和悲愤，我还要说我那时有着更多的憎恨。后来在《春》里面我写淑英、淑贞、蕙和芸，我也有着这同样的心情。我暗自庆幸我把自己的感情放进了我的小说里面，我代那许多做了不必要的牺牲的女人叫出一声'冤枉'。"巴金不仅塑造了一批被损害与被侮辱的女性，还塑造了琴，这是"希望的火花"。同时还有一个比琴"强得多"的女性那就是许倩如的"影子的晃动"，巴金把更大的希望放在她的身上。孙犁说："我喜欢写欢乐的东西。我以为女人比男人更乐观，而人生的悲欢离合，总是与她们有关，所以常常以崇拜的心情写到她们。"在中国新时期的长篇小说中，女性往往比男性好，写得也更为出色，如《芙蓉镇》中的胡玉音，《男人的一半是女人》中的黄香久，《活动变人形》中的两个老姐妹静珍、静宜，包括着墨不多的倪萍，《古船》中的茴子、张王氏、隋含章，这些还不包括一批有女权主义意识的女作家张洁、王安忆、铁凝的小说。铁凝的第一部长篇小说《玫瑰门》就以女性为主人公。在《玫瑰门》中，女性的地位已经提高到人类发生学的层面加以认识，我们从中听到了汉民族女娲的遥远的声音。

中外长篇小说中人物性别中心的转移，女性美于男性的倾向日益明显，其原因是多方面的。在西方，基督教的观念代替了希腊的命运观念，圣母代替了宙斯，便产生了骑士的妇女观，便颠倒了两性关系上谁拯救谁的模式。现当代小说家对女性的同情与美化，包含着对当代战争、暴力的否定。在中国，由于封建社会有几千年的历史，封建主义特别严重，中国现当代小说的女性地位的提高，包含作家对男权主义的批判，是中国小说家反封建思想的主要表现。还有一个很重要的原因是作家的性别心理使然。古今中外的男性小说家出于自身的生活经验，大都自觉地意识到男性的道德观念、生命力、自我牺牲精神、抗拒恶势力和恶环境的毅力和韧性不如女性，所以发自内心地对女性产生一种赞美崇敬之情。《红楼梦》第一回曹雪芹的"自云"实在道出了普天下男性作家的共同心声。男性作家在现实生活中遭受种种碰撞、挫折、坎坷，在创作的"白日梦"中，从女性的心灵中去寻求安慰，也是古今中外男性作家的一种心理定式。从女性作家方面来说，她们虽然切身感觉到男女不平等的压迫，但在集体潜意识中也为女性的宽容、博爱、自我牺牲的伟大而自豪，自觉或不自觉地意识到母亲是生命之源，母性意识是世界上任何精神价值所不能超越的。一句话，在女性作家的潜意识中，实在有一种与男性比较的优越感、责任感，在创作的"白日梦"中，就变成了《简爱》与《呼啸山庄》。由于上述诸原因，世界长篇小说人物性别重心的转移乃是"柔弱胜刚强"的一种必然。

世界各国长篇小说中有一类极恶的人物，作家对其态度就是批判、否定，绝不手软。例如，逼使包法利夫人自杀的贵族地主罗道耳弗、见习生赖昂、高利贷商人勒乐。又如《卡拉玛佐夫兄弟》中强奸疯女的老卡拉玛佐夫、杀父凶手斯麦尔佳科夫，还有那个连阿廖沙这样菩萨心肠的人也喊出该"枪毙"的退休将军。美国菲茨杰拉德的名著《了不起的盖茨比》（1925）也是一个例子。幻想型的农家青年盖茨比是作家同情怜悯的人物，他的对立面汤姆、黛西这些上层人物是作家批判、唾骂的对象。作者用隐身法借书中一位名叫卡罗威的道德评论家以第一人称的口吻表现了自己鲜明的臧否倾向。不过,世界各国长篇小说中好人多于坏人,或者说正面人物、被同情被怜悯的人物多于反面人物,因为世界各国长篇小说家多有一颗大心,他(她)们着重要表现的是人性善的一面,他(她)们真诚希望自己的小说有劝世的意义。巴尔扎克说自己小说中的正面人物多于反面人物,适用于世界各国长篇小说家的绝大多数。

中国古典长篇小说一贯有正反分明的人物系统,所谓"忠奸分明"。《三国演义》《水浒传》《西游记》全都是这样。中国现当代长篇小说家爱憎分明的倾向尤为强烈,因为作家写的不是历史、神话,而是现实题材,作家总要表态。例如,茅盾在《子夜》中一定要否定吴荪甫的对立面赵伯韬,他是个买办资本家。陈忠实在《白鹿原》中一定要否定鹿子霖和白孝文;否则读者就通不过。

这一部分的比较是要说明我们不能因为长篇小说中有一类"亦善亦恶"的人物就否定了正面人物的存在,就否定了人物善恶两面性的对立,就否定了作家对人物的倾向性,因为这不符合世界各国长篇小说自古至今的实际情况。

总的来说,西方小说的人物性格比较复杂,中国小说的人物性格比较单纯。新时期文学以前,中国长篇小说极少有亦好亦坏、亦善亦恶、内心分裂、多重人格的人物形象。即使新时期文学,多重视写人物隐秘心理,像陀氏笔下那样的人物也甚为罕见。古典小说中曹操的性格复杂一点,但基本特征是奸诈,在大众心目中,他是个反面人物无疑。王熙凤与薛宝钗的性格复杂一些,一个"机关算尽太聪明,反误了卿卿性命",一个排挤了林妹妹,自己也未能获得幸福。但越到后来,这两个女性越陷入困境,性格越见单纯,作者的笔调也越柔和,同情的成分越多。贾宝玉内心充满矛盾与痛苦,但人格绝不分裂。宝玉发疯是痛苦至极的表现,并非内心分裂所致。新文学的几部已有定评的长篇小说都是单纯的,《激流三部曲》无一复杂性格。觉慧在垂死的高老太爷病床前动了一点恻隐之心已经是出格的描写了。

人物性格的复杂与单纯从审美眼光上看并无高下优劣之分,因为"复杂"与"单纯"非审美标准,真实才是标准。"单纯"不是"简单化","单纯"的前提是真实。力求保持内心的平衡与和谐,坚持一种信念,是中国小说中正面人物内心真实的一个极重要的特色。"情"与"理"的矛盾,在中国长篇小说家的笔下,常用西方 17 世纪古典主义的方法加以解决。孔明明知阿斗不成器,但"鞠躬尽瘁,死而后已"。宋江宁愿饮毒酒也不反皇帝。孙悟空其实不需要紧箍咒也会随唐僧上西天取经。林黛玉临死前对紫娟说:"我的身子是干净的,你好歹叫他们送我回去。"《李自成》中的红娘子压下杀夫之仇,对闯王尽忠到底。就是当代一批写"受难知识分子"的小说,其中正面人物也是理胜于情，即使受大冤枉、陷大苦难、历大痛楚，仍以国家命运为重，内心不失去平衡，理想主义熠熠发光。上述典型人物的内心矛盾，绝不表现为善恶冲突，人格并不分裂，也绝非"矫情"，是本来如此，这才是"单纯"的美。西方小说人物性格复杂的原因与基督教的"原罪说"及弗洛伊德的泛性论有关，这两种理论都把人格分为两个。中国小说性格单纯的原因与儒家"性善"论有关。"人之初，性本善"，这是前提。儒家讲正心修身，克己复礼；知识分子讲"内美""气节"。现代革命者讲"自我修养"。道佛理论讲无为、出世，虽与儒家主张相左，但其提倡灭欲亦大有助于小说家写出人物的单纯性。中国人受儒家思想影响，素有"忠奸分明"的道德和审美观念，作家也有同样的道德审美观念。中国作家的理想主义一向强烈，总想要把正面人物写得更美一些。中国作家的笔擅于化复杂为单纯。

我们主张描写人性的真实，反对把人物性格脸谱化，因此高度评价西方作家笔下的复杂性格的人性真实和艺术美，但我们绝不能忽视西方长篇小说中还有大量单纯性格的人物存在。《喧哗与骚动》《百年孤独》《断头台》乃至 19 世纪小说中最美的人物形象不是复杂性格的形象而是单纯美的形象。我们更不能忽视继承和发扬自己民族的优秀文学传统，中国长篇小说的正面人物力求保持内心的平衡与和谐，执着追求一种信念、一种理想，中国人民素有善恶分明的道德意识与审美意识，这并不是污水，不能泼出去。倘若把人格分裂、多重人格的人物作为最高档次的典型，忽视了性格的单纯美，仿佛性格越复杂越好，越见作家写人物的本领，这就会导致另外一种观念论，即贬低以致否定中外小说上大量存在的单纯性格美的正面典型人物，并对当代作家的写作产生错误的导向。

三、反讽结构与神话结构

反讽结构是指该小说的人物情节风格、语言结构是对前人或同代人作品的反写，作家用这种反讽结构来嘲讽他所非议的文学现象，表达新思想，创造新文学。西方长篇小说素有反讽结构，这是它和东方长篇小说的重大区别。

古罗马希腊语作家卢奇安（又译琉善，约 120—？）的中篇小说《真实的故事》是西方第一部反讽结构小说。《荷马史诗》问世后数百年间仿者甚众，这些仿作已达到荒唐的地步，于是卢奇安就写了《真实的故事》来反对这些仿作。目前这些仿作大都失传，包括卢奇安点名的《天涯海角传奇》在内。《真实的故事》系作者自述其冒险经历，其中讲到他们的单桅船遇上龙卷风被抛到月球上，目睹太阳大军入侵月球。当他们返回家乡时，单桅船又被一条大的鲸鱼吞没。鲸鱼肚中有岛屿，有大森林。作者他们在鱼腹中度过一年零八个月，还从鲸鱼的牙缝中参观了一场巨人海战。后来这些希腊人终于想出了燃烧鲸鱼腹中的森林的计划，逃出了鱼腹。他们经过一些岛屿，帮助海伦和她的新情人私奔。又为奥德修带信给卡吕普索，信中说一有机会就抛弃妻子进到她那里去，真是荒唐到了极点。《真实的故事》是欧洲文学上第一部"模拟滑稽史诗"，对拉伯雷、塞万提斯、斯威夫特乃至乔伊斯都有影响。

法国拉伯雷（1494—1553）的《巨人传》是欧洲文学第二部反讽结构的长篇小说。拉伯雷有一天在书摊上买了一本无名氏的《高长硕大巨人卡冈都亚大事记》，叙述巫师梅灵制造了一个巨人卡冈都亚，为亚瑟王抵抗敌人的侵略。拉伯雷读了此书后产生了一个愿望，决心仿照它的写法，写出一本同样奇妙的新书。几个月后，《巨人传》第一部问世。然而，《巨人传》中的主人公却是民间文学"笑文化"的产物，是滑稽荒诞可笑的形象，这是对骑士传奇的反讽。其第一部先写巨人卡冈都亚的儿子庞大固埃，他生下来之前，他母亲先产下六十八个驴夫，每人手里牵着一头驴子，再产下九匹骆驼，最后才生出一个全身长毛的婴儿庞大固埃。他一生下来就力大无比，食量无穷。家人用母牛给他喂奶，他要把整头母牛吃下去。他长大后放了一个响屁，震动了方圆八九里的地面，还放出五万三千个矮男人。再放一个闷屁，放出五万三千个小女人。《巨人传》第二部同样荒诞，巨人卡冈都亚是从妈妈耳朵后钻出来的。他长大后到巴黎，撒了一泡尿，冲死了二十六万零四百一十人。他后来去打仗，其马撒了泡尿，变成七里长的一股洪水，把敌人统统淹死。这些写法说明作者故意夸张了骑士传奇的荒诞因素，把它变得滑稽，用民间文化的笑声传达人文主义的先进思想，与塞万提斯不谋而合。

西班牙塞万提斯（1547—1616）的长篇小说《堂·吉诃德》是欧洲文学第三部反讽结构名著，也是最出色的一部。作者认为骑士传奇害人不浅，故意模仿骑士传奇写一本小说来打倒之。作者使用的反讽结构比拉伯雷艺术化，因为包含对比。骑士少年英俊，堂·吉诃德却是五十出头；骑士骑骏马，他骑一匹瘦马；英雄骑士每战必胜，他几乎每战必败；骑士斗妖魔，他斗风车羊群；骑士有如花似玉的美人，他假想的情人是胸口长黑毛的阉猪的村姑；骑士在深山苦修是为了博取美人的芳心，他学样在山林中脱光衣裤倒竖蜻蜓，桑丘掩眼不看。塞万提斯用笑声埋葬了骑士传奇，同时就创造了闪耀着人道主义光辉的新小说。

西方反讽结构的长篇小说还有不少。如英国斯特恩（1713—1768）的《项狄传》的反讽结构是破天荒的新颖、大胆、富有挑战性和针对性，是对同代作家理查逊、笛福、菲尔丁创作方法毫不留情面的嘲笑。托比叔叔部分是用来讽刺理查逊的《克拉丽莎》中的女主人公，那个诡计多端的寡妇沃德曼是强暴克拉丽莎的洛夫莱斯的滑稽的女化身。尤其重要的是，斯特恩塑造了一个"无限倒退的主人公"哲学家兼数学家伯特兰·罗素，以讽刺笛福、理查逊和菲尔丁对小说时间顺序的处理。小说彻底砸碎了传统的叙事规则，离题万丈，节外生枝，中断叙述，寓言穿插及多层次的含义，夸张，经院学问的荒诞运用，亵渎性的言语，多变的文体、图解、字体，各种奇特的用法，页数的古怪排列，对读者的各种戏谑性的称呼，主人公忽而出现忽而不见，凡此等等写法激起了与他同代的几乎所有小说家的"愤怒"，约翰逊、理查逊、沃波尔、哥尔德斯密斯群起而攻之。英国戈尔丁（1911—1994）的长篇小说《蝇王》（1954）是对英国巴兰坦（1823—1894）的《珊瑚岛》（1858）的反讽。在《珊瑚岛》中，孩子们在轮船失事后很快在荒岛上建立起了一个颇有秩序的群体，就好像是维多利亚女王统治下的英国的翻版。在戈尔丁的《蝇王》中，巴兰坦的粉饰太平的幻想被砸得粉碎，因飞机失事而流落到荒岛上的孩子因人性固有的私有观念的膨胀而变成残杀同类的野蛮人。众所周知，乔伊斯的名著《尤利西斯》是对《奥德修纪》的反讽。英国约翰·福尔斯（1926—2005）的长篇小说《法国中尉的女人》（1969）是对维多利亚时代小说的反讽。已故王佐良先生说："福尔斯用十分贴切的维多利亚时代的语言、对话、手法和小说形式再现了维多利亚英国，也复制了维多利亚时代的小说，在毫不隐讳地抄袭了维多利亚小说家的传统写法的同时，又嘲弄了这一传统。"

神话结构是指小说以神话为框架，包含象征的意义。西方长篇小说虽有《荷马史诗》的源头、骑士传奇的传承，但从文艺复兴到20世纪以前，几乎没有神话结构的长篇小说。神话结构小说表现出了集体无意识、民族的声音，它和志怪小说、浪漫主义小说是大有区别的。

西方神话结构小说是现代作家的首创。20世纪乔伊斯（1882—1941）写过一部《尤利西斯》（1922），借《奥德修纪》的结构写爱尔兰的现实人生，是反讽神话结构的独出心裁的运用。继乔伊斯之后，美国福克纳（1897—1962）创作了《喧哗与骚动》（1929）。小说以"1928年4月7日""1910年6月12日""1928年4月6日""1928年4月8日"四天组成，这四个"乐章"都与基督受难的四个主要日子有关。4月6日至8日是基督受难日到复活节，而1910年6月12日又正好是基督圣体节（基督受难前举行圣餐仪式）的第八天，因此，小说的结构也是神话结构。小说的主要人物凯蒂、昆丁、班吉、迪尔西、小昆丁都是人间的受难者，作家显然要借助神话结构使小说的主题升华到成为一个探讨人类命运、人类如何才能得救的主题。答案在第四乐章，标题是复活节，这部分写了教堂与布道。迪尔西的心与耶稣是相通的，她"看到了初，也看到了终"。福克纳把这一章标题定为复活节，使小说结尾响起了"爱"的钟声，它发自一个善良的黑人劳动者的内心。到迪尔西心中去寻求爱吧，耶稣与她同在，这是作者的题旨。这就把《圣经》"信仰得救"的母题与"喧哗与骚动"的现实人生相联系起来，使小说的神话结构具有了针对性。

神话结构小说在现代拉丁美洲小说中取得突出成就。危地马拉著名作家阿斯图里亚（1899—1974）首开先河，他的长篇小说《玉米人》（1949）是拉丁美洲第一部神话结构小说。小说描写了印第安人反抗白人的斗争，在玉米神的帮助下，印第安人取得了胜利。作者根据玛雅人的经典著作《波波尔·乌》中现实世界与神的世界相通、梦幻与现实相通、玉米与人相通、人与动物相通的神话观念，塑造出印第安民族英雄加斯巴尔·伊龙酋长和萤火法师的形象，毒药毒不死加斯巴尔，河水也淹不死他，经过痛苦的修炼，他终于成为"无敌勇士"，使白人的骑警队闻风丧胆。萤火法师被敌人砍杀得七零八碎，但残肢断体仍聚而成形，向恶人发出可怕的诅咒，这些诅咒最后一一应验。小说出现了《波波尔·乌》中玉米神的三种变形，将白人戈多伊上校连人带马压缩成二寸的小糖人，处死在腾夫拉德罗山谷底下。加斯巴尔的妻子又是石头又是神，她背着加斯巴尔的儿子又是背着伊龙大地的玉米。邮差尼丘又是野狼。巫医库兰德又是梅花鹿。作者于1967年获得了诺贝尔文学奖，因为他的作品"深深植根于拉丁美洲的民族气质和印第安人的传统中"。

哥伦比亚名作家马尔克斯（1928—2014）因《百年孤独》（1967）的成就获得了1982年诺贝尔文学奖，这部长篇小说将印第安神话意识完全融化于故事情节之中，使之与现实生活紧密地结合起来，超越了《玉米人》的艺术境界。小说中的马孔多镇是老布恩蒂亚梦中得来的名字，它最后被飓风卷走，无踪无迹，俏姑娘雷麦黛丝飞上了天，这些写法都富有象征意义。小说把印第安神话"人鬼相通"的意识表现得淋漓尽致，三个"鬼"写得活灵活现。老吉卜赛人梅尔加德斯早在新加坡沙滩上就患病死了，但忍受不了孤独又回到马孔多，和布恩蒂亚恢复了往日的友谊，几个月后他又走进河水深处淹死了自己，以后他又在房间出现，先后和这个家族的两代人交上了朋友。阿吉廖尔早被邻居布恩蒂亚用标枪击死了，但他死后十分孤独，竟到仇人家来了，与老邻居布恩蒂亚言归于好。布恩蒂亚快下世时，阿吉廖尔的鬼魂也衰朽不堪了，但每天还来树下两次和老友聊天，重温斗鸡的旧事，给他擦擦洗洗，喂他吃东西。第三个"鬼"就是布恩蒂亚，他的亡魂没有离开大栗树下，奥雷连诺上校有一次发现母亲乌苏娜在大栗树下把头伏在已故丈夫膝下哭泣。还有一次他一早去院子里小便，父亲的亡魂还在棕榈棚下睡觉，上校一股热尿淋在幽灵的鞋子上，幽灵惊醒过来，向他说了一句莫名其妙的话（他后来才知道父亲预言他将死亡），他也没有听清。马尔克斯在三个"鬼"

身上寄托着印第安人对先人深切的眷念，对传播科学知识的异族人由衷的感激，对不念旧恶的友谊的真诚的赞美，将印第安人、人鬼相通的集体无意识赋予了新的内涵。

神话结构小说在 20 世纪 80 年代的苏联得到了重要发展。艾特玛托夫（1928—2008）的长篇小说《一日长于百年》（1980）及《断头台》（1986）是代表作。《一日长于百年》写铁路老工人叶吉普为死者卡赞加普送葬的故事。叶吉普坚持要通过火箭基地的铁丝网禁区，把死者葬在族坟阿纳贝特中。"阿纳贝特意为母亲安息之所"，由此引出了一个古老的传说：在遥远的过去，外族人把乃曼·阿纳的儿子曼库特抓去，用滚烫的骆驼皮贴在他被剃光的头上，使他失去记忆，成了外族人支配的奴隶。乃曼·阿纳找到儿子，但儿子已不复记忆母亲。外旗人教他用箭射母亲。乃曼·阿纳第二次去找儿子时，被儿子射死了，变成一只白鸟。乃曼·阿纳就埋葬在阿纳贝特。小说的神话象征意义在于表现作者的"全球性思维"，作者对曼库特的怜悯是对失去理性的人类的怜悯。当美苏军事火箭升空时，"白鸟再次飞出天空，在火箭轰鸣声和光团中对叶吉盖喊道："你是谁的子孙？你叫什么名字？记起你的名字吧！""这是乃曼·阿纳再次向人类呼吁理性复归。《断头台》以耶稣受难的神话统率全书的思想。阿弗季临死前神志不清，竟幻想自己是耶稣的弟子，徒步到耶路撒冷去救老师。作家由此写了 1950 年前耶稣在耶路撒冷各地被钉十字架的故事，着重写了罗马总督彼拉多和耶稣的一场辩论。

在西方和拉美神话结构小说的影响下，中国当代小说家也写了带有神话象征色彩的小说。韩少功与莫言小说中的祖先意识使我们想起了阿斯图里亚斯说过的一个印第安传说：死去的祖先不得不睁大眼睛，看着他们的后代受苦受难，奋力挣扎。直到恢复了正义、恢复了被夺走的土地，他们才会在墓穴中瞑目安息。这个美丽动人的神话信念，一定打动了中国作家韩少功、莫言的心，使他们在写作中常常感到祖先凝视的目光。韩少功在《女女女》（1985）中对乡亲和死去的先人说："我给你们跪下。"莫言在富有神话氛围的《红高粱》（1986）结尾用黑体字写道："谨以此文召唤那些游荡在我的故乡无边无际的通红的高粱地里的英魂和冤魂。我是你们的不肖子孙，我愿扒出我的被酱油腌透了的心，切碎，放在三个碗里，摆在高粱地里。伏惟尚飨，尚飨！"韩少功、莫言深受马尔克斯的影响，这两篇小说明显有《百年孤独》的印迹。张炜的《古船》（1986）、陈忠实的《白鹿原》（1993）神话象征性则更为鲜明。《古船》有一个象征体系，郑和下西洋时被埋在地下的"古船"象征着文化传统及进取精神，当洼狸镇的子孙不争气时，它会哭："老船半夜就呜噜呜噜哭，它想家，二十多年了，没有一个人看它。""大红马"象征革命，见素、抱朴两弟兄都梦见过它在暗蓝色河滩上奔驰，浑身像太阳般红亮。"洼狸镇"如同马孔多，也是虚构的地点，也具有象征性："洼狸镇病了，你闻闻它的臭味儿"。"舢古船"出土时，天空出现一只大鸟，向隋不召呼叫着："你！你看到了什么？你看到了什么？你就大叫一声罢！"写法明显借鉴了《一日长于百年》。《白鹿原》写"一个民族的秘史"。"白鹿原"的象征意义是指旧中国。"白鹿原"得名于一只神奇的白鹿，作者由此便引入了白鹿的神话。"白鹿"是吉祥、丰收、生命的象征，也指小说中的人物白灵，其父白嘉轩梦见原上飘来一只白鹿，鹿眼流泪，变成了白灵（此书 537 页），它也指白鹿书院的朱先生（此书 632 页），还指上帝。"上帝其实就是白鹿。"（此书 413 页）"白鹿"的遭遇怎样呢？换句话说，美好事物的遭遇怎样呢？这就是一部"民族秘史"的要害问题了。"白鹿"的神话不仅与历史结合得紧，而且含有作者对历史独立的思考。

当我们谈到西方及拉丁美洲现代长篇小说的神话结构时，千万别忘了中国古代有一部长篇小说的神话结构尤为出色，这就是《红楼梦》。《红楼梦》是世界文学中第一部神话结构长篇小说。在中国所有的古典长篇小说中，《红楼梦》的结构是最新颖、最富有创造性的，别的长篇小说只有一个单一的情节结构，而《红楼梦》还有一个神话结构，情节结构是表层结构，神话结构是深层结构，前者是后者的载体。《红楼梦》的"神话结构"由大荒山顽石的来历（一直追溯到女娲补天）、木石前盟的故事、太虚幻境中的预言三部分组成，相互关联，形成结构，而小说的故事情节，不过是它的敷衍而已。《红楼梦》这个"神话结构"是用诗写出的，如《青梗峰顽石偈》，就是宝玉故事的神话基础。又如，太虚幻境中《金陵十二钗》十四首判词及"红楼梦"十二支曲子就是小说全部主要人物故事的神话基础，其中"飞鸟各投林"更是全书情节的高度概括，倘若抽去了这些诗，高鹗也就失去了续书的依据，"红学"也就无从谈起。马尔克斯的《百年孤独》羊皮纸手稿的预言在全书最后，《红楼梦》诗的预言在全书最前；羊皮纸手稿只预言了马孔多镇的消失，《红楼梦》的诗却构成了全书史诗式结构的框架，谁的构思更复杂、高明呢？《红楼梦》是世界文学史上最伟大的复合结构的小说，即使西方拉美有个强大的神话传统，当代西方长篇小说又向神话回归，也难找出一部作品能与《红楼梦》相媲美。《红楼梦》的神话结构以诗出之，赋予"诗"以如此崭新的结构功能，更是在全世界长篇小说中闻所未闻、见所未见的创举。

四、家族小说

世界家族小说的产生以东方为先。印度波那的《戒日王传》（成书 7 世纪）是描写戒日王家族的传记体长篇小说，从戒日王祖先布希波菩提写起。日本的《平家物语》（成书 13 世纪）也是家族小说，写武士阶级平氏与源氏两大家族的战争。这两部小说，或许是世界文学史上最早的家族小说。

西方家族小说兴起于18世纪。英国菲尔丁的《汤姆·琼斯》（1749）以六个家庭的人际关系作为情节线索，这六个家庭有几十个人物发生种种关系，社会画面十分广阔，马克思说这部小说是"它那个时代的一面镜子"，不妨视为西方家族小说的先声。到19世纪，家族小说正式登场。巴尔扎克的《古物陈列室》（1836）写旧贵族德·埃斯格里尼翁家族的没落，《贝姨》（1846）写新贵族于洛家族的没落，都是名副其实的家族小说。大约与巴尔扎克同时，英国女作家艾米莉·勃朗特写了一部奇特的爱情复仇小说《呼啸山庄》（1847），描写呼啸山庄和西眉山庄两个家族的恩恩怨怨，第一人称倒叙的手法，人鬼情的渲染，开辟了家族小说写法的新角度。法国左拉沿着巴尔扎克的路前进，用二十部小说来写一个下层家族的兴衰，他的《卢贡·马加尔家族》（1863—1893）的副标题就叫作"第二帝国一个家族的自然史与社会史"。从左拉开始，用系列小说描写一个家族命运的小说类型宣告诞生。在俄国，托尔斯泰写了伟大的小说《战争与和平》（1864—1869），写了俄国四个贵族家族的故事，艺术成就超越西欧的家族小说。到了20世纪，德国托马斯·曼的《布登勃洛克一家》（1901）用"一个家庭的没落"为副题，写布登勃洛克家族四代人的盛衰，反映了德国旧式资产阶级的没落。英国高尔斯华绥用两个"三部曲"的形式，写《福赛蒂世家》（1906—1921）《现代喜剧》（1924—1928），以19世纪后期至20世纪初期英国社会为背景，写福赛蒂家族的盛衰，提供了英国资产阶级由产生、发展到没落的编年史。现代主义文学崛起后，美国家族小说大王福克纳以虚构的约克纳帕塔法郡为背景，写了关于美国南方庄园主七个家族的十几部长篇小说和几十篇中短篇小说。这七个家族是：斯诺普斯家族（《斯诺普斯》三部曲1940—1959）、沙多里斯家族（《沙多里斯》1929）、康普生家族（《喧哗与骚动》1929）、本德仑家族（《我弥留之际》1930）、克里斯默斯家族（《八月之光》1932）、塞德潘家族（《押沙龙，押沙龙》1936）、麦卡斯林家族（《去吧，摩西》1942）。由于福克纳的系列小说所描写的家族太多，关系太复杂，难以精确统计，故有的学者只好笼统地说作者写了"若干家族的几代人的故事"。苏联高尔基的《阿尔达莫诺夫家的事业》（1925）及肖洛霍夫的《静静的顿河》（1926—1939）也是家族小说，后者尤为著名。由于苏联解体，观念改变，对过去的历史有不同的评价，故对《静静的顿河》的评价亦有不同。现代拉丁美洲的家族小说以哥伦比亚马尔克斯的《百年孤独》（1967）成就最高，震惊了世界文坛。

中国的家族小说的兴起，晚于印度、日本，早于西方。明代《金瓶梅》可视为市民家族小说的先声。清代《红楼梦》写了贾、史、薛、王四个贵族家族的盛衰，是名副其实的家族小说。《红楼梦》之后，夏敬渠的《野叟曝言》写文素臣一生的业绩，而人物多有作者家庭成员的影子，如主人公有作者的身影，其他人物有作者父亲、母亲、族叔的身影。小说结构恢宏，写了明代成化、弘治两朝的历史及社会面貌。文素臣六世同堂，妻妾生 24 男，子孙绵绵，共 512 丁，是个大家族。从这些方面来看，此书亦可列入家族小说之中。现代文学史上，茅盾、巴金、老舍、林语堂、张恨水都有志于家族小说。茅盾的《子夜》（1933）是家族小说的横剖面写法，就写吴荪甫家族 1930 年在乡下和上海两地的衰败。巴金的《激流三部曲》（1931—1940）写地主高家三代人在时代"激流"中的不同命运。老舍在美国完成了《四世同堂》三部曲，包括《惶惑》（1946）、《偷生》（1946）、《饥荒》（1947），写祁氏三代人的故事。林语堂的《京华烟云》（1946）写姚、曾、牛三家从 1900 年至 1938 年的变迁。还应该提到张恨水的《金粉世家》（1927—1932），120 回，近百万字，从"一个家族衰亡史"切入，写金家三代人的经历，来反映社会变化。新中国成立后，欧阳山的《一代风流》，包括《三家巷》（1959）、《苦斗》（1963）、梁斌的《红旗谱》（1959）及续集《播火记》（1963）、《烽烟图》（1963），新时期张炜的《古船》（1986）、莫言的《红高粱家族》（1987）、陈忠实的《白鹿原》（1993），都属家族小说类型。

中外家族小说有共性，也有个性，贡献亦不同。在共性方面有以下几点：其一，多借一个或若干个家族的兴亡写一个阶级或一个时代的没落，如巴尔扎克、左拉、托马斯·曼、高尔斯华绥、福克纳、高尔基、曹雪芹等的作品。其二，借一个或若干个家族写一个阶级的上升光明史的作品极少，只有托尔斯泰的《战争与和平》一部。其三，作家大都有宏观的历史和时代意识，宏大的创作抱负，都借一个或几个家族的故事来反映历史时代的变化，这也是共同的。其四，家族小说的素材多取诸作家的家庭生活，小说中若干人物有作家亲属的原型，如托尔斯泰、曹雪芹、巴金的作品。

在个性方面，日本及中国的家族小说是值得一说的，如《平家物语》，写的是上升时期的武士阶级，却充满悲伤的情调，唱出"祇园精舍钟声响，诉说世事本无常"的哀音。中国现当代的家族小说，因受革命潮流的影响，几乎无一例外地写家族成员的分化，人物多有类型性。

中外家族小说艺术形式方面的进步，应是我们考察的主要方面。托尔斯泰在一部作品中写俄国贵族四个家族的故事，与巴尔扎克在一部作品中只写法国贵族一个家族的故事相比，显然是一个进步。左拉用二十部系列小说写一个家族，又是一个进步。福克纳以更多的系列小说写美国奴隶主阶级七个家族的故事，又超过了左拉。中国的家族小说迄今为止仍是《红楼梦》式的结构。

在世界文学的家族小说系统中，有四部小说的艺术成就最高，它们各自占领了一座艺术高峰，使仿效的作家望而生畏。第一部是《战争与和平》，第二、三部是《红楼梦》与《喧哗与骚动》，我们在前面已略有比较。这里着重谈谈《百年孤独》，它至少有五个方面的成绩超越了前人：其一，它借布恩蒂亚七代人的家族史来反映拉丁美洲的苦难史，跨越阶级、民族、国界，而前人没有如此宏观的写作视野；其二，它不宣传佛教或基督教的观念；其三，它描写了没落的事物而有"孤独的反义是团结"的积极主题；其四，它以单部小说实实在在地写了七代人的百年史，其精练程度超越了前人的作品；其五，它是"魔幻现实主义"家族小说，标志着家族小说进入一个新的创作方法的阶段。

五、航海小说与大陆小说

小说描写的地理环境特征是考察中外小说民族性的一个重要标志。西方作家擅写海，具有悠久的航海小说的传统。西方是商业文化，商业文化起于内不足，向海外谋求出路，是西方历史发展的必由之路。从文学源头来说，阿耳戈英雄乘阿耳戈号快艇去取金羊毛的古老神话就反映了古希腊人向黑海的最早的扩张。西方民族最先的工具是船，"阿耳戈"就是著名的船，以伊阿宋为首的五十位英雄因乘坐此船而被称为"阿耳戈英雄"（Argonaut）。《伊利亚特》写希腊人以1206条船横渡爱琴海去攻打小亚细亚的特洛伊。《奥德修纪》写奥德修乘船返回伊大嘉岛及其在海上的十一次遇险。维吉尔的《埃涅阿斯纪》写特洛伊人的后裔乘船到罗马建国。西方的宗教是基督教，到海外传道是基督教开拓精神的表现。在希伯来文学中，《圣经》中的《约拿书》及《使徒行传》是最早的航海小说。约拿先知所写的《约拿书》描写约拿乘船去他国途中遇上风暴，水手们把约拿抛入海中，一条大鱼吞了约拿，他在鱼腹中三天三夜，大鱼又把他吐在岸上。麦尔维尔认为"大鱼"即鲸，并将之写入《白鲸》中。路加是第二位写航海故事的作家，他所作的《新约·使徒行传》描写了他的老师保罗沿地中海海岸远赴欧洲各国传道。第27章写保罗去罗马途中在海上遇险尤为详细，故西方论者说路加是基督教文学兴起时期的荷马。文艺复兴时期拉伯雷的《巨人传》写庞大固埃率领24条船组成的船队出海寻访象征性的"神瓶"，说明知识与智慧要到海外去追求。《巨人传》第四、五部大量写航海。地理大发现后，英国托马斯·莫尔的《乌托邦》（1516）写葡萄牙航海家发现了乌托邦岛。意大利康帕内拉的《太阳城》（1602）写意大利航海家发现了太阳城，那里的人用机器开船，不用帆和桨。18世纪笛福的《鲁滨孙漂流记》就是著名的航海小说。英国福斯特（1879—1970）说："世界上最伟大的二大故事是《奥德赛》和《鲁滨孙漂流记》……可是奥德赛的整个目的，是从特洛伊的战争中脱身重归自己的岛乡，至于鲁滨孙，重要的却并不是在旅程中向着故国航行，而是一直向着海外航行。他是帝国的建立者，是敢于向自然挑战而且胜利了的一个人。"《小说与人民》）福斯特说的便是《鲁滨孙漂流记》这部名著的英国资本主义发展的背景。19世纪后期英国新浪漫主义小说家斯蒂文生（1850—1894）作《金银岛》（又译《宝岛》），描写贫苦少年吉姆去海上的荒岛寻找海盗埋藏的财富最后成功的故事。英国康拉德（1857—1924）写了一系列航海小说，其《水仙号上的黑家伙》出色地描写了大海，歌颂水手团结一致与风暴死亡做斗争。值得注意的是，他把海洋与陆地对立起来，用陆地象征邪恶，用海洋象征美好。英国吉卜林（1865—1936）的《勇敢的船长》写一位美国少年在大海捕鱼作业中锻炼了一身本领，成为了勇敢的船长。还必须提到美国文学的航海小说，爱伦·坡的《大旋涡底余生记》写一个水手被卷入挪威西部梅尔斯特罗大旋涡。《瓶中手稿》写在热带海洋上遇险，碰到鬼船，险象环生，又有科学根据。后世出现的航海小说多有模仿他的痕迹，法国凡尔纳的作品，英国威尔斯的早期作品，无一不是在爱伦·坡这一传统下写成的。他的长篇小说《亚瑟·戈登·皮姆的故事》描写了关于一艘沉船的恐怖故事，包括了船舶、气候和动物等知识，俨然是一部小型百科全书，其第一人称写法及文献性，显然继承了笛福的《鲁滨孙漂流记》，对麦尔维尔的《白鲸》有着重要影响。麦尔维尔的《白鲸》、海明威的《老人与海》，更是世界著名的航海小说。如果涉及诗歌与戏剧，大海的主题更多，如歌德的《浮士德》，奥尼尔一系列写海的戏剧，拜伦的《恰尔德·哈洛尔德游记》。拜伦是大海的歌手，其"诗体小说"《唐璜》中有极为出色的大海的描写。

西方航海小说的传统包含几方面的内涵：第一，英美的航海小说传统最强大，因为英美是西方最强大的商业国。第二，大海是西方人的精神寄托，征服大海，也是西方民族的英雄主义、冒险主义、殖民主义的一种表现。西方长篇作品不少英雄人物，其奋斗经历大都与大海相连，如奥德修、埃涅阿斯、庞大固埃、鲁滨孙、浮士德、亚哈、桑地亚哥以及一批英雄青少年人物。第三，大海也是西方小说家想象力的源泉，包括托马斯·莫尔、康帕内拉的乌托邦及斯威夫特幻想的《格列佛游记》。第四，航海小说包括多方面的科技知识，如《白鲸》是一部捕鲸学著作。第五，作家本人是航海家，小说多写他们的航海亲身经历，如笛福是航海家兼大商人，足迹遍及西班牙、葡萄牙、德、法、意，写过一系列航海经商方面的著作。康拉德有二十年航海生涯，当过二副、大副、船长，到过南中国海、非洲、南美。第六，西方航海小说的兴起与资本主义的发展及地理大发现大有关系。

中国没有航海小说。西方有海上乌托邦，我们只有山中桃花源。《山海经》是战国无名氏们的作品，非禹与伯益所作，分"山经""海经"等部分。在"海经"中有"大人国""小人国""女子国""丈夫国"等虚幻的描写，仅一两句话，如"女子国在巫咸北，两女子居，水周之"。《山海经》虽有"海"字，非写海。中国古典长篇小说从《三国演义》到《红楼梦》没有一部是写大海的。《西游记》写唐僧师徒四人爬山，不是航海，爬山工具靠马，所以驮唐僧那匹白马非凡马，是龙王太子变的，因为"十万八千里"的路途就靠它做交通工具，所以立了功，亦成"正果"，升为"八部天龙"。我们这匹"白马"正与古希腊的"阿尔戈"号驰名。《儒林外史》之后出了李汝珍的《镜花缘》，这是他晚年之作，不写山而写海了，但人物归宿还是仙山。唐敖科举落第，随妻弟林之洋出海，经舵工多九公向导，历观海外诸国奇人异事，但终入小蓬莱求仙不返。花神领袖被贬人间，托生唐敖女儿小山，父一去不返，小山出海寻父，最后也入小蓬莱不返。晚清四大谴责小说也不写海。《老残游记》写大明湖，不是海。作者倒是写了一个关于"海"的比喻，把中国比作惊涛骇浪中的一只帆船，水手要把孙中山从船上抛下海去。中国现当代小说家也不爱写海，茅盾、巴金、老舍的小说中就无海。中国小说家多缺乏航海的经验，李汝珍也没有出过海，他只是根据《山海经》，发挥想象力，才写成《镜花缘》。

中国没有航海小说并不等于说中国文学中没有英雄，只不过我们的英雄以大陆为背景活动，不以大海为背景活动而已。《水浒传》是一个例子，《西游记》也是一个例子；《红旗谱》是一个例子，《李自成》也是一个例子。源远流长的中国武侠小说系统，其中的英雄豪杰也在名山的背景中施展他（她）们的超凡本领。武松打虎、唐僧取经，其英雄本色不亚于西方征服大海的文学人物。

西方有强大的航海小说传统，中国没有航海小说传统，反映了中西方不同的民族心理，这种民族心理，都要一分为二地分析，不能笼统地全部肯定，亦不能笼统地全部否定。西方的航海小说传统是对世界文学领域的一个巨大贡献，为世界文学增加了大海的瑰丽宏伟颜色，表现了西方民族的开拓进取精神，但也反映了他们的殖民主义意识。鲁滨孙还到过中国，嘲笑我们的万里长城抗御不了英国海军一个班的排炮的轰击。中国没有航海小说传统，固然是封闭意识的表现，但中国地大物博，这"地大物博"非一般的形容，而是实实在在，在世界各国中数一数二。中国自古是农耕文化，求诸内不求诸外，所以中国人"安土重迁""安居乐业"，爱好和平，但求"国泰民安"，不求向外扩张、侵略。唐僧到西域取来的是和平的佛经，精神的财富，作家也不会写出鲁滨孙式的文学形象。即使是汉唐时代，封建帝王也致力于世界和平。汉民族这种民族心理，当然有极好的一面。因此，中国文学没有航海小说传统，并非全是缺陷，实乃民族的和平心理使然。我们不能用西方的航海小说传统来责备我们自己民族的文学传统，这才是比较文学中"缺项研究"的正确方向。

参考文献

[1] 曹明海，吕家乡. 中外文学作品鉴赏 [M]. 济南：山东教育出版社，2001.

[2] 陈爱敏. 西方戏剧十五讲 [M]. 北京：对外经济贸易大学出版社，2013.

[3] 郭建. 非常读法 趣谈西方文学名著中的法文化 [M]. 上海：复旦大学出版社，2011.

[4] 贺一舟. 跨文化视域下中外文学比较研究 [M]. 北京：北京理工大学出版社，2017.

[5] 蒋承勇. 现代文化视野中的西方文学 [M]. 上海：上海社会科学院出版社，1998.

[6] 梁燕丽. 中西方文学审美漫步 [M]. 福州：海峡文艺出版社，2003.

[7] 龙娟. 变异学视域下的中外文学研究新探索 [M]. 北京：知识产权出版社，2020.

[8] 吕莉. 西方文学中的动物写作研究 [M]. 天津：天津大学出版社，2020.

[9] 潘一禾. 西方文学中的跨文化交流 [M]. 杭州：浙江大学出版社，2007.

[10] 施秀娟. 中外文学风景 [M]. 桂林：广西师范大学出版社，2020.

[11] 宋小杰. 中西方戏剧艺术比较研究 [M]. 北京：北京理工大学出版社，2018.

[12] 姚冬青，周显波，郑仪东著. 西方文学艺术概论 [M]. 长春：吉林人民出版社，2014.

[13] 张振宏. 中外文学名著导读 [M]. 天津：天津科学技术出版社，2013.

[14] 张治. 中西因缘 近现代文学视野中的西方经典 [M]. 北京：上海社会科学院出版社，2012.

[15] 卓玛. 中外比较视阈下的当代西藏文学 [M]. 上海：上海大学出版社，2015.